모두를 위한
허리 교과서

통증을 없애고 **재발**과 **만성**을 막는
개인 맞춤형 솔루션

모두를 위한
허리 교과서

블루
투스

우리는 왜 허리를
공부해야 할까?

만성 허리통증으로 고생하는 사람들은 몸을 많이 공부한다. 인터넷에 뜨는 의학 정보뿐만 아니라 건강 서적을 찾아 읽고, 전문가 자문을 통해 상당한 수준의 지식을 얻고 있다. 이처럼 자신이 어떤 증상을 겪는지 또 적절한 치료법이 있는지 알아보면 시간과 비용을 아낄 수 있다.

과거에 좋은 평가를 받은 치료라도 시간이 지나면서 효과가 없거나 좋지 않은 방법이라는 것이 밝혀지면서 사라지기도 한다. 반면, 다들 효과가 없다고 입을 모으는 치료라도 내 몸에는 맞을 수 있다. 따라서 어떤 치료를 받든 그것이 내 몸에 적절한지 판단할 수 있도록 몸에 대한 공부는 계속해야 한다.

만약 허리통증이 있다면 일단 자신의 증상과 관련한 질환을 파악할 수 있는 책을 읽는 게 좋다. 인터넷을 통해 검색해 보거나 관련 영상을 보며 지식을 쌓는 것도 좋다. 처음에는 관심을 가지고 공부하려는 습관을 들이는 것이 중요하다.

우리가 흔히 '허리디스크'라고 하는 추간판 탈출증(허리디스크 탈출증)과 이로 인한 디스크성 허리통증은 그전까지 경험하지 못했으므로 두렵고 마냥 피하게 된다. 하지만 허리디스크에 대해 조금씩 알아 갈 수록 자신감이 생기고 무엇을 해야 하는지 감을 잡을 수 있다. 어느 정도 감을 잡으면 더욱 자세한 허리통증 관련 전공 서적을 읽는 것도 좋다.

전문가를 잘 만나 치료받으면서 배우는 것도 좋은 방법이다. 다만, 추간판 탈출증이라는 질환 자체에 너무 초점을 맞춰서는 안 된다. 질환만 살피다 보면 복합적인 원인을 놓치게 된다. 최근에는 허리통증 치료의 패러다임이 심리적 요인과 사회적 관계까지 포함한 생체심리 사회적 모델로 서서히 바뀌고 있다. 따라서 자신의 통증에 영향을 미칠 수 있는 심리사회적 요인도 생각해야 한다. 혼자 해결하기 힘들면 병원 치료와 전문가의 도움이 필요할 수 있다.

만성 허리통증 환자들은 특히 재발 가능성을 염두에 두어야 한다. 평소 잘못된 자세를 하고 있는지 자신의 생활습관을 들여다봐야 한다. 만성 통증은 몸에 맞는 운동과 치료법을 선택해서 규칙적으로 반복해야 해결할 수 있다. 다만, 몸은 기계가 아니니 생각보다 시간이 걸릴 수 있다.

만성 허리통증을 앓고 있는 사람이라면 누구나 빨리 좋아지길 바랄 것이다. 달리 생각해 보면, 만성이라는 함은 오랫동안 통증이 누적되어 온 것이다. 따라서 시간이 걸리더라도 통증이 다시 찾아오지 않도록 몸을 탄탄하게 회복하는 것이 만성 허리통증 치료의 핵심이라 할 수 있다,

허리에 관한 공공연한 오해를 풀어 나가는 것도 중요하다. 고정관념을 고치는 건 쉽지 않다. 허리통증은 무조건 추간판 탈출증, 즉 허리디스크에서 비롯된다는 생각과 탈출(밖으로 나옴)이 심할수록 통증이 비례한다는 생각처럼 말이다. 반드시 수술해야 하는 경우를 제외하고는 보존적 치료로 해결할 수 있다는 강한 믿음이 필요하다.

엑스레이, CT, MRI에서 틀어진 부분이나 문제점을 발견해도 이것이 통증으로 반드시 연결되지 않는다. 앞으로 자세히 설명하겠지만, 구조적 문제보다 비구조적 문제가 영향력이 더욱 크다는 점을 알면

허리통증을 바라보는 관점이 달라지며 치료 선택의 폭을 넓힐 수 있다. 따라서 오해를 풀 수 있는 공부가 필요하다.

관련 업계 사람 중에는 추간판 탈출증과 허리통증 등으로 오랫동안 투병을 하다가 의료·건강 분야로 직업을 선택한 분이 꽤 많다. 치료를 많이 받다 보니 스스로 공부하고 노력해서 건강을 회복한 것이다. 나 또한 고등학교 1학년 때부터 허리, 목, 어깨의 통증으로 10여 년간 고생했다. 만성 통증이 전공을 선택한 계기가 되기도 했다. 통증이 줄어드는 과정을 경험하면서 신체적 문제뿐만 아니라 심리사회적 요인도 통증과 관련 있다는 것을 깨달았다. 통증의 원인은 다양하고 치료법 또한 많다.

허리통증은 국민의 80%가 살면서 겪는 흔한 질환이다. 허리통증은 불치병은 아니지만 한번 문제가 생기면 삶의 질이 뚝 떨어질 만큼 무척 고생스럽다. 통증이 심해 신체활동도 제한되고 사람을 만나는 것도 꺼리게 된다. 눈에 띄는 외상이 없고 오랫동안 질환을 앓는 만큼, 처음에는 가족들이 잘 도와주지만 오랜 시간이 흐르면 무심해지기도 한다. 하지만 몸에 대해 공부하고 내 몸에 맞는 치료법과 관리법을 안다면 무서울 게 없다.

또한, 허리통증은 일생에 한 번으로 끝나지 않고 재발할 수 있다. 몸을 공부해 두면 언젠가 유용한 순간이 있을 것이다. 추간판 탈출증과 허리통증뿐만 아니라 다른 질환도 마찬가지다. 내 몸을 불편하게 하는 문제를 공부한다는 것은 건강에 분명히 도움이 되리라 확신한다.

이 책은 내가 13년간 재활치료 분야에서 배운 임상 경험과 최신 연구를 중심으로 추간판 탈출증, 허리통증에 대한 근본적인 치료·관리 방법들이 담겨 있다. 허리통증을 원인별로 나누어 분석한 다음, 이에 적합한 치료법과 재활운동법을 제시했다. 많은 치료를 받았음에도 허리통증이 해결되지 않아 고민인 환자가 원인과 치료법을 쉽게 찾도록 하는 것이 목표였다.

몸에 대한 공부는 계속해야 한다. 이와 함께 허리통증과 관련한 오해를 풀기 위해 생각의 전환이 필요하다. 치료를 받고 있지만 스스로 관리하기 위해 노력하는 사람은 결국 허리통증에서 벗어나고 재발해도 무서워하지 않는다. 이러한 공부가 허리통증뿐 아니라 일상생활에서 종종 느끼는 작은 통증에도 필요하다는 점을 기억하기를 바란다. 몸은 연결되어 있고 서로 영향을 주고받기 때문이다.

허리통증으로 고생하는 분들이 이 책을 읽고 희망을 품고 다시 일어서기를 바란다.

CONTENTS

내 몸에 맞는 운동으로 허리통증 줄이기

1장

허리통증을 대하는
바람직한 자세

1
허리통증을
주변에 알려야 하는 이유

환자 허리부터 복, 어깨, 팔꿈치, 손목, 무릎까지 안 아픈 데가 없어요.

나 아픈 데도 많고 통증이 심한데 평소에 어떻게 지내시나요?

환자 온종일 제사 음식 만들고 준비하고, 일 년 내내 그게 일이에요.

나 그전에 치료를 받은 적이 있나요?

환자 아니요. 종갓집 맏며느리라 일이 많아요. 병원에 21년 만에 처음 왔네요.

나 가족들에게 알리진 않았나요?

환자 다들 아프니까 그러려니 하기도 하고, 또 부러지거나 눈에 보이는 상처 같은 게 없으니까 말하기도 그래서 참았어요.

병원 치료실에서 근무할 때 일이다. 그날 찾아온 환자는 종갓집 맏며느리로, 누구에게도 아프다는 말을 꺼내지 못하고 참다가 병을 키워 왔다. 이처럼 통증을 참는 사람이 의외로 많다. 보이지 않는 병이 더 무서운 법인데, 눈에 보이는 외상이 아니면 동료나 지인, 심지어 가족도 눈치채지 못하는 경우가 많다. 앞서 말했듯이 통증 초반에는 주변에서 도와주지만, 만성이 되면 다들 그러려니 하는 경우도 있다. 아프면 서러운데 몰라주면 더 서러운 법이다. 통증을 빨리 없애려면 내가 허리가 아프다는 것을 널리 알려 도움을 받아야 한다.

'병은 소문내야 한다'는 말이 있다. 어떤 허리통증은 혼자 해결할 수 없다. 갑자기 아파서 병원에 가지 못하는 상황이면 가족의 도움을 받아야 한다. 허리 수술 후에 움직임이 불편할 때도 가족이 돌봐 줘야 한다. 처음부터 혼자 허리통증을 해결하겠다고 생각하면 안 된다. 만성 허리통증이거나 허리에 대한 공부가 충분하지 않을 때는 의료 전문가의 조언이 필요하다. 또한, 허리통증이 계속되면 평소에 가족과 주변 사람들의 도움을 받아야 한다. 어떤 통증을 앓고 있으며, 어떤 동작을 할 때 특히 아픈지를 설명하고 무리할 만한 자세는 수정해야 한다.

가족의 도움으로
허리통증 부담을 덜어 내다

연구 결과에 의하면, 부정적인 감정을 숨기는 사람일수록 불안 증상이 심하다. 또, 만성 허리통증 환자가 분노를 억제하는 성향이 강할수록 허리 근육이 더 긴장되어 있다고 한다. 따라서 감정을 잘 표현하지 못하고 숨길수록 불안감이 커지면서 척추 움직임이 크게 줄어들어 만성 허리통증이 악화될 수 있다. 불안감과 스트레스를 줄이기 위해서라도 가족과 주변의 도움도 받고 허리통증에 대해 잘 설명할 수 있어야 한다.

50대 후반의 여성 환자는 추간판 탈출증(허리디스크)과 척추관 협착증을 동시에 앓고 있었다. 추간판 탈출증은 디스크가 탈출해 신경

| 척추 구조

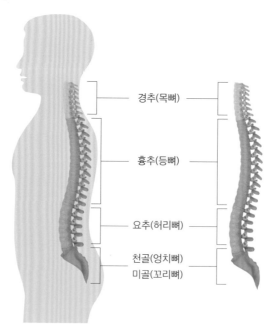

경추(목뼈)

흉추(등뼈)

요추(허리뼈)

천골(엉치뼈)
미골(꼬리뼈)

이 눌렸을 때, 척추관 협착증은 신경 통로인 척추관과 추간공이 좁아져 신경이 눌리면서 통증이 발생한다. 잠잘 때도 허리와 골반에 통증이 심하고 다리도 저리고 쥐가 난다던 환자는 30대와 40대 때 한 번씩 총 2번의 수술 경험이 있어서 더는 수술은 받고 싶지 않다고 했다.

MRI 상 요추(허리뼈) 4번-5번(L4-5), 요추 5번-천골 1번(L5-S1) 디스크가 퇴행성 변화와 함께 탈출한 상태였다. 신경이 나오는 추간공도 좁아져 있었고, 5분도 채 걷지 못할 만큼 통증이 심했다. 평소 운동을 하지 않아 체력도 약한 상태로 약 처방과 주사 치료를 받고 있었다. 다행히 여러 의사의 진료 소견상 다시 수술할 상황은 아니었다.

환자와 이야기를 나눠 보니 매우 꼼꼼한 성격이며 하루에 한 번씩 대청소를 하고 집안일도 많은 편이었다. 통증이 심해진 후 집안일을 줄였는지 물어보니 "집에 먼지가 보이는데 어떻게 가만히 있어요." 하는 대답이 돌아왔다. 잠시도 쉬지 않고 부지런히 일을 하니 허리가 나빠진 것이다. 집안일을 혼자서 다 한다고 하길래, 나는 환자에게 무거운 물건을 잠깐 옮길 때라도 가족에게 부탁하라고 신신당부했다. 청소도 일주일에 2번만 하고 설거지나 요리도 최소화할 것을 권유했다.

환자의 남편에게도 직접 이야기를 건넸다. 무거운 것을 드는 일과 그 외 허리에 부담을 줄 만한 일을 대부분 도와주라고 전하며, 만약 증상이 심해져 수술하게 되면 가족도 더 고생한다는 말을 덧붙였다. 몇 개월간 심했던 통증은 이후 7주째 됐을 때 감쪽같이 없어졌다. 예후가 길어질 것으로 생각했는데 빨리 회복된 것이다. 디스크 탈출은 심할수록 오히려 회복이 빠른 경우가 많다. 환자는 밝은 목소리로 통증이 없어져서 좋고 남편이 집안일을 많이 도와줘서 더 좋다고 말했다. 가족들이 집안일을 많이 도와주면서 그동안 쌓인 스트레스도 사라진 것이다. 가족들이 신경 써 주지 않았으면 심리적 요인으로 허리통증에 악영향이 일어났을지도 모른다.

허리 회복의 시작은 환경의 변화로부터

만성 허리통증으로 고생하는 30대 후반의 직장인 남성의 사례다. 할 수 있는 건 다 했다던 환자는 야근을 자주 하고 몸이 뻣뻣한 상태였다. 업무에 대한 스트레스로 근육의 긴장도 심했다. 평소 자세가 바르고 직장에서 평소 내색도 안 하는 편이다 보니 괜히 꾀병으로 비칠까 걱정하고 있었다. 이처럼 나약한 사람으로 찍히거나 꾀병으로 보일까 봐 통증이 심해도 직장에서 숨기는 사람이 많다.

감정을 숨길수록 스트레스로 인해 몸에 긴장감이 쌓여 척추 움직임이 거의 일어나지 않는다. 따라서 회복도 더뎌진다. 나는 환자에게 몸에 맞는 운동과 좋은 생활습관도 중요하지만, 심리사회적 요인을 무시할 수 없다고 이야기했다. 만성 허리통증의 변수는 심리사회적 요인에서 결정된다. 몸을 더 빨리 회복하기 위해 직장 동료들에게 허리통증을 이야기하고 야근을 줄이면서 재활하기를 권했다. 이후 환자는 내 소견대로 직장 동료들과 논의하여 업무 부담을 줄인 다음, 재활 운동에 집중했다. 그러고는 3개월 정도 후에 회복되었다.

만성 허리통증 환자 중에는 특정한 성격 유형이 있다. 감정을 잘 드러내지 않으며 책임감이 강하고 남에게 피해를 주지 않으려고 한다. 아프더라도 일을 잘 마무리하려는 완벽주의자 성향도 있다. 그래서 허리가 아프다는 것도 입 밖으로 꺼내지 못하는 것이다. 아파도 참으면서 치료를 받으면 되리라 생각하지만, 현대인은 일하는 시간이 길고 치료받는 시간은 짧다. 따라서 환경이 바뀌지 않으면 회복이 더딜 수밖에 없다. 상대적으로 긴 시간을 보내는 직장과 가정의 상황이 중요한 이유다.

두 환자의 사례에서 알 수 있듯, 내가 허리가 아프다는 것을 널리 알려 도움을 받아야 한다. 이렇듯 부담을 줄이는 환경을 만드는 것도 재활의 한 과정이다. 만성 허리통증은 오랫동안 부담이 쌓여서 찾아온 것이다. 신체적 문제뿐만 아니라 심리사회적 요인도 영향을 준다. 심리사회적 요인을 바꾸려면 개인의 힘으로는 부족하다. 여러 사람의 도움이 필요하다. 주변에 폐를 끼친다는 생각보다는 얼른 내 몸을 회복해야만 다른 사람을 도울 수 있다고 생각해 보면 어떨까?

2
약 처방과 주사 치료가
필요할 때도 있다

병원 치료,
무조건 피하는 것은 답이 아니다

일반적으로 허리통증은 2~3주 이내에 자연 회복이 된다. 심한 통증이
이어진다는 것은 손상이 심하거나 염증 반응에서 머무는 경우일 수
있다. 무리한 동작을 계속할 때도 염증이 지속되어 통증이 심해질 수
있다. 그런데 현장에서 가끔 약 처방과 주사 치료를 거부하거나 그동
안 많이 받았다면서 신뢰하지 않는 환자가 나타난다. 손상 정도와 상
태에 따라 때로는 약과 주사를 통한 병원 치료가 필요하다. 중요한 것

은 시기와 몸 상태에 맞게 최적의 치료를 받는 것이다.

소염진통제는 염증을 가라앉혀 통증을 줄인다. 스테로이드 계통의 약물은 소염작용에 탁월하다. 다만, 장기간 복용하거나 전신에 다량 투여하면 부작용이 생길 수 있다. 스테로이드계 약물을 보완해 주는 통증 주사도 있다. 소량의 성분을 선택적으로 투여해 통증 감소 효과를 준다. 이는 다량의 스테로이드로 생길 수 있는 부작용을 최소화한다. 여러 의사 선생님과 이야기를 나눠 보니, 요즘은 더욱 적은 양을 처방하거나 환자에 따라 약 복용과 주사 치료를 진행한다고 한다.

염증은 시간이 지나면서 사라지기도 하지만, 염증이 지속되고 통증이 심하면 복약과 주사 치료를 병행하면서 운동하는 것이 좋다. 모든 치료에는 장단점이 있다. 허리디스크가 있는 경우 염증 유무와 상태에 따라 적절한 치료가 필요하고 그중 하나가 약과 주사 치료일 뿐이다. 필요하다면 약과 주사 치료를 받고 근본적 원인을 찾아 통증을 빨리 가라앉히는 것이 중요하다. 무조건 병원 치료를 피하는 것은 오히려 증상을 더 키울 수 있다. 검사와 진료를 통해 원인을 좁혀 나가고 최적의 치료를 선택하는 것이 중요하다.

만성 허리통증은 적절한 운동과 좋은 생활습관을 통해 장기적으로 관리하는 게 좋다. 재활운동과 병원 치료를 병행하면 더 좋다. 만성 염증과 통증이 매우 심한 경우에는 급한 불을 꺼야 한다. 소염진통제와 스테로이드계 주사는 염증을 가라앉히고 통증을 줄여 급한 불을 끄는 것과 같다. 통증이 더욱 심해진 이후에는 시기를 놓쳐서 고생하는 경우가 더러 있기 때문이다.

| 병원 치료가 필요한 이유

손으로 허리를 짚고 서 있던 40대 초반의 남성 환자는 통증이 심해서 걷는 것도 버거워했다. 추간판 탈출증과 허리통증으로 인해 안 받아 본 치료가 없다고 했다. 한 차례 수술도 받았던 그는 다시는 수술하고 싶지 않아서 여러 치료를 받았다. 그러나 받을 때는 괜찮았지만 지속성은 없었다고 이야기하며, 특히 주사 치료에 대한 불신이 컸다. 지금까지 주사는 너무 맞아서 셀 수도 없다며 효과가 없는 주사를 왜 맞으라 하는지 모르겠다고 했다. 이야기를 나눠 보니 주사를 맞고 조금 괜찮아지니 바로 일을 한 것이 화근이었다.

소염진통제나 스테로이드계 주사가 염증을 가라앉히고 통증을 줄여 주지만 완벽하게 해결하는 것은 아니다. 통증이 심해 주사를 맞으면 회복을 위해 잠시라도 휴식을 취해야 한다. 이후에는 허리통증의 원인이 될 만한 무리한 동작을 피하고 주변 환경도 그에 맞게 바꿔야 한다. 외상으로 통증과 질환이 찾아올 때도 있지만, 대부분 척추에 과부하를 준 상태가 오랫동안 이어지면서 문제가 발생한 것이므로 회복도 느릴 수 있다.

극심한 허리통증으로 허리를 구부리지도 펴지도 못한 채 엉거주춤하게 걷던 30대 초반 여성 환자가 있었다. 의사 진료 후 주사 처방을 받은 환자는 주사 맞기 싫다면서 온찜질과 전기치료를 받고 돌아갔다. 그러고는 다음 날 병원을 방문해서 약도 먹지 않았다고 하면서 기본적인 물리치료를 받았다. 통증이 줄어들고 있었지만 중요한 일을 앞두고 통증이 남아 있으니 걱정이 많았다. 환자는 결국 주사를 맞았다. 통증이 감쪽같이 사라지자 그동안 주사를 피한 것을 후회했다. 물론 이 환자처럼 주사 치료가 통증을 확 없애 주기도 하지만, 만성이거나 심하면 통증이 계속 남아 있는 경우도 있다.

약과 주사 치료도 허리통증 치료법 중에 하나다. 너무 피하거나 부작용을 두려워할 필요는 없다. 자연 회복이나 운동을 통한 회복이 어렵거나 염증 반응이 오래가고 통증이 극심하다면 병원 치료를 받는 것이 좋다. 앞서 말했듯, 소염진통제나 스테로이드계 주사는 다량으로 투여하거나 복용하지 않는다면 부작용은 거의 없다. 수많은 임상시험과 연구를 통해 검증된 약과 주사는 안전하다. 약과 주사는 급한 불을 끄는 용도일 뿐, 이후에 재발하지 않도록 관리해야 한다. 이외에도 충분히 검증된 병원 치료들은 허리통증 감소를 돕는다. 중요한 것은 몸 상태와 시기에 맞게 최적의 치료를 받는 것이다.

3

허리디스크 수술은
어느 시점에 선택해야 할까?

허리디스크가 생겼을 때 수술을 받아야 할지 고민하는 사람이 많다. 결론부터 이야기하자면 수술을 꼭 해야 하는 경우도 있지만, 대부분은 비수술적 치료를 통해 자연 회복될 수 있다. 허리디스크 수술의 경과와 장단점을 안다면 수술도 하나의 치료법이라 생각할 수 있다. 허리디스크 수술을 해야 하는 경우는 100명 중 2명으로, 최후에 선택하는 방법임을 기억하자.

허리디스크, 즉 추간판 탈출증으로 심한 만성 통증이 있거나 재발이 잦거나 여러 치료를 받았음에도 낫지 않으면 많은 사람이 수술을 진지하게 고민한다. 다리가 저리고 통증이 심해 밤에도 자지 못할 정도의 나날이 이어졌을 때 특히 그렇다. 허리통증이 심하다고 모두 수술을 받지는 않는다. 30여 년 전에 수술이 흔한 시절도 있었지만, 예후와 관련한 수술 후 연구 결과들이 쌓이면서 허리디스크 수술에 대한 인식이 많이 달라졌다.

허리디스크 수술을 둘러싼 연구들이 말해 주는 것

1983년 웨버(H. Weber) 박사는 척추 의학 학술지인 〈스파인(Spine)〉에 추간판 탈출증 수술과 관련한 연구를 발표했다. 그는 추간판 탈출증 수술을 받은 환자 그룹과 수술하지 않고 보존적 치료를 시행한 환자 그룹 총 126명을 1년, 4년, 10년으로 나눠 비교 연구했다. 1년이 지났을 때 수술한 환자 그룹의 92%가 증상이 호전되었고, 수술하지 않고 보존적 치료를 한 환자 그룹은 60%의 증상 호전을 보였다. 4년 이후에는 수술한 환자 그룹이 약간 더 나은 결과를 보였지만 두 그룹 간에 통계적 차이는 없었다. 이후 6년간의 관찰 기간에 약간의 차이만 있었다. 즉, 허리디스크 수술 여부와 관련해 장기적으로 비교했을 때 큰 차이가 없었다.

2005년 하버드대학교 의학대학 연구팀은 추간판 탈출증 환자 400명을 10년 동안 추적 연구했다. 10년 후 수술받은 그룹에서 증상이 호전된 환자들은 69%이고 수술받지 않은 그룹에서는 그 비율이 61%였다. 8%밖에 차이가 나지 않은 것이다. 다음으로, 의료 분야의 문헌고찰을 통해 체계적인 연구를 진행하는 코크란 협회(Cochrane's Articles of Association)에서 2016년 발표한 문헌고찰 연구를 살펴보자. 이 연구에 따르면, 척추관 협착증으로 수술을 받은 그룹과 수술 없이 보존적 치료를 한 그룹을 5년간 관찰한 결과 두 그룹 간에 차이가 없었다. 척추관 협착증도 장기적으로 비교했을 때 뚜렷한 차이를 발견하기 어려운 것이다.

2014년에 발표한 건강보험심사평가원 추적 조사에 따르면, 2003년 1만 8,590명의 허리디스크 수술 치료를 받은 환자 중에 5년 안에 재수술을 받은 환자는 2,485명으로 13.4%에 달했다. 탈출한 디스크를 제거하는 과정에서 정상적인 근육, 인대, 뼈 등 조직을 불가피하게 제거해야 한다. 통증은 줄어들더라도 결과적으로 퇴행성 변화와 손상이 일어날 수 있다. 또한, 잘못된 자세나 생활습관, 무리한 업무가 반복되면 허리디스크 수술을 다시 받을 수도 있다. 수술을 해도 통증이 아예 없어지거나 완치되는 것은 아니다.

의학은 천천히 나아간다. 지배적이고 인정받는 치료법이 되려면 증거들이 축적돼야 한다. 짧게는 10~20년, 길게는 100년 이상까지 걸린다. 추간판 탈출증이면 흔히 수술하던 시절이 약 30년 전이다. 그러나 지금은 수술이 필요하지 않다면 수술을 권하지 않는다. 어떤 수술을 받은 환자라도 이후에 관리를 잘하지 못한다면 다시 수술을 받을 수 있다. 물론 추간판 탈출증 재발을 미리 막을 수는 없다. 상황에 따라 수술이 필요하지만, 그전에 항상 신중히 결정해야 한다.

허리디스크 수술이 필요한 때

그렇다면 언제 수술을 해야 할까? 첫째, 대소변을 못 가릴 정도로 배변·배뇨 장애가 심할 때다. 항문과 엉덩이 주변의 신경이 마비될 만큼 증상이 심한 경우이기 때문이다. 둘째, 발목을 위로 올리는 동작이 안 되고 발목이 힘없이 떨어질 때(발목 하수)다. 발목 하수는 24시간 이내에 수술하지 않으면 회복이 어려운 경우도 흔하다. 발목 하수가 생기면 최대한 빨리 병원에 가서 검사하고 수술 여부를 결정해야 한다. 늦으면 돌이킬 수 없다. 셋째, 허리통증이 오랫동안 심하며 다리가 매우 저리고 마비되었을 때, 특히 보존적 치료를 오래 해도 효과가 없을 때다. 넷째, 다리에 감각이 없어지고 힘이 빠져 제대로 걷지 못할 때도 수술을 고려해야 한다.

추간판(디스크)의 탈출과 분리 상태가 심해도 통증과 반드시 비례하지 않는다. 따라서 MRI 상으로만 판단하지 않고 여러 증상을 종합적으로 고려해야 한다. 수술은 할수록 예후가 나빠진다. 통증이 심하다고 수술을 반복하면 위험할 수 있다. 아무리 작은 수술이라도 후유증과 합병증이 생길 수 있어서다. 내시경을 이용한 경피적 추간판 절제술 등 미세 수술적 방법도 합병증 발생률이 10~13%라고 한다. 하지만 전문의와 상의해서 반드시 수술해야 하는 경우는 시기를 놓치지 말아야 한다.

미국 정형외과 의사협회에서는 척추 수술을 고려할 때 최소 2명의 의사에게 수술에 관한 자문을 구하라고 조언한다. 나는 수술을 염두에 둔 환자에게 3~5명의 다양한 전공 과목 의사의 자문을 구할 것을 권한다. 반드시 해야 하는 경우를 제외하고, 수술은 여러 의사와 충분한 상의 후에 예후까지 고려하여 결정해야 한다. 직접 수술을 집도하는 정형외과, 신경외과 전공 전문의도 의견이 다를 수 있다. 같은 전공이지만 견해에 따라 수술 여부와 어떤 수술을 할지가 달라진다.

수술이 꼭 필요한 경우를 제외하면, 통증의학과, 영상의학과, 재활의학과 전공 의사들도 비수술적 치료를 통한 서로 다른 처방을 내릴 수 있다. 재활의학과의 경우 수술 전후의 재활을 고려하기 때문에, 허리통증과 관련한 전문의와 상담하는 것이 좋다. 나의 경우, 재활운동을 위해 찾아온 사람 중에 수술이 필요할 정도의 증상이 있는 환자라면 5개 전공(정형외과, 신경외과, 통증의학과, 영상의학과, 재활의학과) 전문의의 자문을 구하게 하고 때로는 동행한다. 전공마다 다양한 견해로 수술 여부를 조언해 주기 때문에 큰 도움이 된다.

| 사례로 살펴보는 허리디스크 수술

허리디스크 수술을 받은 환자의 사례를 살펴보도록 하자. 먼저 10년 전에 허리디스크 수술을 받은 60대 후반의 남성이다. 오른쪽 허벅지가 눈에 띄게 왼쪽보다 얇은 남자는 걸을 때도 뒤뚱거리고 오래 걷지 못했다. 밤에 잘 때도 통증으로 자주 깨고 오른쪽 정강이가 당기고 종아리부터 발바닥, 허벅지 옆쪽으로 이어지는 방사통(통증이 주변의 다른 부위로 퍼지거나 전달되는 것)이 있었다. 진료 소견상 오른쪽 4번과 5

번 요추(L4-5)의 추간판 탈출이 심하고 염증이 있는 상태였다. 또한, 5번 요추와 1번 천골(L5-S1)의 신경뿌리가 나오는 추간공이 좁아져 있었다. 배변·배뇨 장애가 심하진 않지만 변비가 있어서 화장실에 오래 앉아 있곤 했다.

5개 전공 전문의의 수술에 대한 의견은 일치하지 않았다. 3명은 수술이 필요하다고 하고, 2명은 아직 지켜봐야 한다고 했다. 수술 방법도 허리디스크 감압술과 유합술로 엇갈렸다. 감압술은 신경을 압박하는 구조물을 제거해서 증상을 줄이는 수술법이고, 유합술은 인접한 척추뼈를 금속으로 고정하여 안정성을 제공하는 수술법이다. 60대 후반인 환자의 나이를 고려하여 4번과 5번 요추(L4-5)만 선택적으로 감압술을 할지, 장기적으로 보고 유합술을 해야 좋을지에 대해 의견이 다양했다. 배변·배뇨 장애가 심하지 않고 발목 하수가 아직 없어 당장 수술할 필요는 없다는 의견에 환자는 희망을 걸고 비수술적 치료를 더 받기로 했다. 다만, 반드시 수술해야 하는 상황에 대한 충분한 설명을 듣고 추후 수술 여부를 다시 결정하기로 했다.

60대 초반의 여성은 8년 전에 3번과 4번 요추(L3-4)와 4번과 5번 요추(L4-5)에 척추 유합술을 받았다. 이후 조심히 생활하다가 손자를 돌보면서 허리통증과 다리 저림이 심해졌다. 5분 걷는 것도 힘들어졌고 주사 치료를 주기적으로 받아도 호전되지 않았다. 수술 여부에 대해 5개 전공의를 포함해 7명의 의사에게 자문을 받았다. 모든 의사가 보존적 치료로 해 보자는 소견을 내놓았고, 환자는 재활운동을 하게 됐다. 몸에 맞는 운동을 주 3회씩 꾸준히 하자 4개월 후 1시간 이상

걷게 되고 통증도 줄었다. 7개월 후에는 2시간 이상 걷고 계단도 오르내릴 정도로 좋아졌다. 무리하면 신경 쓰일 정도로 아플 때도 있지만 일상생활에 별문제가 없을 정도로 잘 생활하고 있다.

30대 초반의 남성은 허리가 옆으로 휘어 있었고 넘어지지 않으려 골반을 손으로 짚고 다녔다. 통증도 심했고 주사 치료로도 증상이 호전되지 않았다. 아직 젊기 때문에 수술만은 피해 보자는 생각으로 비수술적 치료들을 받고 있었다. 업무가 많고 오래 운전하는 터라 체중이 110kg 가까이 늘어났다고 했다. 여러 전문의의 소견 결과 수술 쪽으로 의견이 모아졌고 수술을 받은 환자는 이후 재활운동을 하며 체중을 25kg 감량했다. 5년이 지난 현재, 업무와 일상생활을 거뜬히 해내고 건강도 잘 관리하고 있다고 전했다.

20~30대에도 수술을 해야 하는 경우가 있다. 퇴행성 변화와 손상이 반드시 연령 증가와 동반되는 것은 아니다. 또한, 수술 결정에 있어서 요추에 과부하가 일어나거나 구조물이 얼마큼 손상되었는지가 중요하다. 퇴행성 변화가 있어도 구조물이 척추를 지지할 만하면 통증이 없거나 수술이 필요 없을 수도 있다.

개인마다 다양한 원인에 의해 요추에 무리가 간다. 허리통증의 원인이 하나라면 회복이 잘 되는 편이지만, 복합적으로 얽혀 있으면 만성 통증이 되고 삶의 질이 떨어진다. 그러나 관리를 잘하면 수술 없이 통증을 조절하며 생활할 수 있다. 앞서 살펴보았듯, 개인의 상태를 종합적으로 들여다보고 수술 여부가 결정된다. 수술을 안 해도 되는 상태면 비수술적 치료로 자연 회복할 수 있으니 크게 걱정하지 말자.

4
허리디스크 수술을 해도 재활운동은 필요하다

많은 사람이 허리디스크 수술을 받고 나면 통증이 말끔히 사라지고 일상으로 바로 돌아갈 수 있으리라 생각한다. 대부분의 수술 환자가 수술 후에 회복되고 어느 정도 시간이 지나면 일상생활을 한다. 문제는 허리디스크 수술을 받고 난 후에도 통증이 남아 있는 상태에서 다시 일하게 될 때다. 수술 후에는 충분히 휴식을 취하면서 기능을 회복하는 운동을 하고 좋은 습관을 들이는 것이 좋다. 따라서 허리디스크 수술을 해도 재활운동은 필요하다.

올바른 회복을 위해
수술 후 운동은 필수다

60대 후반의 여성은 지방에서 서울로 올라와 허리디스크 수술을 받았다. 수술 후 퇴원한 다음에는 서울에 있는 딸의 집에서 지냈다. 보호대를 한 채로 천천히 걷고 병원에서 배운 운동을 했다던 환자는 걷는 시간은 늘어났지만 움직일 때 다리 저림과 통증이 약간 남아 있었다. 수술 전보다는 좋아졌지만 3~4개월이 지나도 통증이 남아 있자 내가 운영하는 운동센터를 찾아왔다. 수술 후에는 괜찮을 줄 알았는데 아파서 걱정된다며 운동을 하고 싶다고 말했다.

환자는 집안일은 많이 하지만 운동을 좋아하지 않아서 거의 해 본 적이 없다고 했다. 나는 탈출한 추간판을 제거해도 변성된 신경뿌리가 정상으로 돌아오는 데 시간이 걸릴 수 있음을 알려 주고서, 나쁜 습관을 고치고 척추의 기능을 향상할 수 있는 수술 후 재활운동 프로그램에 대해 설명했다. 평가와 목표 설정을 한 다음 단계를 조금씩 올리며 재활운동을 했다. 환자는 3개월 정도 재활운동을 한 후에 어느 정도 회복되자 자신의 집으로 돌아갔다.

수술 이후 첫 4주 동안 휴식하는 것이 좋다. 이후에는 짧게는 3개월 길게는 6개월까지 재활운동을 해야 한다. 이 시기에 재발하지 않게 나쁜 자세와 생활습관을 바꾸는 게 중요하다. 수술 후 통증이 여전히 남은 상태로 6개월이 훌쩍 지나면 재발 위험이 커진다. 수술 전에도 아파서 신체활동이 줄어든 만큼, 수술 후에도 가만히 있으면 신체 능력이 떨어지기 마련이다.

일반적인 운동과 재활운동은 다르다. 수술 후에 걷기만 하는 사람도 꽤 있는데 걷기는 어느 정도 한계가 있다. 또한, 허리 강화를 위한 근력 운동도 오히려 부담을 줄 수 있다. 수술 후에 몸의 감각을 느끼는 기관은 기능이 떨어진다. 척추의 움직임을 인지하고 조절할 수 있도록 감각과 기능을 회복하는 운동을 해야 한다. 그리고 목표로 하는 근육이 수축할 수 있게 감각 입력 활동을 통해 잠든 근육을 깨워야 한다. 무작정 동작만 하는 것은 효과가 떨어진다.

수술 후에 재발할까 봐 허리 굽히기를 피하거나 특정 동작을 두려워하는 것에 대한 재교육도 필요하다. 조심해야 할 시기가 지나면 수술 전 두려워한 동작을 단계적으로 늘려 갈 수 있게 재학습해야 한다. 무리하지 않는 선에서 평소에 가장 많이 하는 행동까지 고려한 응용 동작을 연습해야 한다. '통증이 없어지면 괜찮겠지'라는 안일한 생각과 수술 이전의 잘못된 자세와 생활습관을 반복하는 행동을 바로잡아야 한다. 수술 후 통증이 사라져서 일주일에 4~5번씩 골프를 쳤다가 1년 만에 다시 수술을 받은 환자도 있었다.

수술 후 재활은
수술만큼 중요하다

재활운동을 할 때는 해당 분야 전문가의 도움을 받아야 한다. 허리 수술 환자의 재활 경험이 풍부한 전문가여야 한다. 허리디스크 수술을 포함한 다양한 수술법과 예후에는 변수가 있다. 일반적으로 알려진 '수술 후 재활 프로토콜'처럼 회복되는 경우는 흔치 않다. 전공 서적에 나오지 않는 변수에 대응할 수 있어야 한다. 일반적인 근력 운동이 아닌, 수술 후 환자를 위한 맞춤형 운동이 필요한 이유다. 수술 후 재활은 수술만큼 중요하다.

12년 전 재활병원에서 일을 시작할 때쯤 수술 후 재활에 대한 사람들의 인식이 희미했다. 지금도 별반 다르지 않아 보인다. 사람들은 수술을 받으면 통증에서 벗어났다고 생각한다. 재활운동을 통해 더 관리해야겠다는 인식은 드물다. 수술 후 불편해서 재활운동을 하러 오는 사람 중에 이런 곳이 있는 줄도 몰랐고 찾기도 힘들었다고 말하는 경우가 많다. 허리디스크 수술을 받은 후에 수술한 병원에서 재활운동까지 하거나 재활진문병원으로 옮겨서 징기직으로 재활운동을 하는 경우가 많지 않아서다. 수술 후 일정 기간은 평생 허리 건강을 위해 재활운동을 조금이라도 해 보자.

정리하자면, 허리디스크 수술을 해도 재활운동은 필요하다. 수술 후 처음 4주 정도의 휴식은 적당하다. 그리고 수술 후 3~6개월 정도 재활운동을 통해 척추를 관리하는 것이 바람직하다. 척추의 움직임을 조절하는 능력을 배우고 감각 입력을 동반한 단계적 운동을 하면서, 잘못된 자세나 생활습관도 고쳐야 한다. 특정 동작을 두려워하는 것에 대한 재교육도 필요하다. 또한, 재활운동은 수술 후 재활 경험이 풍부한 전문가의 도움을 받도록 하자.

5

통증 치료에서 가장 중요한 것은 환자의 의지

통증을 다루는
외부의 힘과 내부의 힘

허리통증의 치료법은 다양하다. 과연 어떤 치료법이 내게 효과가 있을까? 일단 허리통증의 원인을 파악하는 것이 중요하다. 병원에서는 필요하면 엑스레이, CT, MRI 등 영상 진단 장비를 통해 다양한 검사를 한다. 결과가 나오면 손상 정도와 통증의 유형 및 강도는 물론, 개인의 기질, 의지, 상황을 고려하여 치료 방법이 결정된다.

허리통증 치료에는 크게 타인에 의한 '수동적 치료'와 스스로 하는 '능동적 치료'가 있다. 수동적 치료(passive therapy)는 의료 전문가의 처방, 즉 외부의 힘을 통해 통증을 통제하는 것이다. 능동적 치료(active therapy)는 적절한 운동을 하고 생활습관을 바꾸는 등 환자 내부의 힘을 통해 통증을 통제하는 것이다. 시기에 따라 두 방법을 선택적으로 적용하지만, 결국은 내부의 힘이 중요하다. 허리통증이 날 때마다 타인에게 치료받는 것보다 내 몸의 상태를 파악하고 스스로 관리하는 것이 좋다.

허리통증이 급성으로 나타나거나 참을 수 없을 만큼 심각할 때는 수동적 치료가 적절하다. 허리통증은 보통 2~3주 이내에 자연 회복되고 약 90%는 4주 이내에 회복된다. 4주가 넘어도 통증이 있거나 더 심해지면 병원을 찾는 것이 좋다. 조직 손상으로 인한 통증이면 시간이 지나면서 줄어들지만, 환자가 손상 정도를 파악하기 힘들기 때문에 병원에서 진료를 받는 게 좋다. 만성이거나 혼자서 회복이 어려운 경우도 수동적 치료가 필요하다.

몸 상태에 따라 수동적 치료를 받은 이후에는 스스로 관리할 수 있어야 한다. 허리통증에 맞는 운동을 배우고 나쁜 자세를 피하고 식습관을 개선하는 등, 능동적이고 적극적으로 몸을 관리해야 한다. 사람은 아프면 다른 사람에게 의존하는 경향이 있다. 그러나 내 일을 누군가 다 해 줄 수 없듯이, 허리에 관해 배우고 스스로 관리할 수 있어야 통증도 더 잘 해결할 수 있다.

척추관 협착증 진단 소견을 받은 60대 후반 남성 환자가 있었다. 주변 추천으로 안 해 본 치료가 거의 없다던 환자는 치료법에 따라 허리통증이 줄어들거나 심해졌다. 치료 과정이 너무 힘들어서 포기하기도 했고, 한때는 수술을 진지하게 고민했다. 척추관 협착증이 퇴행성 변화로 생겨난 만큼, 활동을 계속하는 이상 허리에 부담을 줄 수밖에 없었다.

많은 치료를 받은 결과, 환자는 스스로 내 몸에 맞는 치료법을 찾고 공부해야 함을 깨달았다. 환자는 관련 영상과 자료를 보며 공부를 계속했다. 허리를 과하게 젖히면 증상이 심해지기 때문에 허리를 앞쪽으로 굽히는 전만을 유지하되 자주 움직이고, 병원에서 치료를 받을 때도 능동적 치료로 가기 위한 전 단계로 여겼다. 수영을 배우고 걷는 시간도 늘리는 등 노력을 거듭한 결과 허리통증이 줄어들고 일상생활이 가능해졌다. 지금도 통증을 두려워하지 않고 스스로 판단하여 몸 관리를 하고 있다. 내부의 힘과 외부의 힘을 적절하게 통제해서 통증을 관리하는 것이다.

회복을 기대하는 마음가짐이 불러오는 효과

치료 방법뿐만 아니라 심리적인 마음가짐도 중요하다. 환자의 통증과 통증 경험에 가장 큰 영향을 미치는 것은 '기대'다. 기대는 어떤 일 또는 대상에 대해 원하는 대로 바라는 것을 말한다. 심리적 요인인 기대가 허리통증을 좌우하고 업무 복귀를 예측한다는 증거들이 이를 뒷받침한다. 네덜란드 흐로닝언대학교 의과대학 재활센터 연구팀의 만성 요통 환자들을 대상으로 한 문헌고찰 연구 결과, 회복에 대한 개인의 기대치가 높을수록 질병으로 인한 업무 결근율이 낮았다. 즉, 기대가 높으면 회복에도 도움이 된다는 것이다.

기대와 관련하여 플라시보(placebo)와 노시보(nocebo) 효과가 있다. 플라시보 효과는 회복에 도움이 된다고 믿는 것만으로 증상이 좋아지는 효과를 일컫는다. 오래전 어느 연구자가 약의 효능을 실험하기 위해 한 환자 그룹에는 진짜 약을, 다른 환자 그룹에는 설탕을 넣은 가짜 약을 처방했다. 그 결과 가짜 약이 진짜 약과 유사한 효과를 내는 경우가 자주 있었다. 회복된다는 믿음이 심리적 안정감과 함께 통증을 줄이는 것이다.

노시보 효과는 플라시보 효과의 반대 개념이다. 인체에 무해한 약인데도 해롭다고 믿고 복용하면 부작용이 나거나 치료 효과가 떨어지는 경우를 말한다. 예를 들어, 무해한 장소인데 그곳 공기에 몸에 안 좋은 성분이 있다고 하면 많은 사람이 불편함을 호소한다. 허리통증과 예후에 대해 부정적인 정보를 들으면 걱정과 두려움이 커지면서 회복에 영향을 주기도 한다. 플라시보보다 신경 써야 하는 것이 노시보다. 노시보는 부정적인 감정을 주기 때문에 두려움, 불안감, 스트레스 등 심리적 요인에 영향을 미친다. 앞으로 살펴보겠지만, 심리적 요인은 만성 허리통증에 있어 매우 중요하다.

40대 초반의 여성 환자는 허리 수술을 받은 후 재활운동을 시작했다. 대개 수술 후에는 일정 기간 수술한 병원에서 재진료와 검사를 한다. 환자는 재활운동도 하고 있으니 긍정적인 소식을 기대했지만, 병원에서는 회복이 늦다며 노력하지 않으면 다시 아플 수 있다고 말했다. 더 열심히 관리하라고 자극을 주기 위해 한 말일 수도 있지만, 환자는 풀이 죽은 채 자신은 다시 아플 것이라며 낙담했다. 나는 환자에게 다양한 재활 회복 사례를 소개하며 의지를 심어 주었고, 다행히 환자는 재활을 잘 마친 후 일상에 복귀했다.

허리통증 치료에는 수동적 치료와 능동적 치료가 모두 필요하나, 중요한 것은 능동적 치료다. 즉, 개인별 맞춤 운동과 생활습관 개선 등 내부의 힘으로 통증을 통제해야 한다. 허리통증 환자에게는 시간이 걸리더라도 반드시 좋아진다는 긍정적인 믿음과 기대가 필요하다. 항상 내부의 힘을 키우기 위해 노력하자.

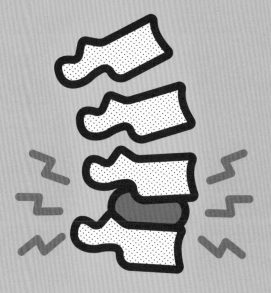

2장

허리를 알아야
허리통증을 해결한다

1
허리통증은 대부분
'비구조적 문제'에서 온다

모든 일에는 원인과 결과가 있다지만, 때로는 원인이 무엇인지 바로 찾지 못할 수도 있다. 허리통증이 특히 그렇다. '허리디스크'라고 불리는 추간판 탈출증은 허리통증의 대표적인 원인으로 지목된다. 많은 사람이 허리가 아프면 대개 '허리디스크인가?'라고 생각한다. 추간판 탈출증은 허리통증을 일으키는 원인 가운데 하나일 뿐이다. 허리통증은 다양한 원인으로 발생하고, 영상 진단 결과와 통증이 일치하지 않거나 통증이 없는데도 이상이 있을 수 있다.

많은 연구에 따르면, 허리통증의 원인은 약 15%의 구조적 문제와 약 85%의 비구조적 문제로 이루어져 있다. 물론 이에 대해 전문가마다 의견이 조금씩 다르지만, 결은 비슷하다. 세계적인 척추재활 전문가인 크레이그 리벤슨(Craig Libenson) 박사는 구조적 요인이 20%이며 비구조적 요인이 80%라 말한다. 퀘벡 척추 장애 연구팀도 〈스파인〉에 보고서를 실으며, 20%가 구조적 요인에 의한 허리통증이며, 나머지 약 80%는 비구조적 문제라고 언급했다.

일본의 손꼽히는 허리통증 전문가 히데아키 아라키(Hideaki Araki)는 15%는 구조적 문제이고 85%는 비구조적 문제 또는 '비특이적 요통(non-specific low back pain)'이라 주장한다. 비특이적 요통은 원인을 특정할 수 없는 허리통증을 말하며 비구조적 허리통증과 같은 개념이다.

허리통증을 일으키는 생활 속 다양한 원인

그렇다면 구조적 문제란 무엇일까? 의료적 관점에서 요추, 추간판, 관절 등에 이상이 생기는 것을 의미한다. 따라서 구조적 문제에 속한 허리통증은 엑스레이, CT, MRI 등 영상 진단 장비로 원인을 구조적으로 특정할 수 있다. 이를 '특이적 요통(specific low back pain)'이라고도 한다. 약 15% 비율만 차지하는 이유는 추간판 탈출증, 척추관 협착증 등 신경학적 징후가 있거나 감염, 압박, 골절 등 원인이 명확해야 하기 때문이다. 앞서 말한 대로, 추간판 탈출증은 디스크가 탈출해 신경이 눌렸을 때, 척추관 협착증은 신경 통로인 척추관과 추간공이 좁아

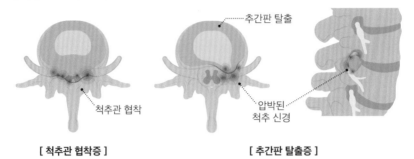

| 척추관 협착증과 추간판 탈출증

추간판 탈출

척추관 협착

압박된
척추 신경

[척추관 협착증]　　　　　　　[추간판 탈출증]

져 신경이 눌리면서 발생한다.

　약 85%를 차지하는 비구조적 문제는 신경 증상이나 중증 질환을 앓지 않으면서 영상 진단과 허리통증의 부위가 일치하지 않을 때를 일컫는다. 오랫동안 통증으로 고생하는 만성 허리통증 환자에게서 많이 나타나고 재발도 잦은 편이다. 이러한 비구조적 문제의 허리통증은 많은 사람의 고민거리일 수밖에 없다. 다행히 허리통증을 겪는 사람의 약 95%는 자연 치유가 된다. 반면, 약 5%는 잘 낫지 않는데, 이는 비구조적 문제가 대부분 복합적인 요인으로 발생하기 때문이다.

　비구조적 문제의 약 70%는 근육, 근막, 인대의 손상에서 비롯된다. 그래서 수술이나 약물로 해결할 수 없는 경우가 많고, 허리통증이 있지만 엑스레이, CT, MRI에서 찾아내기 어렵다. 근육과 인대가 삐끗하는 염좌(sprain) 또는 긴장으로 인한 허리통증은 대부분 자연 치유가 된다. 어떨 때는 약 처방과 주사 치료가 필요하지만, 문제는 원인이 해결되지 않으면 재발 가능성이 크다는 것이다. 근육, 근막, 인대의 손상으로 인한 허리통증은 기능 회복이 근본적인 치료 방법이다. 이를 위해 반복적이고 무리한 동작을 피해야 한다. 또한, 이상적인 자세와 내 몸에 맞는 운동을 선택해서 꾸준히 하는 것이 좋다.

근육, 근막, 인대 손상으로 인한 비구조적 문제가 약 70%를 차지하면, 나머지 15%는 어떤 문제일까? 심리사회적 요인을 들 수 있다. 허리통증에 대한 두려움과 스트레스, 우울증, 직업 만족도 등이 대표적인 심리사회적 요인이다. 통증을 바라보는 관점과 인지 여부는 물론, 발병률과 관련하여 노화, 성별, 체중도 허리통증의 원인이 된다. 이외에도 평소 즐기는 기호식품이나 음식, 소화기관 상태, 운동, 취미 생활, 직장과 집의 구조 등 다양한 원인이 허리통증에 영향을 미친다. 즉, 일상생활의 모든 것이 원인이 될 수 있으니, 원인의 가능성을 다양하게 열어 놔야 한다. 원인을 세심하게 살피지 않고 허리디스크가 허리통증의 원인이라 단정하는 것은 회복을 늦출 수 있다.

모든 원인을 아우르는
통합적인 관점이 필요하다

허리통증의 원인이 구조적과 비구조적 문제로 나뉜다면 어느 쪽에 더 집중해야 할까? 환자분들에게 이런 질문을 던지면 다음과 같은 대답이 돌아온다. "비중이 높은 비구조적 문제에 신경 쓰겠다.", "근육, 근막, 인대 손상이 원인의 70%니까 바른 자세와 운동을 하겠다."라고 말이다. 더 빠른 회복을 위해서는 구조적, 비구조적 문제 둘 다 신경

써야 한다. 내 허리통증에 영향을 줄 수 있는 모든 원인을 찾고 우선
순위를 정해 해결해야 한다. 이처럼 원인이 복합적이므로, 생체심리
사회적 모델을 포함한 통합 치료가 필요하다.

허리통증은 주관적인 증상이다. 사람마다 증상도 다르고 원인은
더욱 다르다. 따라서 허리디스크 치료에 내 몸을 맞추지 말고, 내 허
리통증이 낫는지에 초점을 맞춰야 한다. 허리통증의 원인을 알고 내
몸에 맞는 치료를 철저히 한다면 반드시 낫는다. 관심을 가지고 원인
을 파악해야 치료를 적절하게 할 수 있고 회복이 잘된다는 사실을 명
심하자.

허리통증의 원인은 15%의 구조적인 문제, 85%의 비구조적인 문제
로 이루어져 있지만, 100%의 가능성을 다양하게 받아들일 마음이 필
요하다. 또한, 내 몸에 맞는 원인과 해결 방법이 있다는 믿음을 가지고
허리통증에 대해 공부해야 한다. 마지막으로 전문가의 도움을 받아야
하는 경우와 스스로 할 수 있는 것을 구분해 볼 수 있어야 한다.

2
허리디스크는
다양한 원인으로 생겨난다

앞서 말한 대로, 우리가 말하는 허리디스크는 추간판 탈출증을 뜻한다. 추간판의 영어 명칭은 'intervertebral disc'로, '척추와 척추 사이에 있는 판'이라는 의미다. 흔히 줄여서 디스크라고 하고, '척추원반'이라고 쓰기도 한다. 추간판 탈출증은 추간판(디스크)이 탈출해서 통증 수용기(receptor)가 있는 조직들을 자극하고, 이로 인해 염증이 생기면서 통증이 동반되는 증상을 말한다. 추간판 탈출로 염증이 생기면 추간판이 붓기 쉽다. 또한, 신경이 눌리면 저리거나 당기는 증상이 생기고, 심하면 다리와 발가락까지 힘이 들어가지 않거나 마비되는 증상도 일어난다.

'허리디스크가 있다'라는 말은 '심장병이 있다'라는 말 대신 '심장이 있다'라고 말하는 것과 같다. 따라서 추간판 탈출증 또는 척추원반 탈출증이 올바른 표현이다. 허리디스크 탈출증이라는 표현도 쓴다. 보통 추간판 탈출증과 허리통증을 같은 뜻으로 생각한다. 이 둘을 구분할 수 있어야 원인을 파악하고 그에 맞는 치료가 가능하다. 다양한 원인으로 추간판 손상이 일어나고, 이로 인해 추간판 탈출증이나 허리통증이 생긴다.

추간판 구조로 살펴보는 허리디스크의 원리

추간판은 수핵, 섬유륜(섬유테), 연골종판으로 이루어져 있다. 추간판은 과부하로 인한 척추의 충격을 흡수하고 손상을 줄인다. 또한, 척추의 움직임과 안정성을 제공한다. 추간판의 성분은 물과 결합하는 성질이 강한 당단백질인 프로테오글리칸(proteoglycan)과 피부·머리카락·힘줄 등에 있는 특수한 단백질인 콜라겐, 그리고 물이다. 이 성분들의 분포와 함유량에 따라 추간판의 기능이 달라진다. 프로테오글리칸은 물과 결합해서 세포외기질을 만들고 세포 사이의 공간을 채워 압력을 흡수한다. 프로테오글리칸이 줄어들면 수분 성분도 줄어들면서 추간판의 기능이 떨어진다.

수핵(nucleus pulposus)은 젤리 같은 형태로, 척추에 실리는 충격을 줄이는 역할을 한다. 약 70~90%가 수분으로 이루어져 있고, 추간판

| 척추와 추간판의 구조

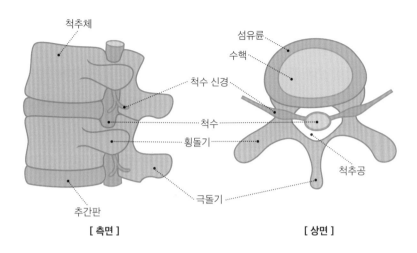

척추체

척수 신경

척수

횡돌기

극돌기

추간판

[측면]

섬유륜

수핵

척추공

[상면]

| 추간판에 압축 하중이 일어날 때의 현상

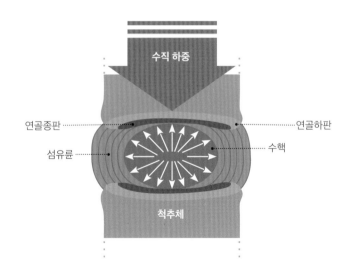

수직 하중

연골종판

섬유륜

연골하판

수핵

척추체

중심에서 약간 후방에 자리한다. 수핵은 압축 하중에 따라 형태가 변한다. 압축 하중은 물체에 강한 압력으로 힘을 주는 것으로, 이를 견뎌 내는 정도를 검사로 이용한다. 압축 하중이 일어나면, 수핵은 바깥쪽으로 눌리면서 충격을 흡수했다가 점차 모양을 회복한다. 자세와 부하에 따라 척추의 움직임이 변하고, 수핵 또한 척추에 가해지는 부하나 인대의 긴장 정도, 근육 수축 등에 의해 변화한다.

섬유륜(annulus fibrosus)은 척추의 안정성을 제공한다. 수핵을 둥그렇게 둘러싼 고리 모양의 섬유륜은 수핵을 감싸서 탈출하지 않게 보호한다. 섬유륜은 10~20겹의 층이 겹겹이 붙은 구조로, 척추체(척추뼈 앞쪽에서 몸무게를 지탱하는 부분)와 연골종판 사이에 위치한다. 수직 방향에서 약 60도로 기울어진 사선 형태로 교대로 위치해서, 수직으로 분리되거나(distraction) 뒤틀리는(torsion) 부하에 대항하고 척추를 안정적으로 지지해 준다.

섬유륜은 앞쪽과 뒤쪽의 형태가 다르다. 앞쪽과 바깥쪽은 두껍고 뒤쪽으로 갈수록 얇아진다. 섬유륜 내 수핵은 상대적으로 뒤쪽에 위치해 있고, 결합하는 성질이 적다. 게다가 섬유륜 뒤쪽이 얇은 탓에 부하로 인해 섬유륜 뒤쪽으로 변성이 생기기 쉽다. 수핵은 비교적 더 딱딱한 섬유륜에 둘러싸여 있어, 힘과 체중에 의해 높은 압력이 발생하는 정수압(수핵압)이 생긴다. 수핵과 섬유륜은 이 정수압을 증가시켜 척추에 실리는 충격을 흡수하고 부담이 가지 않도록 한다. 섬유륜과 수핵이 찰떡처럼 잘 맞아야 힘을 합쳐 척추를 손상으로부터 방어하는 셈이다.

연골종판(cartilage endplate)은 얇은 마개 형태의 탄력이 있는 초자 연골 구조물로, 추간판에 영양을 공급해 주는 역할을 한다. 각 척추뼈의 위쪽과 아래쪽에 위치하며, 섬유륜 외층과 120도, 수핵과 90도 각도를 이루고 있다. 디스크 내부에는 혈관이 거의 없다. 연골종판이 손상되면 수핵과 섬유륜은 영양 공급을 받지 못해 회복이 느려진다. 또한, 연골종판은 척추뼈로 수핵이 침입하는 것을 물리적으로 막고 정수압을 분산시키는 역할도 한다.

추간판 탈출증의 생체역학 연구

생체역학자들은 척추에 압축 하중을 주고 추간판에 미치는 영향을 연구했다. 압축 하중을 가했을 때, 위쪽 척추의 '연골종판-수핵-섬유륜' 순으로 충격이 이동했다. 또한, 충격은 다시 섬유륜에서 아래쪽 척추뼈의 연골종판에 옮겨 갔다. 추간판의 수핵, 섬유륜, 연골종판 중에 손상이 발생했다면 충격을 완화하는 과정을 건너뛰고 척추에 부담을 줄 수 있다. 추간판 손상은 힘의 방향, 강도, 반복 정도에 달라진다. 추간판의 구조물들은 서로 연결되어 영향을 주고받으며 각자의 역할을 통해 추간판 탈출을 최소화한다.

버진(W.J. Virgin) 박사는 〈골관절외과학회지(Journal of Bone and Joint Surgery)〉에 섬유륜에만 손상과 압축 하중을 가하는 실험 연구를 발표했다. 연구 결과, 섬유륜의 압축 하중만으로는 정상 수핵이 탈출할 수 없었다. 파판(H.F. Farfan) 연구팀은 섬유륜의 층판 방향으로 변성된 추간판 중에 수핵이 탈출하는 경우는 회전 동작을 할 때라고 보고했다. 즉, 위아래로 압축 하중이 실리면 수핵 탈출이 생기지 않고, 허리를 앞으로 구부리거나 돌리면 수핵이 섬유륜을 탈출해서 문제가 된다는 것이다.

종합하면, 추간판 탈출증은 허리를 앞으로 구부리거나 회전 동작을 무리하게 반복했을 때 손상이 누적되어 수핵이 섬유륜을 뚫고 나왔을 때 발생한다. 반복된 부하와 잘못된 자세에서도 비롯된다. 추간판의 구성 성분인 프로테오글리칸의 함유량에 의해서도 추간판의 두께가 줄어들면서 추간판 탈출증이 일어날 수 있다. 이러한 생체역학적·생리학적 변화 말고도 외상으로 추간판 탈출증이 발생할 수 있다. 이렇듯 허리디스크의 원인은 다양하다.

허리통증의 원인이 되는 질환을 연구한 논문에 따르면, 1위는 허리 근육과 인대의 손상(삐거나 잡아당김)으로 70%로 나타났다. 2위는 퇴행성 추간판으로 10%, 3위는 추간판 탈출과 골다공증성 압박골절(골다공증으로 척추체가 압박된 상태)로 각각 4%였다. 이어서 척추관 협착 3%, 척추 전방 전위증(척추체가 앞쪽으로 변형된 상태) 2% 순이었다. 순수한 추간판 탈출로 인한 허리통증은 4%뿐인 셈이다. 추간판 탈출증이 생각보다 많지 않다는 사실은 허리통증이 무조건 추간판 탈출증에서 비롯된다는 편견을 깨트린다.

다양한 원인으로 추간판 탈출증이 나타나는 만큼, 다음과 같은 사항을 기억해 두자. 첫째, 허리디스크는 엄밀하게 추간판을 일컬으며, 추간판 탈출증 또는 허리디스크 탈출증이라는 표현을 쓴다는 점을 기억하자. 둘째, 추간판의 수핵, 섬유륜은 충격 완화, 척추의 움직임과 안정성을 제공하고, 연골종판은 영양 공급 역할을 한다. 셋째, 추간판 탈출증은 여러 원인에 의해 발생한다. 넷째, 허리통증의 원인을 추간판 탈출증으로만 여기면 허리통증을 해결할 수 없다. 다섯째, 진단명에 집착하지 말고 척추 구조와 기능에 대해 알고 내 몸 상태를 관찰해 보자.

척추 구조를 알아야
허리디스크 해법이 보인다

허리통증을 파악하려면 허리뼈, 추간판의 구조뿐만 아니라 척추 전체도 알아야 한다. 척추를 구성하는 각 요소는 기계 부품처럼 따로 떼거나 수리할 수 없고, 서로 영향을 주고받기 때문이다. 척추는 구조에 따라 기능이 결정된다.

척추는 26개의 뼈로 이루어져 있다. 경추(목 척추) 7개, 흉추(등 척추) 12개, 요추(허리 척추) 5개, 천골(엉치뼈), 미골(꼬리뼈)이다. 문헌마다 천골과 미골이 성장하면서 융합되는 정도에 따라 척추 개수를 '천골 5개, 미골 4개'라는 식으로 다르게 표현하기도 한다. 경추, 흉추, 요추가 중요한데, 그 때문에 "내 나이는 칠십이오(7-12-5)"라고 개수를 외

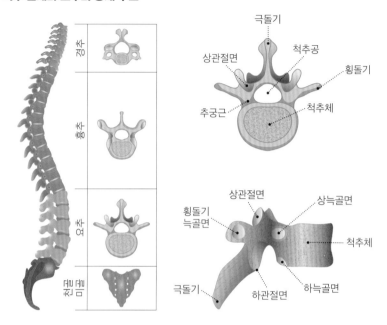

우기도 한다. 추간판(디스크)은 뼈와 뼈 사이에 자리하며, 척추 뒤쪽 관절면과 늑골면 사이에는 위아래 척추를 연결하는 후관절(추간관절)이 있다. 후관절은 약 20%의 하중을 분산시킨다.

척추의 구조물과 기능

각 척추뼈는 부위에 따라 조금씩 다르지만, 전체적인 형태나 기능에는 큰 차이가 없다. 척추체는 경추에서 요추로 갈수록 커진다. 아래로 갈수록 지탱해야 할 무게가 커지기 때문이다. 척추에는 뾰족한 뼈인 극돌기 1개와 좌우 옆으로 솟아 있는 횡돌기가 2개 있다. 극돌기와 횡돌기에는 다양한 근육과 인대가 붙어 있고, 움직이는 방향에 따라 기능에 영향을 준다. 신경으로는 척추신경과 신경뿌리(nerve root)가 있다. 척추체 뒤쪽에는 척추관이라는 구멍이 나 있고, 척추뼈 사이 공간인 추간공에서 척추신경과 신경뿌리가 나온다.

5개의 요추 중 4번-5번 요추(L4-5)와 5번 요추-1번 천골(L5-S1)은 구부리거나(굴곡) 펴는(신전) 동작에서 움직임이 대부분 일어나고, 회전은 제한하는 구조로 되어 있다. L4-5에서는 허리가 앞뒤 약 20~25도로 움직이고, L5-S1도 비슷한 각도로 움직인다. 따라서 추간판 탈출은 1·2·3번 요추보다 움직임이 많은 L4-5, L5-S1에서 자주 일어난다. 특히 5번 요추만 요방형근(요추 1~4번 횡돌기와 늑골 12번에 위치한 허리 근육)이 붙어 있지 않으며, 밑으로 갈수록 후종인대(척추뼈 몸통과 추간판 뒷면을 따라서 붙어 있는 인대)가 얇아진다. 이처럼 구조적으로 안정성이 떨어지는 편이라 가장 많은 문제가 생긴다.

우리 몸의 신경은 목에서 허리까지 내려오는 '척수(spinal cord)'와 척수에서 좌우로 뻗어 나오는 '척수신경'으로 이루어진다. 척수는 뇌와 말초신경의 다리 역할을 하며 감각신경과 운동신경들이 분포한다. 척수신경은 31쌍으로 경신경 8쌍, 흉신경 12쌍, 요신경 5쌍, 천골신경 5쌍, 미골신경 1쌍으로 구성된다. 이 척수신경은 피부와 근육에 지도처럼 길게 분포되어 있다.

척추신경에 대응하는 피부 영역을 의미하는 피부분절(dermatome)은 특정 부위가 눌렸을 때 정강이가 찌릿하거나 다리 측면이 저리는

| 피부분절

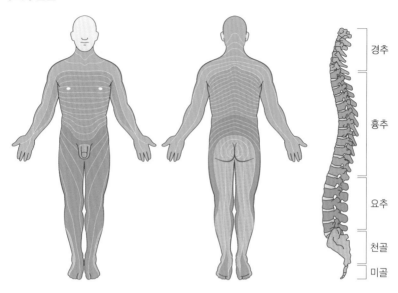

경추

흉추

요추

천골

미골

| 근육분절

신경 단계	관련 움직임
L1, L2	엉덩관절 굽힘(hip flexion)
L3	무릎관절 폄(knee extension)
L4	발목 등쪽 굽힘(ankle dorsiflexion)
L5	엄지발가락 폄(big toe extension)
S1	발목 바닥쪽 굽힘(ankle plantarflexion)

식으로 알 수 있다. 또한, 신경이 분포하는 근육 지도라고 할 수 있는 근육분절(myotome)은 특정 신경이 눌렸을 때 해당 근육의 힘이 약해지는 것으로 알아낼 수 있다. 따라서 피부에 통증에 있거나 근육이 약해진 것으로 몇 번 신경이 눌렸는지를 예상할 수 있다.

척추의 인대는 뼈와 뼈 사이를 이어서 몸을 안정적으로 지탱하는 역할을 한다. 척추뼈 앞쪽인 척추체(척추뼈몸통)와 추간판 앞면을 덮는 전종인대와 척추 후방을 잇는 후종인대가 있으며, 각각 추간판 앞뒤에 존재한다. 전종인대는 요추에 비교적 넓게 존재하며 척추체와 추간판을 대부분을 덮는다. 후종인대가 얇아지면 뒤쪽이나 후외측(뒤편 바깥쪽 사선)으로 추간판 탈출이 발생한다. 이때 추간판이 척수나 신경뿌리를 누르거나 주위 조직을 자극해 통증이 발생한다. 척추뼈 뒤쪽의 고리편 사이를 연결하는 황색인대는 선 자세와 허리를 젖히는 자세(척추 만곡)를 유지한다. 장요인대는 허리뼈와 골반뼈를 이어 주며 5번 요추의 안정성에 중요한 인대다.

▌ 골반의 인대

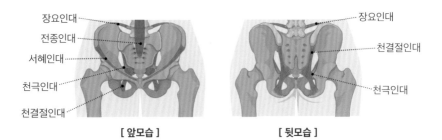

장요인대
전종인대
서혜인대
천극인대
천결절인대

장요인대
천결절인대
천극인대

[앞모습]　　　　[뒷모습]

| 척추의 만곡

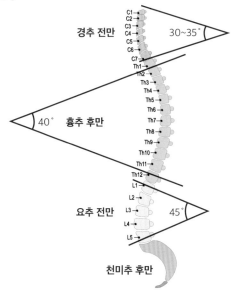

C1
C2
C3
C4
C5
C6
C7

경추 전만   30~35°

Th1
Th2
Th3
Th4
Th5
Th6
Th7
Th8
Th9
Th10
Th11
Th12

40° 흉추 후만

L1
L2
L3
L4
L5

요추 전만   45°

천미추 후만

자료 : 《근골격계의 기능해부 및 운동학》, 300쪽

허리를 얼마큼 굽히는 것이 좋을까?

사람의 척추는 크게 3단계의 변화 과정을 겪는다. 아기가 엄마 배 속에서 웅크려 있는 'C자형 자세'가 1차 만곡(curve, 휘어짐)이다. 생후 3~4개월부터 목을 가누기 시작하면서 7개의 경추는 C자로 앞쪽으로 휘어지는 전만을 형성해 '2차 만곡'을 만든다. 앉았다 서기를 반복하는 생후 1년 무렵이면 허리 주변 근육이 발달하면서 허리 전만을 형성하는 '3차 만곡'이 시작된다. 요추 전만은 생후 4~6세쯤 어느 정도 자리 잡히고 10세 무렵이면 성인처럼 완성된다.

대부분의 생명체는 직선형(linear)이 아닌 둥글거나 나선형(spiral) 형태다. 척추도 일자가 아닌 S자 형태를 띠고 있다. 척추에서 중요한 것은 적절한 굽힘(만곡)과 길이, 유연성을 유지하는 것이다. 일반적으로 목과 허리는 앞으로 굽혀지는 전만을 유지하고, 등은 뒤로 휘어지는 후만을 유지한다. 특정 각도가 항상 정상을 의미하지는 않으므로 숫자에 크게 신경 쓸 필요는 없다. 전만과 후만이 심하거나 덜할 때 추간판, 추간관절, 인대, 근육, 신경의 기능이 변하게 된다. 척추 구조물들의 기능이 떨어지고, 이것이 누적되면 구조와 위치에 따라서 다양한 통증이 생길 수 있다.

요추를 전만으로 유지하면 추간판의 압축 하중에 더 잘 견딜 수 있다. 그렇다면 과한 전만이 허리통증을 줄이는 데 유리할까? 허리의 전만 각도가 커지면 척추 후방에 있는 후관절, 즉 추간관절에 부하가 증가한다. 서 있을 때 척추체와 추간판 전방에는 80~85%, 후관절에는 15~20%의 부하가 실린다. 허리를 구부리면(굴곡) 후관절의 부하는 줄어들고 추간판의 부하는 증가한다. 허리를 펴는 동작(신전)으로 전만이 더 커지면 관절이 충돌하면서 압축 하중이 늘어난다. 따라서 만곡은 너무 크지도 적지 않고 적절해야 한다.

스웨덴의 알릭손(Marie Alricsson) 연구팀은 〈운동재활 학술지(Journal of Exercise Rehabilitation)〉에 척추 정렬 및 흉추와 고관절(골반과 넙다리뼈를 연결하는 관절로 '엉덩관절'이라고도 함)의 가동성과 요통 발병률

| 다양한 척추 변형의 형태

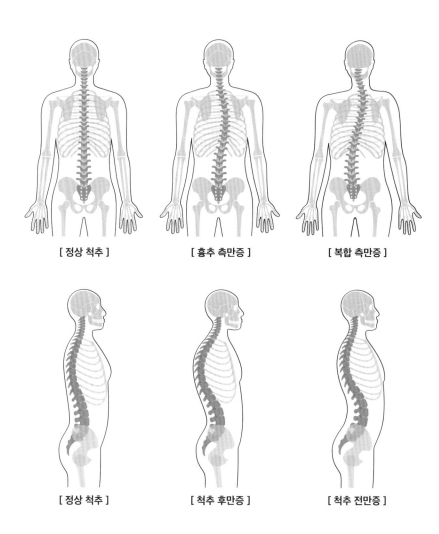

[정상 척추]   [흉추 측만증]   [복합 측만증]

[정상 척추]   [척추 후만증]   [척추 전만증]

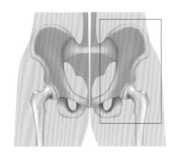
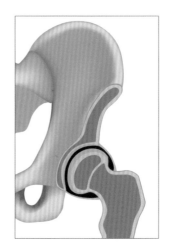

의 관계에 관한 연구 결과를 발표했다. 스포츠 특성상 또래보다 요통 발생률이 높은 청소년 크로스킨트리 스키 선수 51명을 대상으로 한 이 연구에서 흉추 후만(등뼈가 뒤로 휘어짐)과 요추 전만(허리뼈가 앞으로 휘어짐)이 커도 요통과 관련이 없었다. 고관절을 굽히거나 펴는 동작 (굴곡·신전) 또한 마찬가지였다. 하지만 흉추 후만 각도와 요추 전만 각도 차가 크면, 즉, 등과 허리의 만곡(휘어짐) 차이가 크면 허리통증이 발생할 수 있다.

척추는 구조에 따라 기능에 영향을 준다. 기능은 다시 구조에 영향을 미친다. 주목해야 할 점은 구조가 틀어졌더라도 늘 통증이 발생하는 건 아니라는 사실이다. '구조-기능-구조'로 이어지는 악순환이 반복되면 어느 순간에 통증이 생기는 것이 문제다. 사람마다 구조가 다르고 기능의 수준 또한 다르므로 모든 환자를 동일 선상에 놓고 치료할 수 없다. 따라서 자신의 허리를 알아야만 손상을 피하고 허리통증을 가라앉히기 위한 관리를 시작할 수 있다.

척추를 제대로 알아 두려면 다음과 같은 사항을 참고해 보자. 첫째, 척추 구조를 공부한다. 둘째, 척추 기능을 좋아지게 만드는 방법에 관심을 갖는다. 기본은 허리가 싫어하는 자세를 피하고 이상적인 자세를 취하는 것이다. 내 몸에 맞는 운동을 하는 것도 좋다. 셋째, 만곡이 크거나 적다고 통증이 무조건 발생하지 않음을 명심하자. 넷째, 관심이 더 있으면 기능해부학 공부를 해 보자.

4

디스크 탈출이 심할수록
통증도 심할까?

추간판 탈출증 환자들은 MRI 영상을 보면 마음이 무너진다. 허리가 뻐근하고 다리가 저리고 당길 때도 힘들었는데, 디스크가 튀어나와 눌려 있고 흘러내리는 모습을 보면 오만가지 생각이 다 든다. MRI를 보니 괜히 더 아픈 것 같고 회사를 쉬고 집중 치료를 받아야 할까 고민한다. 인터넷에 검색해 보면 뜨는 수많은 정보로 마음이 더 혼란스러워진다. 다행히 디스크 탈출이 심하다고 통증이 더 심한 건 아니다.

보통 디스크 탈출을 두고 '디스크가 터졌다'라고 표현하기도 하는데, 이를 추간판 파열(rupture)이라는 용어로 쓴다. 2014년 미국 의학계(북미척추학회, 미국신경방사선학회, 미국척추방사선학회)에서는 파열이라는 용어를 쓰지 않도록 권고하고 있다. 파열을 외상으로 오해할 수 있고, 또 수술이 필요하다고 인식할 수 있어서다. 환자에게 과도한 공포감을 줄 수 있을뿐더러 응급치료가 필요한 상황이 아니기 때문에 사용하지 말 것을 권하는 것이다.

추간판 탈출의 단계와 통증 수준

일반적으로 추간판 탈출은 '팽윤-돌출-탈출-분리'라고 하는 4단계로 구분한다. 초기 단계인 '팽윤'은 섬유륜이 부푼 상태다. 마치 호떡 반죽을 누르개로 압력을 가해 누르면, 반죽이 전체적으로 옆으로 삐져

| 추간판 탈출 단계

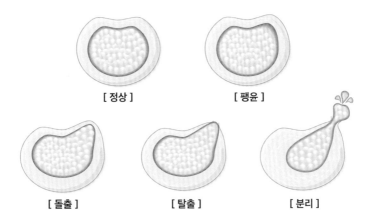

[정상] [팽윤]

[돌출] [탈출] [분리]

나오는 것 같은 모습이다. 섬유륜은 추간판에서 고리(ring)처럼 이루어진 섬유 연골 조직이다. 2단계인 '돌출'은 수핵이 팽창되어 밀고 나오지만, 섬유륜 안에 머무르고 있는 상태다. 수핵은 추간판에서 젤리 같은 형태로 수분을 함유한 조직이다. 3단계인 '탈출'은 섬유륜이 파열되어 수핵이 밀려 나오지만, 내부와 아직 연결된 상태다. 4단계인 '분리'는 섬유륜을 찢고 나온 수핵이 내부와 끊어져 분리된 상태다. 3단계부터 탈출로 본다.

세계적인 권위의 의학 전문 학술지인 〈뉴잉글랜드 저널 오브 메디신(New England Journal of Medicine, NEJM)〉에 허리통증이 없는 성인 98명을 대상으로 MRI 검사를 한 결과가 실렸다. 결과는 예상 밖이었다. 36%가 정상 판정을 받았고, 나머지 64%는 추간판 이상으로 판정되었다. 추간판 이상으로 판정받은 사람들은 별다른 통증이 없었다. 즉, 추간판이 튀어나와도 통증이 없을 수 있고, 모두 추간판 탈출증 증상이 일어나는 것은 아니다. 나이가 많은 환자일수록 증상이 없는 추간판 탈출이 많이 관찰된다.

내 담당이었던 30대 초반 여성 환자는 MRI 상 추간판이 약간 돌출된 상태였다. 자주 반복되는 허리통증과 다리 저림으로 인해 통증이 심했다. VAS 7-8 정도로 표현했는데, 꽤 높은 수치다. VAS(Visual Analogue Scale)는 시각적 통증 척도라는 뜻으로, 통증을 나타내는 평가 도구다. 0부터 10까지 통증을 수치화하는데, 0은 통증이 없는 상태를 의미하고, 10은 참을 수 없는 통증을 나타낸다. 50대 중반 남자 환자는 MRI 상 추간판이 꽤 탈출한 상태였는데 무리하면 아픈 정도, 즉

VAS 3-4로 표현했다. 성별과 생활습관, 심리적인 부분도 영향을 미치겠지만 통증은 주관적이다. 임상에서도 많이 발견되는 사례인데, 같은 성별과 비슷한 연령대라도 MRI 상 추간판이 나온 정도와 통증이 비슷하거나 항상 비례하지 않았다.

추간판 탈출의
자연 치유 가능성

우리 몸은 자연치유력이 있다. 자연치유력은 질병 이전인 건강한 상태로 회복하려는 능력과 방어 기능이 있다는 의미다. 대부분의 탈출한 추간판은 시간이 지나면서 자연스럽게 줄어든다. 보통 추간판 탈출증의 약 80% 이상은 자연 치유된다. 도쿄의대 고모리 히로미치(H. Komori) 박사의 연구에 의하면, 탈출한 디스크의 63.7%는 저절로 줄어들고 13%는 흔적도 없이 사라진다. 또한, 탈출한 추간판 크기가 줄어들기 전에 통증이 먼저 호전됐다. 탈출한 추간판이 다시 제자리로 돌아간 것은 아니며, 시간이 지나면서 크기가 줄어들어 신경과 통증을 일으키는 수용기들을 자극하지 않아 생긴 현상이다.

탈출한 추간판이 자연스럽게 줄어든다는 연구 결과는 많다. 2015년 치우(C.C. Chiu) 박사 연구팀은 〈임상재활(Clinical Rehabilitation)〉 학술지에 31편의 관련 연구를 고찰하고서, 추간판의 자연 회복 가능성이 66% 이상이라고 발표했다. 즉, 자연 회복할 확률이 그렇지 않은 확률보다 높은 것이다. 자발적인 치유 확률은 추간판이 분리된 상태의 경우 96%, 탈출된 상태는 70%, 약간 돌출된 상태는 41%, 팽윤된 상태는 13%였다. 놀라운 사실은 추간판 탈출이 심할수록 자연 회복될 확률이 높았다는 것이다.

많은 연구에서 비슷한 결과를 보고했다. 그렇다면 왜 자연 치유되는 것일까? 이에 대해서는 여러 가설이 있다. 첫째, 추간판이 탈출하면서 염증이 생기고 수분이 포함되는데 시간이 지나면 마른다(dehydration & shrinkage)는 것이다. 둘째, 염증이 생기면 면역 세포인 대식세포(macrophage)가 유해한 시체 세포를 잡아먹으면서(식작용) 회복을 돕는다는 것이다. 셋째, 탈출한 추간판 세포가 자연스럽게 세포 사멸(apoptosis)되어 줄어든다는 것이다. 넷째, 탈출한 추간판이 영양 공급 차단으로 괴사(necrosis)되어 줄어들면서 건강이 회복된다는 것이다.

요약하자면, 추간판 탈출이 심하다고 해서 통증 정도가 비례하는 것은 아니며, 자연 치유 가능성이 존재한다. 따라서 다음과 같은 사항을 기억해 두자. 첫째, 추간판 탈출이 있어도 통증이 없을 수도 있고, 심한 통증이더라도 빨리 가라앉는 경우가 있다. 둘째, 탈출이나 파열 같은 용어에 겁낼 필요가 없다. 셋째, 자연 치유가 되지만 시간이 걸릴 수 있다. 자연치유력은 개인마다 다르고 생활습관과 심리적 요인 등 다양한 원인에 영향을 받기 때문이다. 넷째, 추간판 탈출은 나을 수 있다.

퇴행성 변화는
척추에 어떤 영향을 끼칠까?

노화로 인한 척추의 퇴행성 변화도 허리통증의 원인 중 하나다. 노화란 시간 경과에 따라 생명체의 세포, 조직 등이 퇴행하는 과정을 일컫는다. 일반적으로 사람은 10대 후반에서 20대 초반까지 성장하고, 이후로는 조금씩 노화하기 시작한다. 나이가 들수록 노화의 진행 과정은 빨라진다. 척추도 추간판, 뼈, 인대 등 조직마다 퇴행성 질환이 나타난다. 퇴행성 질환이란 선천적인 기형, 외상, 감염을 제외하고 몸을 쓰면서 일어나는 조직 손상을 말한다. 손상이 누적되는 노년층에 많이 나타나지만, 단기간에 무리한 활동을 하거나 잘못된 생활습관이 이어지면 이른 나이에도 퇴행성 질환을 앓을 수 있다.

추간판 노화가 일어나는 과정

추간판 성분의 노화가 퇴행성 변화의 속도를 높이고 허리통증을 만든다. 앞서 말했듯, 추간판은 프로테오글리칸, 콜라겐, 물 성분으로 구성된다. 프로테오글리칸은 추간판의 구조와 기능에 필수적인 만큼 영향을 많이 미친다. 나이가 들수록 프로테오글리칸의 비율은 감소하고, 수분을 흡수하고 함유하는 능력 또한 줄어든다. 콜라겐 비율이 증가하면, 섬유화 현상으로 탄력성이 떨어지고 딱딱해진다. 추간판은 충격 흡수 능력과 안정성이 떨어진 상태에서 손상된다. 한두 번의 사소한 충격이 아닌, 손상이 누적되며 추간판이 변화한다.

추간판 구조물의 노화 과정을 자세히 살펴보자. 수핵은 태어날 때 약 90%의 수분을 머금고 있지만, 75세에 이르면 65~72%로 감소한

| 추간판의 퇴행성 변화

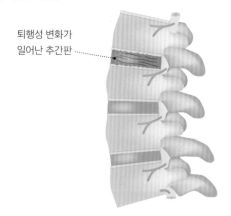

퇴행성 변화가
일어난 추간판·············

다. 수분이 줄어들면 수핵은 압축 하중에서 충격을 더 받고 움직임도 둔해진다. 20대 초반이 되면 섬유륜에 가느다란 실금이 생기기 시작한다. 나이가 들수록 섬유륜에 실금이 많아지고 탄력성이 줄면서 척추의 안정성이 떨어진다. 수핵과 섬유륜의 기능이 감소하면 추간판의 두께(높이)도 점차 감소하고 추간판 탈출증과 척추관이나 추간공에 협착증으로 이어질 수 있다. 노년층에 추간판 탈출증과 협착증이 동시에 있는 경우가 이러한 이유 때문이다.

연골종판도 수분 손실이 일어나면서 석회화(칼슘 침착)가 진행되고 딱딱해지면서 기능을 잃는다. 연골종판의 퇴행성 변화는 영양 공급 능력의 감소로 이어져 추간판의 퇴행을 가속한다. 따라서 연골종판의 석회화는 추간판 질환의 전조 증상의 하나로 추정되므로 주의 깊게 살펴야 한다.

추간판의 영양 공급은 연골종판과 척추체 해면골(스펀지 같은 형태로 조혈 작용을 하는 골수를 저장함)에 분포한 혈관이 섬유륜 외층을 경유하면서 일어난다. 척추뼈도 노화하면 뼈를 녹이고 흡수하는 뼈세포의 일종인 파골세포가 강해져 뼈 생성보다 흡수가 많아지면서 약해진다. 퇴행성 변화는 해면골에서 섬유륜 외층으로 이동하는 영양 공급도 감소시킨다.

추간판 탈출증은 대부분 추간판의 반복되는 과부하에 따른 퇴행성 변화로 생기며, 척추관 협착증도 뼈의 노화와 관련이 깊다. 노화로 척추뼈 후방에 있는 후관절은 비대해지고 추간판의 수분량은 줄어들며 인대들은 두꺼워진다. 퇴행성 변화가 복합적으로 일어나면 신경 통로인 척수가 있는 척추관과 신경뿌리가 나가는 추간공은 더 눌리게 된다. 인대가 딱딱하게 두꺼워지고 불필요한 뼈가 자라면서(골막골극) 공간은 더 좁아진다. 따라서 뼈, 관절, 인대가 노화로 변성되면 척추관이나 추간공에 협착증이 일어날 수 있다.

평균 수명의 증가로 척추관 협착증 환자 수가 가파르게 증가하고 있다. 건강보험심사평가원 통계에 따르면, 50세 이상 척추관 협착증 환자 수가 2010년 84만 9천 명에서 2020년 약 166만 명으로 96%가량 증가했다. 주목할 점은 추간판 탈출증 환자보다 척추관 협착증 환자 수의 증가율이 더 높다는 것이다. 다행히 협착이 있어도 약 3분의 1은 자연 회복된다. 척추관 협착증이 있다고 통증이 계속 있는 것은 아니며, 또한 노화가 모두 허리통증으로 이어지지 않는다. 약 20%의 사람은 요통을 전혀 겪지 않는다고 하니 나른 길이 분명히 있다.

| 성공적인 노화를 위한 첫걸음

재활운동을 하는 80대 여성 환자는 무릎 연골 손상으로 걷는 게 불편하지만, 허리통증은 없다. 유연성이 좋아서 다리 찢기도 가능하고, 친구를 만나거나 골프를 치는 등 왕성하게 활동하고 있다. 30대 중반 때 요통으로 2년 정도 고생했다던 환자는 회복 후에 건강을 더욱 챙기게 되었다고 한다. 육아와 집안일을 하면서도 틈틈이 운동하고 생활습관을 신경 써서 관리했더니 지금은 허리통증 없이 잘 지내고 있다.

50대 중반이나 60대 때 요통으로 센터를 찾는 분들이 자주 하는 말이 있다. 허리 아픈 줄 모르고 살았는데 어느 날 갑자기 아프더란다. 삐끗하거나 외상으로 인한 급성 통증이 아니면 천천히 퇴행성 변화를 겪는 경우가 대부분이다. 이러한 환자 중에 가볍게 걷기는 하지만 운동은 따로 해 본 적이 없어서 어떻게 해야 할지 모르겠다는 사람들이 있다. 안 하던 운동을 하려니 걱정이 앞서는 환자도 있는 반면, 나이가 많으니 어쩔 수 없다고 넘기는 환자도 있다. 누누이 이야기한 대로, 운동으로 기능이 개선되거나 자연치유력으로 시간이 지나면 좋아지기도 하니 섣불리 포기하지 말자.

백세 시대는 오래 사는 것보다 건강하게 오래 사는 '건강 수명'이 중요하다. 노년층 중에는 자신의 나이에 맞게 능동적이고 활발하게 살아가는 사람이 많다. 노년학자들은 이런 현상을 '성공적인 노화(successful aging)'라고 한다. 허리통증 없이 건강하게 살아가려면 내 몸 상태에 관심을 갖고 꾸준히 몸을 움직이는 게 중요하다. 척추는 우리 몸을 지탱하는 관절이라 다른 관절보다 퇴행 속도가 빠르지만, 무리하지 않는 선에서 잘 관리하면 충분히 늦출 수 있다. 젊은 나이에 허리통증으로 고생해도 오히려 건강을 챙길 기회로 생각하고 그때부터 관리하는 게 좋다. 오늘을 어떻게 보내는가가 평생 허리 건강을 좌우한다.

여성의 허리디스크 발병률이
높은 이유

골반 구조가
요추에 미치는 영향

자료를 살펴보다 보면, 추간판 탈출증과 관련한 일관된 보고가 있다. 바로 여성이 남성보다 추간판 탈출증 발병률이 높다는 것이다. 골반과 근육, 인대 등 신체 구조와 호르몬 변화 때문이다. 골반은 요추와 직접 연결되어 있기 때문에 골반이 앞뒤로 기울어지거나 틀어지면 보상작용(compensation)을 일으킨다. 보상작용은 어느 부위가 손상되거나 기능이 떨어지면, 다른 부위가 대신해서 기능하는 것을 말한다.

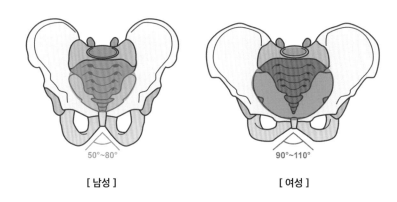

[남성]   [여성]

따라서 골반 구조는 요추뿐 아니라 척추 전반에 영향을 준다.

　여성은 남성보다 골반이 옆으로 넓고 크다. 임신과 출산을 위해 유전적으로 척추보다 골반이 넓은 것이다. 그림의 왼쪽은 남성 골반이고 오른쪽은 여성 골반이다. 골반 아래 치골궁, 즉 좌우 두덩뼈 아래의 각도가 남성은 90도 이하, 여성은 90도 이상이다. 골반이 넓으면 앞으로 잘 기울어지고 움직임이 커지면서 안정성이 떨어진다. 여성은 남성보다 유연성은 좋은 반면, 근육과 인대가 약하다. 그로 인해 척추와 골반을 잘 잡아 주지 못해서 허리디스크에 충격을 더 주게 된다. 따라서 추간판 질환뿐만 아니라 척추체 후방에 있는 후관절과 인대 손상에 노출되기 쉽고 통증이 발생할 확률이 높아진다.

　여성은 남성보다 요추가 앞으로 휘어진 요추 전만이 더 크다. 일반적으로 성인의 요추 전만 각도는 약 40~45도이고, 50도 이상이면 척추가 심하게 앞으로 굽은 과전만 상태다. 다음 그래프를 보면 대부

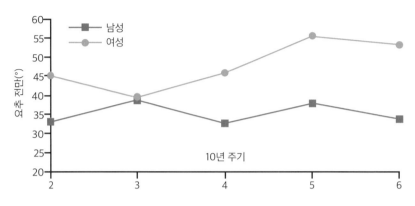

┃ 연령에 따른 요추 전만 변화

자료 : 《근골격계의 기능해부 및 운동학》, 319쪽

분의 여성에게서 허리가 과도하게 전만된 현상이 나타나고, 50대 이후에는 더욱 각도 차이가 벌어진다. 요추의 과전만은 흉추의 보상작용으로 이어진다. 흉추 후만, 즉 등이 뒤로 굽어지는 증상이 생길 수 있는데, 흉추 후만 각도와 요추 전만 각도의 차이가 벌어지면 허리통증 발생률이 높아진다.

여성호르몬 변화에 따른
허리통증의 추이

호르몬 변화도 여성의 허리통증과 관련이 깊다. 여성은 임신했을 때 몸속에서 호르몬 변화가 일어난다. 임신 3~4개월 이후로 릴랙신 (relaxin)이라는 임신 호르몬이 나오는데, 출산일이 다가올수록 더 분비된다. 출산 전까지 자궁 경부 확장을 위한 일련의 과정을 준비하며, 여성의 골반뿐만 아니라 척추 주변 인대, 근육이 느슨해진다. 이에 따라 허리뼈를 잘 잡아 주지 못해 안정성이 떨어진다. 배가 불러오면서 무게중심도 앞쪽으로 쏠리고 허리는 과전만이 된다. 출산 후에도 근육과 인대들은 물론, 골반도 바로 제자리로 돌아오지 않는다. 산후조리를 잘하지 못하면 평생 허리와 골반 통증으로 고생할 수 있다.

출산 후에 육아에 힘쓰다 보면 수면 패턴도 깨지고 아기를 안으면서 허리에 부담이 간다. 아기가 자라면서 체중이 늘어날수록 안아 줄 때 약해진 근육과 느슨해진 인대가 버텨 주지 못해서 허리통증이 발생한다. 여성 환자 중에 출산 후 6개월 이후 통증이 심해져서 찾아오는 경우가 많았다. 아이 돌보느라 정신이 없어서 정작 자신의 몸을 돌볼 시간이 없던 것이다. 출산 후 안정기가 지나면 가족의 도움을 받아 적절한 운동을 하는 것이 좋다.

여성은 폐경기에 에스트로겐(estrogen) 호르몬이 급격하게 줄어든다. 에스트로겐은 여성에게 매우 중요한 호르몬으로 여성의 성적 발달과 성장에 꼭 필요하다. 얼핏 뼈는 정지된 듯 보이지만 그 안에서는 신생과 재생, 파괴와 흡수 과정이 반복된다. 뼈를 만드는 일은 골아세포가 담당하고 뼈를 녹이고 흡수하는 역할은 파골세포가 맡는다. 폐경기 때 에스트로겐이 급격히 감소하면 파골세포의 기능이 강해져 뼈에서 생성보다 흡수가 많아진다. 이때 골다공증이 생기기 쉽다. 뼈가 약해지면 구조가 변화하고 기능이 떨어지면서 척추에 영향을 주게 돼 허리통증이 생긴다.

한편, 여성은 일생 평균 450회 정도의 월경을 하게 된다. 개인차가 있지만 심한 생리통으로 고생하는 여성이 많다. 월경 직전 프로스타글란딘(prostaglandin)이라는 호르몬의 분비가 늘어나는데, 이 프로스타글란딘은 히스타민(histamine)과 브래디키닌(bradykinin)과 함께 생리통을 유발하는 대표적인 호르몬이다. 프로스타글란딘은 자궁 근육을 수축시켜 골반 주위와 허리의 근육에 영향을 주고 허리통증을 일으킨다.

여성의 생활습관도 허리디스크 질환에 영향을 준다. 다리 꼬는 습관은 골반과 허리를 틀어지게 해서 통증을 유발한다. 한쪽으로 가방을 들거나 어깨에 메는 것 또한 좋지 않다. 가방을 드는 쪽 어깨가 올라가고 같은 쪽 골반은 내려가면서 척추가 휘기 때문이다. 5cm 이상의 하이힐도 자주 신으면 허리에 과전만을 만들고 무게중심이 앞으로 쏠리게 한다. 내 몸에 맞는 운동을 하더라도 허리가 싫어하는 버릇을 하면 허리통증 감소는 더딜 수밖에 없다.

신체 구조와 호르몬으로 인해 남성보다 여성의 허리통증 발병률이 높다. 따라서 여성의 경우 다음을 명심하면 좋다. 첫째, 여성의 넓고 큰 골반은 과전만이 더해져 허리통증의 원인이 된다. 둘째, 출산 전 릴랙신 증가와 폐경기 에스트로겐 감소가 척추와 골반에 영향을 준다. 셋째, 프로스타글란딘의 분비로 생리통은 물론 허리통증이 생길 수 있다. 넷째, 몇몇 습관이 통증에 영향을 줄 수 있다. 여성이 발병률이 높다고 해서 통증 또한 비례한다는 건 아니다. 몸 상태를 이해하고 급격한 호르몬 변화 시기를 관리해 통증에서 벗어나 보자.

청소년에게도 흔한
허리통증

| 청소년의 허리는 과연 건강할까?

(청소년 환자가 치료를 마치고 나서 다음 환자가 입장하며)

환자 저 학생은 왜 오나요?

나 허리통증이 있어서 재활운동을 하고 있어요.

환자 아이도 아플 수 있나요?

나 그럼요. 청소년도 다양한 원인으로 아플 수 있어요. 요즘은 학생들도 꾸준히 치료를 받고 있습니다.

일대일로 치료가 이루어지는 만큼, 앞 환자가 치료받는 동안에 다음 환자는 대기하게 된다. 중학교 2학년 학생이 치료를 마치고 나가자, 다음 차례로 들어온 환자는 나에게 이와 같은 질문을 던졌다. 청소년도 아플 수 있으며, 성인과 유사한 허리통증 발병률을 보인다.

영국 맨체스터대학교 역학(epidemiology) 및 보건통계학부의 존스(G.T. Jones) 연구팀은 어린이와 청소년을 대상으로 요통 역학 관계를 조사했다. 역학은 질병 또는 특정 집단에 발생하는 건강 관련 원인과 빈도, 분포를 통계학적으로 연구하는 학문이다. 청소년의 허리통증 발병률은 성인과 비슷한 수준으로 20세까지 70~80%에 이르는 것으로 나타났다. 흔히 청소년은 어리니까 건강해서 허리통증이 없을 거로 생각하는 것과는 정반대의 결과다.

성인과 마찬가지로 청소년 역시 남성보다 여성이 허리통증을 많이 겪는다. 여학생과 남학생을 비교한 연구에서 여학생의 허리통증 위험도가 남학생보다 약 3배 가까이 높은 것으로 나타났다. 여성은 초경을 시작할 때 급격한 호르몬 변화를 겪는다. 급격한 성장으로 골반도 넓어지고 키도 크면서 척추가 길어진다. 척추 주위 근육이나 인대가 충분히 잡아 주지 못하면 허리통증을 앓을 확률이 높아진다.

키, 체중, 체질량지수(body mass index, BMI) 등은 허리통증, 허리 가동성, 척추 주변 근육과 연관성을 가지지 않는 것으로 나타났다. 청소년들을 대상으로 신체활동과 움직이지 않는 '정적인 비활동(sedentary activity)', 반복적으로 기계적 부하를 주는 생활습관에 관한 조사 연구가 있었다. 신체활동에서는 역도, 보디빌딩, 조정(rowing)과 같은 특정 스포츠를 할 때와 정적인 비활동을 할 때만 허리통증과 관련성이 있는 것으로 나타났다. 한마디로 너무 안 움직이거나 너무 무리해도 문제가 된다.

허리에 나쁜 동작은 퇴행성 변화를 앞당긴다

나는 첫 직장생활을 스포츠재활병원에서 시작했다. 국가대표를 포함한 스포츠 스타들과 운동선수들이 재활을 하러 다니는 병원이다. 축구, 골프, 야구, 배구 등 다양한 종목의 프로와 아마추어 선수들이 시합이나 훈련 중에 손상이 생겨서 병원을 드나들었다. 그중 청소년이지만 허리통증을 비롯해 아픈 곳이 여럿인 선수도 있었다. 스포츠 특성상 반복 동작이 많으며, 훈련도 잦은 편이다. 도중에 슬럼프도 겪고 부상을 극복하지 못해 은퇴하는 선수들도 상당히 많다.

청소년도 특정 부하로 인해 허리디스크나 주변 척추 구조물에 퇴행성 변화가 생길 수 있다. 추간판의 퇴행성 변화는 빠르면 10대 후반이나 20대 초반부터 시작된다. 운동선수나 허리에 부담이 가중되는 활동을 하는 사람일수록 퇴행성 변화가 일찍 생긴다. 추간판 변화에 큰 영향을 주는 요인이 반복되는 과부하다. 반복되는 과부하로 추간판 구조물에 손상이 생겨 허리통증이 발생하게 된다.

말했듯이 움직임이 거의 없는 정적인 비활동도 허리통증과 관련이 있다. 척추는 적절한 움직임을 통해 연골종판의 확산 작용으로 추간판에 영양 공급을 한다. 가만히 있으면 추간판에 영양 공급이 덜 이루어지면서 허리통증에 영향을 준다. 따라서 특정 동작을 반복하는 것보다 가만히 있는 게 더 위험하다. 만성 요통 환자는 개발도상국보다 선진국에 더 많다. 의자에 오래 앉아 일하거나 고정된 자세로 있는 시간이 많아서다. 요즘 청소년은 의자에 앉은 채로 오랜 시간 공부하거나 게임을 하는 등 자주 움직이지 않으며, 앉은 자세 또한 좋지 않다. 한 자세로 오래 있게 되면 근육을 오래 쓸 수 있는 근지구력도 부족해진다. 잘못된 자세를 하게 되고 결국 허리에 부담을 준다.

성인에게도 마찬가지지만, 특히 청소년에게 자세는 중요하다. 학부모 중에는 아이가 나쁜 자세로 지내는 바람에 체형이 구부정하다고 속상해하며, 아이에게 자세를 바르게 하라고 말해 줄 것을 나에게 부탁하는 경우도 있다. 집에서 말을 질 듣지 않는 아이도 지료빝을 때는 제법 진지하게 생활습관을 바꾸려고 노력한다. 허리통증이 심하거나 만성이 됐다면, 나쁜 자세와 생활습관이 이미 굳어진 것으로 이를 단기간에 바꾸기는 어렵다. 따라서 가정에서 부모가 자녀에게 천천히 자세와 생활습관을 바꿀 수 있도록 유도해야 한다.

청소년은 성인보다 척추가 유연하고 회복 속도도 빠르지만, 오히려 급격한 신체 변화와 과부하로 허리통증이 일어날 수 있다. 따라서 무리하게 반복적인 활동을 하지 않아야 한다. 특히 운동선수처럼 반복 동작과 훈련 양이 많으면 몸을 잘 관리하고 틈틈이 휴식을 취해야 한다. 또한, 너무 안 움직여도 허리통증이 일어난다. 적절하게 움직여야 척추도 건강해진다는 사실을 명심하자.

비만과 허리통증의
얽히고설킨 관계

비만과 허리통증의 강도는
비례하지 않는다

비만(obesity)은 늘어난 체중이 부하를 높여 요추를 압박하기 때문에 허리통증을 일으키는 원인 중 하나로 지목된다. 비만은 인체 내에 지방 조직이 과다한 상태를 말한다. 체중은 많이 나가지만 지방량이 많지 않고 근육량이 증가한 경우는 비만이라 하지 않는다. 비만은 체질량지수(BMI)로 판단하는데, 우리나라 기준으로 체중(kg)을 신장(m)의 제곱으로 나눈 값이 25 이상이면 비만으로 정의한다.

사람은 지구에 있는 한 중력의 영향을 받는다. 중력은 위에서 아래로 작용하므로, 사람의 경우 단연 척추가 가장 많은 부하를 받으며 몸을 지탱하게 된다. 척추가 기둥 역할을 하는 셈이다. 고도비만, 즉 BMI가 35인 경우 요통 발병률이 증가한다는 단일 연구가 있다. 약 4~5kg을 감량하면 허리통증 감소에 기여한다는 연구도 있다. 지방조직에서 분비되는 세포신호물질인 아디포카인(adipokine)이 염증을 유도해 허리통증을 일으킨다는 연구 결과도 나왔다.

체중이 증가할수록 요통 발병률이 높아진다는 의학적 근거는 일관성 있게 입증되지는 않았지만, 현장에서는 대체로 동의한다. 생체역학적으로 체중이 증가하면 허리디스크에 내부 압력이 높아지면서 통증이 일어날 확률이 높아진다. 척추는 경추에서 요추로 내려올수록 크기가 더 커진다. 요추는 체중과 부하의 영향을 크게 받는다. 만약 비만이라면 요추에 부담이 가해져서 허리통증이 생길까? 예상과 달리, 실제로 비만과 허리통증의 강도는 비례하지 않는다.

2000년, 〈스파인〉에서 비만과 허리통증 관련 65개 연구를 문헌 고찰하여 발표했다. 1965년부터 1997년까지 논문들을 대상으로 정리한 결과, 23%의 논문에는 체중과 허리통증에 긍정적인 연관성(positive association)이 담겨 있었다. 59%는 부정적인 연관성(negative association)을 주장했고, 18%는 이 연구와 관련이 없었다. 한 마디로 체중과 허리통증은 관련성이 떨어진다는 것이다. 체중이 늘어난다고 모두 허리통증이 있던 건 아니기 때문이다.

비만과 허리통증에 대한 용량반응곡선(dose-response curve)에서도 비만은 요통의 원인이 아니라고 한다. 용량반응곡선은 약물이나 어떤 물질의 용량과 반응 간의 일정한 관계를 나타낸 그래프를 말한다. 비만이 허리통증의 원인이라면 '과체중-비만-고도비만' 순으로 체중이 증가하면서 허리통증도 늘어야 하지만, 실제로는 그렇지 않았다. 단일 연구에서는 통증 증가가 보고되는 사례도 있지만, 일관성이 떨어졌다. 따라서 체중이 증가한다고 통증도 강해지는 건 아니니 너무 걱정할 필요는 없다.

비만은 통증의 지속 기간을 늘릴 수 있다

비만이 허리통증의 강도로 반드시 이어지지는 않지만, 그럼에도 주목해야 할 연구 결과가 있다. 바로 비만이 허리통증의 지속 기간을 늘린다는 것이다. 즉, 비만일수록 회복 속도가 느려지니 결국은 체중을 줄이는 게 낫다는 내용이다. 통증의 강도와 통증의 지속 기간은 다른 의미다. 물론 비만이라고 자책하거나 통증에 대한 두려움을 가질 필요는 없다. 체중이 많이 나가더라도 적절한 운동을 통해 체중을 줄여 허리통증을 관리할 수 있다.

여성 환자들은 식이요법으로 체중을 줄이는 것을 선호한다. 몇몇 식이요법은 운동보다 체중 감소에 효과를 더 보이기도 한다. 먹는 양을 줄이면 몸에서 소비할 수 있는 에너지량이 줄고 신체활동도 감소한다. 그러나 신체활동량이 감소하면 근육을 움직이는 기초대사량이 떨어지고, 이는 신체기능 저하로 이어질 수 있다. 먹는 양을 조절하되 운동을 통해 기초대사량이 떨어지지 않도록 신경 써야 한다. 특히 50대 이상부터 근감소증(노화가 진행되며 팔다리의 근육량과 근력이 감소하는 증상)이 진행된다. 과도하게 체중을 감량하면 통증이 줄어들지 몰라도 근감소증과 같은 다른 문제가 생길 수 있다. 또한, 대사장애가 일어나거나 신체활동의 질도 떨어질 수 있어서 주의해야 한다. 허리통증을 앓는 사람은 적정한 체중과 근육량을 유지하는 것이 관건이다.

임상 현장에서 자주 받는 질문 중 하나가 "체중을 얼마나 줄이는 게 좋나요?"이다. 나는 환자에게 체중계에 보이는 숫자나 비만지수에 너무 신경 쓰지 말라고 조언한다. 중요한 것은 척추를 관리하여 영양 공급이 잘 이루어지도록 하는 것이기 때문이다. 환자 개인에 맞춘 식이요법과 운동을 통해 자연스럽게 체중을 줄이는 게 좋다. 급격한 체중 감량은 또 다른 문제를 일으킬 수 있다. "체중 감량과 척추 운동 중 어떤 것을 먼저 해야 하나요?"라는 질문을 받을 때도 있는데, 나는 동시에 할 것을 권한다. 둘 다 중요하므로 무리하지 않는 선에서 병행하는 것이 좋다.

과한 체중 감량은 오히려 좋지 않다니, 맛있는 음식을 먹는 것을 행복으로 생각하는 나에게도 좋은 소식이다. 비만과 허리통증으로 고민인 사람이라면 다음을 기억해 두자. 첫째, 비만과 허리통증의 강도는 비례하지 않는다. 둘째, 비만과 허리통증의 지속 시간은 연관성이 있다. 따라서 허리통증이 장기적으로 재발하지 않도록 체중 조절은 필요하다. 셋째, 운동을 하는 등 몸을 움직여 기초대사량을 높이자. 기초대사량을 높이는 것은 에너지 소비 측면에서 효율성이 좋다. 넷째, 체중에 너무 스트레스 받지 말고 맛있는 음식도 가끔 먹자.

어떻게 통증이 일어나느냐가
치료를 좌우한다

통증을 일으키는
3가지 원인

허리통증을 앓는 사람들은 허리디스크, 즉 추간판 탈출증이 낫기를
바란다. MRI 상 디스크가 튀어나와 있으면 그것이 통증의 원인이라
여기기 때문에, 추간판 탈출증이 나으면 증상도 좋아질 거로 생각하
는 것이다. 여러 연구에서 밝혀졌듯이 추간판 탈출이 해결돼도 통증
이 남아 있을 수 있고, 반대로 허리디스크가 탈출하여 눌려 있어도 통
증이 없는 경우도 많다. 결국은 허리디스크가 아닌 통증이 없어져야

해결된다. 따라서 통증이 일어나는 원리를 알면 답이 보인다.

사람마다 통증은 제각각이다. 통증 분야의 가장 권위 있는 단체인 국제통증연구학회(IASP)에서는 통증을 '실제적 또는 잠재적 조직 손상과 관련한 불쾌한 감각과 감정적 경험'이라고 정의한다. 정의에서도 알 수 있듯이 잠재적 부분과 불쾌한 감각과 감정적 경험은 주관적인 요소다. 통증은 사람마다 받아들이는 기준점인 역치뿐 아니라, 유형과 느낌이 다 다르다. 이러한 점은 통증이 복합적이고 다양한 원인으로 발생할 수 있음을 알려 준다.

통증이 일어나는 원리는 크게 3가지로 나눌 수 있다. 조직 손상, 신경병증성, 중추 감작(central sensitization)이다. 먼저 조직 손상에 의한 통증은 원인을 알기 쉽고 병리적 진행 과정을 잘 따른다. 조직(tissue)은 형태와 기능이 비슷한 세포들이 모여 있는 단위로 근육조직, 결합조직, 상피조직, 신경조직 등이 있다. 병리적 진행 과정은 인체가 손상을 당하고 회복되는 과정으로 '염증기-증식기-재형성기'의 단계를 거친다. 염증이 생기면 5대 증상으로 열이 나고 피부가 붉어지고 붓고 통증이 느껴지며 기능이 제한된다.

허리를 삐끗해서 염증이 생기면 통증이 나타난다. 조직 손상 정도에 따라 통증도 심해진다. 염증 반응 동안 몸에서는 통증을 유발하는 화학 물질이 나온다. 프로스타글란딘, 브래디키닌, 히스타민 등이 대표적인 통증 유발 물질이다. 이 화학 물질들이 통증 수용기 역할을 하는 자유신경종말을 자극하고 흥분시켜 통증이 나타나게 한다. 따라서 자유신경종말이 분포하는 조직은 통증이 일어나기 쉽다.

척추에서 자유신경종말이 분포하는 조직은 근육, 인대(극상인대, 극간인대, 전종인대, 후종인대, 황색인대), 추간판의 섬유륜, 신경뿌리, 신경절, 혈관을 가진 근막, 후관절(추간관절), 척주 혈관계 등 광범위하다. 따라서 허리 인대나 근육이 삐끗해도 통증이 발생한다. 변성된 추간판의 섬유륜에도 자유신경종말이 있는 것으로 확인됐다. 디스크가 손상돼도 아플 수 있다. 척추 구조물 대부분에 자유신경종말이 있으므로, 조직 손상 시 통증 유발 물질이 나오면서 통증을 느낀다. 다행히 조직 손상에 의한 통증은 조직이 회복되면서 대부분 줄어든다.

다음으로 신경병증성 통증은 신경조직에 문제가 생겼을 때 나타나는 통증을 말한다. 신경과 관련한 추간판 탈출증과 척추관 협착증 등의 병리적 증상으로 신경이 눌리거나 손상을 당한 경우다. 신경병증성 통증은 신경이 지배하고 분포하는 부분에 걸쳐 나타난다. 신경이 눌리거나 과부하가 생기지 않게 행동을 조심하면 시간이 지나면서 회복된다. 추간판 탈출증과 척추관 협착증을 앓고 있고 증상이 심하다고 통증이 반드시 심하다고 볼 수 없다.

마지막으로 중추 감작에 의한 통증이다. 중추 감작은 중추신경계에서 통증을 보내는 신호가 증가해 통증이 실제보다 더욱 민감하게 나타나는 경우다. 중추 감작 통증은 심리사회적 요인인 스트레스, 두려움, 불안, 우울증 등과 다양한 원인을 통해 나타난다. 조직 손상에 의한 통증과 신경병증성 통증과 달리 인과가 확실하지 않고 일정한 패턴이 없다. 만성 허리통증에 자주 나타나지만 검사로 알기 어렵다. 중추 감작성 통증인 경우에는 적극적인 상담을 통해 심리사회적 요인과 신체적 요인을 파악한 다음 치료에 접근해야 한다.

통증을 두려워하지 않아야 허리가 회복된다

앞서 말했듯이 최근 들어 생체의학적 모델에서 생체심리사회적 모델로 패러다임이 바뀌고, 그에 따라 통합치료 시대가 열리고 있다. 생체심리사회적 모델은 생체역학적 통증을 줄이거나 조절하는 정서적·신경학적·사회적 과정을 포함한 개념이다. 중추 감작 통증과 같은 심리사회적인 요인에서 회복을 기대하려면 기존의 치료법을 보완하는 방법이 필요하다. 중추 감작에 의한 통증은 생체심리사회적 치료 접근법으로 해결되는 경우가 많다. 따라서 이러한 통증이 생겼다고 두려워할 필요는 없다.

지금도 가장 생각나는 30대 후반의 환자가 있다. 처음에 허리, 목, 어깨의 통증으로 찾아온 환자는 병원 치료와 운동 등 할 수 있는 것은 다 해 봤다고 말했다. 온종일 앉아서 일하는 사무직으로 통증이 생기면 매우 신경 쓰여 아무것도 하지 못한다고 했다. 운동 하나라도 왜 해야 하는지 묻고 스스로 이해해야 진행하는 분이었다. 평가와 목표 설정을 통해 순조롭게 재활운동을 시작했다.

그러나 시간이 지나면서 환자는 다시 통증이 심해졌다. 나는 업무 환경과 스트레스에 관한 대화를 나누고 통증과 연관 지을 만한 문제점도 세심하게 살폈다. 함께 좋아질 방법을 고민하면서 병원에서 심리 상담을 병행하기도 했다. 그러나 회복될 때쯤 다시 통증이 심해졌다. 환자는 온종일 집에 누운 채 통증에 대한 생각에 사로잡힐 때도 있었고, 통증이 반복되니 자포자기한 모습이었다.

허리통증을 앓는 사람들은 대개 조직 손상과 신경병증성 통증이 원인으로, 잘못된 자세를 피하고 바른 자세와 몸에 맞는 운동을 하면 거의 회복된다. 그러나 통증에 매우 집중하거나 부정적인 생각으로 인한 중추 감작 통증이 있다면 치료가 쉽지 않다. 낮을 수 있다는 긍정적인 의지가 있어도 때론 시간이 오래 걸려 환자가 힘들어하는 경우가 있기 때문이다. 그렇지만 나는 포기하지 않고 새롭고 다양한 접근을 통해 재활치료에 나선다.

통증에 대한 연구는 지금도 계속되고 있다. 조직 손상과 신경병증성에 의한 통증은 시기에 따른 대응법과 원인을 안다면 두려워할 필요가 없다. 중추 감작에 의한 통증도 그렇다. 통증이 일어나는 원리를 공부하면 통증에 대한 생각이 바뀐다. 부정적인 생각으로 통증을 인식하면 회복이 느려진다. 통증을 우리 몸에 문제가 생겼을 때 먼저 경고하는 신호로 생각해 보면 어떨까? 두려워해서 생기는 가짜 통증과 진짜 통증을 구분하면 허리통증 완화에 한 발자국 다가설 수 있다.

3장

허리통증에는
그만한 이유가 있다

1

움직이지 않으면
허리 고장이 나기 쉽다

며칠 가만히 누워 있다고
허리가 나아질까?

환자 일주일 전 허리를 삐끗한 후에는 통증이 심해서 일을 쉬고 집에
서 누워 있어요.

나 쉬니까 통증은 어떻던가요?

환자 처음 2~3일은 통증이 너무 심했는데, 누워서 쉬니까 조금 가라
앉은 것 같아요.

나 3일 이후에는 어땠나요?

환자 시간이 지나면서 조금 괜찮긴 한데 힘도 없고 통증이 비슷해요. 움직이면 아플까 봐 매일 누워 있는 시간이 많아요.

나 지금부터는 일도 하고 예전처럼 지내는 게 도움이 될 거예요.

환자 아직은 허리를 구부리면 아파서 통증이 없어지고 다 나으면 나가고 싶어요.

나 움직이지 않고 자세를 고정하면 허리가 더 고장 납니다. 움직이세요!

　40대 초반의 남자 환자분과 상담을 진행하며 이러한 대화를 나눴다. 여러 번 강조한 대로, 허리디스크와 허리통증은 움직이지 않고 가만히 있는 데서 비롯된다. 아프다고 가만히 누워 있는 것, 가만히 앉아 있는 것, 같은 자세로 쉬지 않고 일하는 것이 대표적인 예다. 많이 움직여서 과부하가 생길 때보다 오래 고정된 상태로 있을 때 더 위험할 수 있다. 따라서 이 환자처럼 아프다고 움직이지 않으면 허리디스크와 통증은 더 오래간다.

　숨 쉬기 힘들 정도로 허리통증이 심할 때도 있다. 이때는 하루 이틀 정도 누워서 안정을 취해야 하지만, 계속 가만히 누워 있으면 허리통증이 지속된다. 데요(R.A. Deyo) 연구팀이 〈뉴잉글랜드 저널 오브 메디신〉에 발표한 연구 결과도 이를 증명한다. 2일과 2주의 침상 안정(누운 자세로 휴식을 취하는 것)을 비교했더니 2일만 쉬어도 2주의 침상 안정만큼 효과적일 뿐만 아니라, 그보다 오래 쉬면 부정적인 효과가 일어날 수 있었다.

전통적인 치료법을 살펴봐도 침상 안정보다 나쁜 것은 없다고 한다. 평상시에 적극적으로 활동을 하는 편이 더 낫다. 코크란 협회에서도 침상 안정은 긍정적인 효과가 없으며 오히려 유해할 수 있다고 입을 모은다. 침상 안정이 허리통증에 효과적임을 입증하는 관련 연구 결과도 없다. 다른 단체와 학술지의 연구 결과도 '침상 안정은 시행하지도 처방해서도 안 된다', '통증이 심하면 가능한 짧은 시간만 쉬고 간헐적으로 휴식해야 한다' 등 비슷한 편이다.

신체활동이 줄어들면 몸에서는 변화가 일어난다. 트루프(J.D. Troup) 연구팀의 '감소한 신체활동과 생화학적 변화'에 대한 연구 결과에 따르면, 움직이지 않고 가만히 있으면 움직이지 않는 것에 대한 적응이 일어난다. 관절낭(관절을 부드럽게 하는 윤활액을 저장하는 조직)이 기능하지 못하면서 관절 연골의 압박이 커진다. 관절은 퇴행성 변화를 겪고 통증이 다시 일어나면서, 움직이지 않고 가만히 쉬는 악순환에 빠진다. 반복적인 미세 손상과 염증은 통증에 불을 붙인다.

허리통증이 있는 사람들을 대상으로 적절한 운동, 휴식, 약물 처방을 실시하고 세 그룹을 비교한 연구가 있었다. 연구 결과 운동 그룹이 휴식과 약물 처방을 받은 그룹보다 빨리 회복되었다. 추간판은 연골 종판을 통한 확산 작용으로 영양 공급이 이루어진다. 척추 고정 그룹과 운동 그룹으로 나눠 추간판 세포의 산소 소비와 젖산 분비 추이를 비교한 연구가 있다. 젖산은 근육이 글리코겐을 사용하여 분해되면서 생기는 물질로, 체내에 쌓이면 피로물질로 불린다. 척추 고정 그룹은 산소 소비가 감소하고 젖산 분비가 증가했고, 운동 그룹은 정반대의 결과가 나왔다. 운동 그룹은 산소 순환이 잘 되고 젖산 분비가 감소했다. 즉, 적절한 운동이 추간판의 영양 공급을 도왔다.

척추가 위아래로 호흡하듯 움직이는 것을 '척추 호흡'이라고 표현한다. 척추 호흡은 추간판의 영양 공급을 돕고 추간판이 탈출하지 않도록 잡아 주는 역할을 한다. 고정된 자세에서는 척추 호흡이 일어나지 않고, 따라서 영양 공급도 이루어지지 않으므로 회복이 더뎌진다. 척추 호흡이 잘 일어나려면 골반과 척추가 제 위치에 있는 상태에서 천천히 약하게 반복적으로 움직여야 한다. 고정된 자세로 가만히 오래 있으면 몸이 긴장돼서 움직임이 일어나지 않고 허리에 부담을 준다.

좋은 자세나 운동이 모두에게 옳은 것은 아니다

많은 사람이 허리통증을 앓을 때 많이 움직이거나 운동하면 더 나빠질까 걱정한다. 〈뉴잉글랜드 저널 오브 메디신〉에 실린 연구에서는 급성 요통으로 병원을 찾은 직장인 환자를 대상으로 각각 다른 처방을 했다. 첫 번째 그룹은 침대에서 이틀 동안 쉬게 했고 두 번째 그룹은 요추 운동을 하게 했다. 세 번째 그룹은 허리가 안 아픈 것처럼 생활하라고 했다. 그 결과 세 번째 그룹이 가장 먼저 회복했으며 회사 복귀율도 가장 높았다. 통증이 있어도 움직이며 생활하는 것이 가만히 쉬는 것보다 회복이 빠르다는 걸 증명한 셈이다.

우리는 일상생활에서 다양한 자세를 취한다. 척추 중립을 지키는 좋은 자세는 허리에 부담이 덜 가게 만든다. 목이 앞으로 나오고 어깨와 등이 구부정하면 요추 전만을 줄여 허리디스크에 무리를 준다. 나쁜 자세를 잠깐 하는 경우는 별문제가 없지만, 자주 오래 반복했을 때 추간판에 과부하가 생기고 누적되어 문제가 생긴다.

장시간 움직이지 않고 가만히 고정된 상태로 있으면 좋은 자세라도 허리에 좋지 않다. 척추를 좋은 상태로 유지하려면 자세를 자주 바꿔 주고, 내 몸에 맞는 운동을 통해 척추 호흡이 잘 일어나도록 유도해야 한다. 따라서 고정된 자세를 피하고 자주 움직여야 한다. 고정된 자세와 평소에 자주 하는 자세를 교정해 나갈 때 허리통증은 더 빨리 좋아진다.

자세와 통증의 관계는 현재도 의문을 남긴다. 우리에게 익숙한 바른 자세는 1960년대 후반 스웨덴식 허리학교 모델에서 시작되었다. 코크란 협회의 문헌고찰 연구에서는 스웨덴식 허리학교의 자세들은 허리통증 감소와 연관이 없다고 주장한다. 척추 후만증 및 전만증, 그리고 허리통증의 연관성 연구에서도 관계가 없었다. 그러나 이것으로 자세가 허리통증과 관련이 없다고 말할 수 있을까?

일자 허리와 과전만이 통증을 반드시 증가시키는 것은 아니지만, 이러한 상태에서 과부하를 더 받으면 손상 발생률이 높아진다. 엑스레이상 틀어진 부분이 없는 좋은 자세의 사람도 허리를 구부린 상태에서 무거운 물건을 옆으로 나르는 동작을 반복하면 허리통증이 생긴다. 엑스레이 등 영상 진단 장비들은 정적인 자세에서 몸 상태를 측정한다. 움직이거나 오랫동안 고정된 자세에서는 직접 측정하지 않기 때문에 통증과의 관계를 단정할 수 없다.

　이처럼 허리 건강을 위해 적극적인 관리가 필요하지만, 개인의 선호도 무시할 수 없다. 나는 상담할 때 운동을 좋아하는지를 꼭 물어본다. 운동 선호도에 따라 운동 방법을 고려하기 때문이다. 운동을 싫어하는 사람에게 자주 움직이는 운동을 권하면 오히려 스트레스를 받기 때문에 다른 방법을 써야 한다. 내가 초년생일 때 늦게 회복돼도 좋으니 운동은 시키지 말아 달라는 환자가 있었다. 당시 초년생으로 의욕이 앞선 터라, 나는 회복이 늦을까 염려되어 환자에게 운동을 시켰다. 그 환자는 펑펑 울었고 결국 역효과가 일어났다. 이처럼 무조건 운동을 권하지 말고, 항상 개인의 성향을 고려해야 한다.

　움직이지 않고 자세를 고정하면 허리통증의 원인이 된다. 첫째, 침상 안정은 급성기나 통증이 심할 때 하루 이틀 정도만 한다. 둘째, 척추를 적절하게 움직여야 척추 호흡이 일어나 회복에 도움이 된다. 셋째, 어떤 자세도 오랫동안 고정하면 허리에 좋지 않다. 넷째, 운동을 꼭 해야 하는 것은 아니지만, 허리통증이 있다고 오래 누워 있거나 가만히 쉬지 말고 움직이자.

아침에 자칫
삐끗하기 쉬운 이유

아침에는
운동으로 인한 부상이 많다

아침에는 누구든 바쁘다. 알람이 울리면 재빠르게 일어나 일터에 나
갈 준비를 해야 한다. 아침에 일찍 일어나서 여유 있게 출근 준비를
하는 사람도 있지만 대부분 바쁘다. 활동적이고 운동을 좋아하는 사
람은 헬스장에 들러 운동을 하고 출근하기도 한다. 그러나 척추는 기
상 후에 바로 활동할 준비가 되어 있지 않다. 때로는 아침에 운동이나
활동을 하는 것이 허리통증의 원인이 되기도 한다.

아침은 낮보다 기온이 낮다. 체온을 올리기 위해 근육은 수축과 이완을 반복하면서 열을 생산해 낸다. 이 때문에 근육이 뻣뻣해지고, 오랫동안 가만히 누워 있던 탓에 관절의 가동 범위(ROM)도 줄어든 상태다. 이때 무리한 동작을 하면 허리를 삐끗하게 된다. 만약 밤새 춥게 자거나 아침에 방 안의 기온이 낮으면 근육이 더 뻣뻣해질 수 있다. 겨울 아침은 특히 기온이 낮으므로 몸이 훨씬 뻣뻣할 수 있다. 이때 바로 운동하면 다치기 쉽다. 따라서 체온을 높이기 위해 따뜻하게 입고 이불을 잘 덮고 자는 것이 좋다.

아침에 운동하면 부상이 많은 이유는 몸이 덜 풀렸기 때문이다. 척추의 길이는 시간대마다 다르다. 추간판은 아침에 가장 높다. 잠을 자기 위해 침대에 누웠을 때는 별다른 부하가 없기 때문에 수핵 내부의 압력이 상대적으로 낮아진다. 낮은 압력은 물과 흡수하려는 성질이 있는 추간판의 섬유륜과 수핵 내로 수분을 끌어당긴다. 자는 동안 수분을 끌어당기므로 추간판은 경미하게 팽창되어 기상 후 뻣뻣한 상태다.

근육과 인대는 성분은 다르지만, 척추와 추간판에 가동성과 안정성을 제공하는 기능을 한다. 밤으로 갈수록 추간판의 수분 함량이 줄어들면서 척추 사이 공간이 좁아진다. 인대는 척추 사이 공간이 좁아지면 긴장력이 감소하고, 또 자는 동안 추간판에 수분 함량이 다시 늘어나면서 뻣뻣해진다. 움직임 없는 상태로 7~8시간 동안 잠을 자고 나면 몸은 뻣뻣하게 굳어 있는데, 이렇듯 근육과 인대의 기능이 떨어진 상태에서 추간판에 과도한 스트레스가 가해지면 손상이 더욱 커진다. 그래서 운동 전에 몸을 충분히 풀어야 한다. 특히 앞으로 구부리는 동작을 조심해야 한다. 몸이 덜 풀린 상태에서 허리를 구부리다 삐끗해서 급성 요통으로 고생하는 경우가 많다.

아침을 특히 주의해야 하는 이유

레일리(T. Reilly) 연구팀은 하루 동안 앉은키의 손실을 측정한 결과 최대 19mm(0.7인치)가 줄어든다고 보고했다. 이때 추간판 손실의 약 54%가 자고 일어난 후 처음 30분 동안 일어난다. 또한, 기상 30분 이내에 근력 운동을 하면 추간판과 인대에 과부하가 가해지면서 허리 부상이 생길 확률이 높아진다고 한다. 아침에 중량을 들고 밀고 당기는 형태의 근력 운동을 하거나 과도한 가동 범위로 움직이는 운동을 하면 허리통증이 일어날 수 있다.

아침에 허리를 앞으로 구부리는 굴곡 동작은 추간판 압박을 300% 이상 증가시키고 인대에 대한 압박도 80%까지 증가시킨다고 한다. 아침에는 평소보다 굴곡 동작의 각도가 약 5~6도 떨어질 정도로 유연성이 낮은 상태다. 척추에 과부하도 많이 걸리고 뻣뻣한 상태인 것이다. 척추는 고정되거나 과부하가 일어날 만한 움직임을 싫어한다. 부드럽게 잘 움직여서 충격을 흡수하고 척추 호흡이 일어나도록 유도하는 것이 중요하다.

스누크(S.H. Snook) 연구팀은 요통 환자들을 대상으로 연구한 결과,

아침에 허리를 완전히 앞으로 구부리는 동작만 피해도 허리 증상이 줄어든다고 보고했다. 중량을 드는 근력 운동이 아닌 단순히 구부리는 동작만 피해도 척추에 도움이 되는 것이다. 아침에 허리를 구부리지 않으면 평균적으로 허리통증 환자가 상당히 호전된다. 아침에 허리 스트레칭을 하면서 관절을 튕기며 반동을 주는 것도 허리에 부담이 된다. 과도하게 구부리는 동작들은 인대를 늘리고 추간판에 과부하를 주기 때문에 하루 중에도 피하는 것이 좋고 특히 아침은 더욱 삼가야 한다.

아침부터 의자에 앉아서 일하는 사람들도 꽤 있다. 한 번도 자세를 바꾸거나 일어나지 않고 점심까지 일에 열중한다. 20분 동안 구부정한 자세로 앉아 있는 것만으로도 척추의 인대에는 이완이 발생하고, 이후에 30분간 휴식을 취해도 이완이 지속된다고 한다. 인대는 어느 정도 긴장 상태를 유지해야 안정적인데 느슨하게 이완되어 있는 것이다. 인대가 느슨하면 척추뼈와 추간판은 안정성이 떨어진다. 따라서 앉아서 일할 때 자주 자세를 바꿔야 허리 손상을 예방할 수 있다.

운동 외에도 아침에는 특히 허리통증이 생기기 쉽다. 아침에 기침이나 재채기를 할 때 큰 압력으로 몸이 휘청대면서 뻣뻣한 인대가 삐끗하며 허리통증이 많이 생긴다. 아침 일찍 병원을 찾는 환자 중에는 허리를 삐끗해 급성 허리통증으로 오는 경우가 의외로 많다. 기침이나 재채기가 나오기 전에 아랫배에 힘을 주면 삐끗하는 것을 막을 수 있다. 과도한 압력을 분산하는 효과가 있기 때문이다.

아침에는 운동으로 인한 부상이 많으니, 잘 기억해 두도록 하자.

첫째, 추간판은 아침에 높이가 가장 높지만, 기상 후 30분 동안 절반 이상 감소한다. 중량을 드는 근력 운동은 기상 후 서서히 변화하는 추간판에 좋지 않다. 둘째, 아침에 허리를 앞으로 구부리는 동작은 추간판에 부담을 준다. 셋째, 근육과 인대가 뻣뻣해지면 척추의 기능이 떨어진다. 넷째, 체온을 따뜻하게 유지하고 아침에 과도한 움직임을 피하는 것이 좋다. 아침에 운동을 꼭 하고 싶다면 몸을 따뜻하게 한 다음, 기상 후 1시간 이후에 하는 것이 좋다.

허리를 망치는 나쁜 자세들

나쁜 자세가
우리 몸에 미치는 악영향

사람들은 자세에 관심이 많다. 바른 자세는 아름답고 건강하게 보이기 때문이다. 자세는 가만히 쉴 때의 정적인 자세와 움직일 때의 동적인 자세를 포함한다. 의학적으로 이상적인 자세일수록 신체기능에 좋고 손상 가능성을 줄인다. 허리통증 원인의 70%는 근육, 근막, 인대의 손상인데, 이는 자세와 관련이 높다. 자세는 외상을 제외하고 한순간에 만들어지지 않는다. 오랜 시간에 걸쳐 학습되고 습관을 들이면

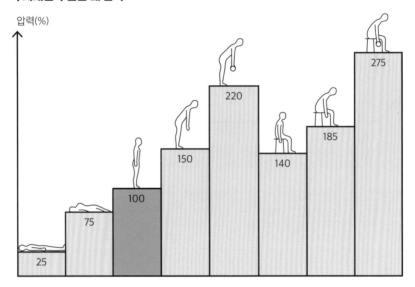

| 자세별 추간판 내 압력

압력(%)

자료 : 《The Lumbar Spine An Orthopaedic Challenge》

서 굳어지는 만큼 자신의 자세를 끊임없이 신경 써야 한다. 숙여서 뒤

틀거나 구부정하게 앉는 등 나쁜 자세가 추간판 질환의 원인이 된다.

척추 연구의 개척자라 불리는 스웨덴의 정형외과 의사인 알프 나

쳄손(Alf Nachemson)은 자세에 따라 가해지는 추간판 내부 압력이 다

르다는 것을 증명했다. 직립 자세에서 척추가 받는 압력을 100이라

했을 때 의자에 똑바로 앉는 자세에서는 140이다. 무려 1.4배나 척추

에 더 많은 압력이 가해진다. 앞으로 더 구부려서 앉으면 직립 자세보

다 1.85배, 물건을 들고 구부려 앉으면 2.75배 압력이 늘어난다.

추간판의 섬유륜은 구조적으로 후방이 더 얇다. 이때 앉은 자세에

서 허리를 앞으로 구부리면 수핵이 뒤쪽으로 밀려난다. 숙여서 비트는 자세도 마찬가지다. 수핵이 후외측으로 밀려 나오면서 신경뿌리를 눌러 염증이나 통증이 발생할 수 있다. 이러한 자세가 장기간 이어지면 추간판에 변성이 생긴다. 추간판이 튀어나오면서 척추 후방 구조물(신경, 후관절, 인대 등)에 손상을 준다. 정상 추간판에 압축 하중을 가한 결과, 단시간에는 변화가 거의 없었지만 장시간에서 추간판의 높이가 눈에 띄게 감소했다. 즉, 짧은 시간 앉아 있는 것은 괜찮지만, 장시간 앉아 있으면 문제가 될 수 있다.

리이라(J.P. Liira) 연구팀은 장기간 앉아 있는 근로자가 그렇지 않은 근로자보다 요통 발병률이 8% 정도 높다고 보고했다. 한 동작으로 오래 앉아 있으면 척추에 부하가 더 많이 일어날 수 있다는 것이다. 또한, 등받이가 없는 의자에 앉아 있으면 허리통증이 악화될 수 있다. 반면, 등받이가 있는 의자에 앉으면 뒤쪽 근육의 활동이 감소하여 요추에 실리는 부하를 최대 3회까지 줄일 수 있다. 물론 자주 움직이는 것이 가장 좋다.

앉는 자세보다 척추에 압력을 더 가하는 행동이 허리를 앞으로 숙이거나 무거운 물건을 들 때다. 앉는 자세는 직립 자세보다 1.4배 압력이 증가하는데, 서서 허리를 구부릴 때는 1.5배에 달한다. 즉, 허리를 앞으로 구부리면 척추에 압력이 크게 늘어나는데, 여기에 무거운 물건을 들면 하중이 늘어나 더욱 큰 부담이 된다. 미국 노동부 보고서와 여러 연구에 따르면, 반복적으로 구부리거나 비트는 자세는 허리통증 발병률을 높일 수 있다.

자신의 의지로
나쁜 자세에서 벗어나야 한다

환자들은 앞으로 구부리는 동작을 두려워한다. 여기에는 자세에 따른 추간판 내부 압력에 대한 결과를 바탕으로 병원에서 받았던 교육이 한몫한다. 허리를 숙이거나 앉아 있다고 통증이 바로 나타나는 것은 아니다. 무거운 것을 든다고 허리통증이 반드시 증가하는 것도 아니다. 이상적인 자세를 유지하고 내 몸에 맞는 운동을 하면 오히려 척추가 잘 움직이고 허리도 건강해진다. 가장 안 좋은 자세는 고정하고 가만히 있는 것이다.

고정된 작업 자세는 모두 안 좋다. 허리를 뒤로 젖히면서 오랫동안 일하는 것도 좋지 않은데, 구부리면서 하는 일은 더욱 그렇다. 척추에 움직임이 거의 없고 긴장 상태가 이어지면 추간판에 영양 공급이 안 되고 딱딱해지면서 미세 손상에도 쉽게 충격이 간다. 추간판은 혈관이 없기 때문에 연골종판을 통해 영양 공급을 잘 받으려면 척추가 자주 잘 움직여야 한다. 척추와 골반이 중립 위치에 있고 척추 구조물에 부하가 누적되지 않으면 허리는 병들지 않는다.

나는 사무직인 환자에게 핸드폰으로 알람을 맞춰 놓고 한 번씩 일어나거나 화장실에 다녀오거나 가슴을 펴는 등 움직일 것을 조언한다. 그리고 환자들이 치료를 받으러 올 때마다 얼마나 자주 움직였는지 물어본다. 허리가 싫어하는 자세를 안 하는 것도 중요하지만, 고정된 자세가 좋지 않음을 끊임없이 강조하는 것이다. 재활운동을 오래

한 분들은 이제 먼저 와서 이야기를 건넨다. "오늘은 바빠서 못 움직였어요.", "오늘은 1시간에 한 번씩 의자에서 일어나서 움직였어요.". 한두 번 들은 말은 쉽게 잊기 마련이다. 스스로 조언을 명심하고 인지하고 있어야 자세에 신경 쓸 수 있다.

숙여서 뒤트는 자세, 앉은 자세 등 나쁜 자세가 허리를 망친다. 첫째, 직립 자세보다 앉아 있는 자세와 허리를 숙이는 자세가 허리통증의 원인이 된다. 둘째, 나쁜 자세를 장기간 취하면 매우 위험하다. 셋째, 고정된 작업 자세가 허리에 가장 좋지 않다. 넷째, 자신의 자세를 항상 인지하고 자주 바꿔야 허리가 건강해진다. 나쁜 자세가 하루아침에 자리 잡지 않듯이 바른 자세를 만드는 데도 시간이 걸린다는 점을 명심하자.

4
평발부터 흉추까지, 연결성이 허리 건강을 좌우한다

허리통증의 책임을 디스크, 즉 추간판에 전가하면 허리가 개선되기 힘들다. 허리통증의 원인에서 구조적 문제는 약 15%일뿐더러, 요추만 기계 부품처럼 떼어내고 교체할 수 없기 때문이다. 요추, 즉 허리뼈(허리 척추)는 인접한 흉추와 고관절의 영향을 받는다.

허리통증과 다리가 저리거나 찌릿한 증상만 있으면 요추에 실리는 부하나 잘못된 자세, 생활습관을 고치면 된다. 스스로 관리하고 시간이 지나면 회복되기 때문이다. 문제는 하나의 문제가 도미노처럼 균형을 깨뜨리고 통증이 다른 부위로 번지는 것이다. 따라서 허리통증에 있어서 전체적인 균형을 고려하고, 신체구조와 기능을 알아 두어야 한다. 특히 평발, 고관절, 흉추의 움직임은 허리에 적잖은 영향을 미친다.

고관절, 즉 엉덩관절은 척추와 골반의 주춧돌 역할을 한다. 좌우 고관절이 비대칭이 되면 골반과 요추 또한 틀어져 허리가 손상될 수 있다. 흉추는 요추와 인접한 탓에, 문제가 생기면 보상작용으로 허리에 무리를 준다. 이처럼 발, 고관절, 흉추는 기능적인 문제로 위치가 틀어지는 부정렬이 생길 수 있다. 부정렬은 구조와 기능을 변하게 하여 허리디스크와 허리통증에 밀접한 영향을 준다.

평발은 자칫하면
몸의 부정렬을 불러온다

발은 몸 전체를 받쳐 준다. 만약 평발이라면 하체가 안쪽으로 돌아가고, 이에 따라 골반과 척추가 틀어지면서 추간판 질환과 통증이 일어날 수 있다. 발바닥에는 3개의 족궁(아치)이 있다. 발의 내측을 길게 지나가는 내측족궁(내측아치), 외측을 길게 지나가는 외측족궁(외측아치), 그리고 발 가운데를 가로지르는 횡족궁(횡아치)다. 평발(flat foot, pes planus)은 내측족궁이 무너진 상태를 말한다.

발은 서 있을 때 우리 몸의 기저면(어떤 것의 바닥이 되는 면)을 이룬다. 다리를 받쳐 주는 만큼, 발에 문제가 생기면 몸 전체적으로 부정렬이 일어난다. 평발은 다리, 골반, 요추에 충격을 준다. 서 있을 때 내측족궁 가운데에서부터 발꿈치뼈(종골)까지 가상의 선을 그었다 치면

┃ 정상 발과 평발, 요족(凹足)의 차이점

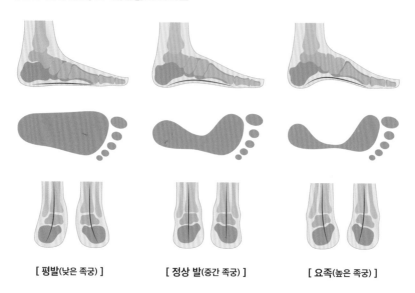

[평발(낮은 족궁)]   [정상 발(중간 족궁)]   [요족(높은 족궁)]

경사각이 20도로 유지돼야 한다. 이 경사각이 무너지거나 손가락 한 마디가 발 안쪽에 들어가지 않으면 평발이다. 평발이면 발 안쪽으로 체중이 실리면서 정강이뼈(경골)와 그 위에 있는 넙다리뼈(대퇴골)가 안쪽으로 회전한다. 고관절이 안으로 회전하면서 골반이 전방으로 돌아가고 요추도 그 방향으로 틀어진다. 그로 인해 골반이 내려간 쪽 어깨는 올라가고, 골반이 올라간 쪽 어깨는 내려간다. 발 바깥쪽으로 체중이 실리면 정반대의 결과가 나온다.

    평발이 있고 부정렬이 있다고 허리통증이 무조건 발생하지는 않는다. 또한, 임상에서 평발 환자 중에 허리통증이 사라진 사례도 많다. 척추가 틀어진 환자 20명을 대상으로 8주 동안 발 보조기를 착용하게 했더니 부정렬된 척추가 돌아왔다는 연구 결과가 있다. 발의 아치를 받쳐 줘서 무게중심이 바뀌면 몸 전체가 변화하며 척추 각도가 돌아오는 것이다. 척추 각도는 추간판에도 영향을 주기 때문에, 평발로 허리통증이 생겼다면 발 보조기나 운동을 통해 아치를 높여 줘야 한다. 이를 통해 요추에 실린 부하를 덜어 내서 허리통증을 크게 줄일 수 있다.

| 발바닥의 족궁(아치)

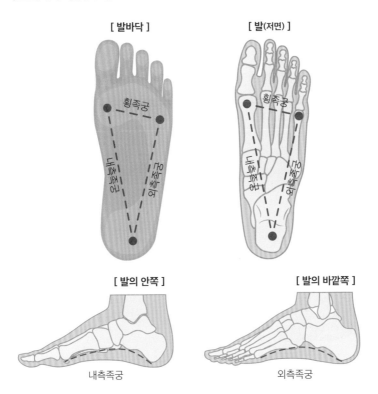

[발바닥]

[발(저면)]

횡족궁

내측족궁

외측족궁

[발의 안쪽]

내측족궁

[발의 바깥쪽]

외측족궁

고관절부터 요추까지, 곧바른 자세의 중요성

고관절은 골반과 넙다리뼈를 잇는 관절이다. 고관절을 이루는 공처럼 둥근 모양의 대퇴골두는 체중보다 12~15배의 무게를 버틸 수 있다. 한 발로 선 자세에서는 고관절을 벌리는 벌림근(외전근)의 수축으로 체중의 2.5~4배 하중이 실린다. 달릴 때는 체중의 5배까지 증가한다. 고관절은 기둥 역할을 하는 척추를 받쳐 주고 하중을 전달하는 기능을 한다. 좌우 고관절이 틀어지면 주춧돌이 어긋나서 건물이 무너지듯 척추에 영향을 미칠 수밖에 없다. 이러한 연결성의 상호작용을 중요시하여 '요추-골반-고관절 복합체(Lumbar Pelvic Hip Complex, LPHC)'로 표현하기도 한다.

| 고관절

고관절의 움직임과 허리통증의 관련성에 대해서는 의견이 분분하다. 스웨덴의 재활의학과 의사인 헬싱(A.L. Hellsing)은 군복무를 하는 청년을 대상으로 한 연구에서 허리통증과 고관절의 굽힘 동작(굴곡)을 제한하는 것은 서로 관련이 없다고 보고했다. 다만, 고관절의 굴곡 감소는 허리통증과 관련이 없지만, 좌우 비대칭과는 관련이 있을 수 있다고 하였다.

반대로, 시불카(M.T. Cibulka) 연구팀은

〈스파인〉을 통해 고관절 내회전·외회전의 기능 장애가 허리통증과 관련이 있음을 알렸다. 세계적인 척추재활 권위자인 맥길(S.M. McGill) 박사는 제한된 고관절 회전과 만성적이며 재발 가능성이 큰 허리통증과의 관련성을 입증했다. 고관절 굴곡보다는 안팎으로 회전할 때의 각도가 비대칭이면 허리통증에 영향을 끼친다는 것이다.

요추에 척추 유합술을 받은 60대 중반 여성 환자가 있었다. 척추 유합술은 척추뼈를 인접 척추뼈와 유합시켜 척추에 안정성을 주는 수술이다. 보통 고관절 회전 각도는 지면에서 45도 경사각을 이루어야 좋다. 평소 좌우 고관절 각도가 대칭이더라도 무리하게 집안일을 하면 오른쪽 각도가 10~20도까지 떨어진다. 오른쪽 고관절 각도가 10~20도(편향된 내회전 각도)가 되면 보상작용으로 왼쪽 고관절 각도는 60도로 증가한다(편향된 외회전 각도). 이로 인해 심한 통증을 느끼던 이 환자는 고관절을 45도로 회복하기 위한 안정화 운동을 한 후 통증이 감소했고, 수술을 받은 지 10년이 넘었지만 잘 지내고 있다.

그런디(P.F. Grundy) 연구팀은 〈란셋(Lancet)〉 학술지에 비대칭된 다리 길이와 허리통증의 관계에 대한 연구를 발표했다. 란셋은 영국의 의학 학술지로 〈미국의사협회저널(Journal of the American Medical Association, JAMA)〉, 〈뉴잉글랜드 저널 오브 메디신〉 등과 함께 세계적인 의학 저널로 분류된다. 연구 결과, 다리 길이 차이가 심할수록 허리통증과 관련이 있지만 5cm(약 2인치) 이상 차이가 나더라도 만성 통증으로 발전하는 경우는 드물었다. 호이카(V. Hoikka) 연구팀은 1cm(약 0.4인치) 미만의 다리 길이 차이는 척추 측만증(척추 옆굽음증)과 관련이 없다고 보고했다. 따라서 허리통증이 있을 때는 다리 길이보다는 고관절의 내회전·외회전 각도를 살펴야 한다.

흉추도 요추와 인접해서 허리통증에 영향을 준다. 시상면(인체를 좌우로 가르는 면)을 기준으로 경추는 30~35도 전만, 흉추는 40도 후만, 요추는 40~45도 전만을 이룬다. 앞서 언급한 대로 흉추 후만이 증가하는 것보다 흉추 후만 각도와 요추 전만 각도의 차이가 벌어질수록 허리통증과 관계가 깊었다. 미국의 운동 전문가인 마이클 보일 (Micheal Boyle)은 특정 관절별로 가동성과 안정성이 교대로 나타나고 서로 영향을 주고받는다는 사실을 발견했다. 이를 '관절에 의한 관절 접근(joint by joint approach)'이라고 한다. 특정 기능이 떨어진 관절은 인접하는 다른 관절에 영향을 끼친다.

임상에서 전체적인 몸의 움직임과 기능 분석을 위해 패턴 평가를 실시한다. 허리통증이 있는 환자는 흉추와 고관절의 가동 범위가 제한된 경우가 많다. 굴곡·신전(굽히고 펴는) 각도보다 좌우 회전 각도에서 제한될 때가 많다. 요추는 관절면의 구조상 회전 각도가 5~7도로 제한적이다. 앉은 자세에서 척추 회전은 흉추에서 많이 일어나고, 서 있을 때는 고관절과 함께 움직인다. 흉추와 고관절 회전 각도가 제한되면 요추에서 더 움직이려는 보상작용이 일어나 손상 가능성이 커진다.

평발, 고관절, 흉추의 움직임은 허리에 영향을 미친다. 첫째, 편향된 체중 부하는 평발을 만들고 다리, 골반, 허리까지 통증의 원인을 제공한다. 둘째, 고관절 내회전·외회전 움직임의 비대칭성이 허리통증을 일으킨다. 셋째, 흉추 후만과 요추 전만의 차이가 크거나 회전이 제한되는 것도 허리통증의 원인이 된다. 앞서 강조한 대로, 기능에 관한 근육, 근막, 인대, 관절, 뼈의 움직임은 추간판 등 척추 구조물에 영향을 준다. 평발, 고관절, 흉추 등 관련 연구가 계속되는 만큼 허리통증의 원인을 밝히는 데 실마리가 되길 기대한다.

고관절 각도로
틀어진 몸을 확인하는 법

사람의 동선이
몸에 미치는 영향

앉았을 때, 서 있을 때, 누워 있을 때, 물건을 들어 올릴 때 등 평상시에 바른 자세를 취하고 동선을 신경 쓰면 허리는 더 빨리 좋아진다. 동선은 사람이나 물체가 이동하는 방향과 자취를 나타내는 선을 뜻한다. 자동차 사고를 조사할 때 급브레이크 후 도로면에 생기는 타이어의 미끄러진 흔적인 스키드 마크를 살핀다. 이 흔적은 자동차가 멈추기 전 주행 속도와 교통사고의 원인을 밝히는 데 이용된다.

사람도 동선을 통해 흔적을 남긴다. 이러한 흔적은 고관절의 각도를 통해 알 수 있다. 바로 누웠을 때 발의 바깥쪽 면과 지면과의 각도가 45도여야 좋다. 즉, 발을 통해 고관절의 바깥쪽 회전(외회전) 또는 안쪽 회전(내회전)을 확인한다. 만약 몸이 왼쪽으로 이동하면 발과 고관절 또한 왼쪽으로 움직이며, 결국 그쪽으로 쏠린다. 누워서 발 바깥쪽과 지면과의 각도를 살폈을 때 45도보다 작으면 외회전 상태이고,

바로 누운 상태에서 발과 지면의 각도가 작은 쪽으로 동선이 더 일어난다.

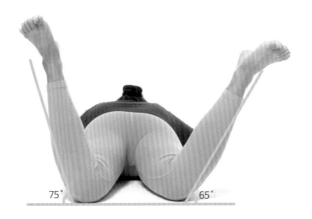

크면 내회전이 된 상태다. 외회전 각도가 큰 쪽으로 동선이 많이 일어나며, 그 방향으로 골반과 척추도 이동한다.

발의 각도와 고관절의 각도를 모두 확인하는 것이 더 정확하다. 엎드려 누운 자세에서는 무릎을 90도로 구부린 다음 벌려서 무릎 바깥쪽과 지면의 각도를 통해 고관절의 외회전을 확인할 수 있다. 외회전 각도가 45~50도보다 크면, 그 방향으로 동선이 많다. 여기서 사람들이 많이 헷갈리는 부분이 있다. 엎드려 누운 상태에서의 외회전 각도와 서 있을 때의 각도가 반대가 된다는 것이다. 엎드린 상태에서는 반대라고 기억하자. 양쪽의 각도가 같은데 척추가 틀어졌다면 앉은 자세의 동선이 많은 것으로 보면 된다.

동선만 바꿔도
허리가 좋아진다

왼쪽으로 외회전 각도가 큰 경우라면, 나는 환자에게 여러 가지를 묻는다. 사무직이거나 오래 앉아 있을 때 모니터가 왼쪽에 있는지는 물론, 책상 구조가 왼쪽으로 일어서게 되어 있는지도 확인한다. 집에 들어가면 왼쪽에 거실이 있는지, 자주 들어가는 방이 왼쪽에 있는지도 묻는다. 대부분 왼쪽 동선이 많다고 대답한다. 이와 반대로 오른쪽 고관절의 외회전 각도가 클 때는 오른쪽 동선에 대해 묻는다. 일반적으로 바깥쪽으로 체중을 실으면서 방향을 바꿀 때 그 방향으로 외회전 각도가 커진다.

앞서 허리통증과 고관절 좌우 비대칭의 연관성을 밝힌 여러 연구를 언급했다. 40대 중반의 허리통증을 앓는 남성 환자의 사례도 이를 뒷받침한다. 천장을 보고 누운 상태에서 환자를 살펴보니 오른발의 각도가 55도이고 왼발의 각도는 40도였다. 왼쪽의 동선이 많은 것이다. 확인해 보니 사무실과 집의 구조도 왼쪽이었다. 의식적으로 오른쪽으로 동선이 일어날 수 있도록 사무실과 집의 구조를 바꾸도록 조언했다. 운동과 함께 동선을 신경 쓰니 몸의 균형이 잡히면서 통증이 줄어들었다. 사소해 보여도 이처럼 반복 동작이 일어나는 동선을 바꾸면 허리통증 완화에 도움이 된다.

20대 후반의 여성 환자는 허리와 골반에 통증이 있었다. 직업이 강사인 환자는 서 있는 상태로 강의를 하고 평소 자주 다리를 꼬거나 짝다리를 한다고 했다. 발의 각도를 보니 환자의 말과 비슷한 결과가 나왔다. 엎드려 누운 자세에서 고관절 각도를 확인하니 오른쪽으로 더 외회전이 된 상태였다. 다리 꼬기와 짝다리를 피하게 하고 왼쪽으로 동선이 일어나도록 신경 쓰게 했다. 친구와 나란히 걸어갈 때 오른쪽에 서고, 사람들과 식사할 때 오른쪽에 앉아서 왼쪽을 보고 이야기하도록 조언했다. 이처럼 동선을 알면 평소에 자연스럽게 자세 교정을 할 수 있다. 물론 동적 자세나 정적 자세를 유지하기 위해서 운동이 더 필요하다.

우리 몸은 선호하는 방향과 패턴이 있다. 자주 하는 동작으로 최적화하기 위해 척추 구조물과 뼈, 근육 등은 이 패턴대로 변화한다. 그 패턴들이 요추에 덜 부담스러우면 좋지만, 그렇지 않으면 탈이 난다. 내 뼈과 고관절의 긱도를 확인해 보고 일상생활에시 친친히 교정해 보자. 무의식중에 일어나는 자세와 동선을 신경 써서 바꾸고 습관화하면 몸은 자연치유력이 높아진다. 한편, 동선과 자세를 신경 쓰는 것도 바람직하지만, 더욱 좋은 것은 자주 움직이는 것이다.

내 몸에 맞는 운동하기 vs. 운동에 내 몸을 맞추기

운동에 내 몸을 맞추지 말고, 내 몸에 맞는 운동을 하자

활달한 성격의 운동을 좋아하는 50대 초반의 여성 환자가 있었다. 부쩍 신경 써서 허리 건강을 회복했지만, 다시 허리가 아파져서 나를 찾아왔다. 자초지종을 들어보니 TV에 나오는 허리가 좋아지는 운동을 따라 하고 아파졌다고 한다. 누워서 다리를 들어 올려 뒤로 넘기는 동작을 반복하는 것인데 좋아진다는 말에 50회나 했다. 처음에도 힘들었지만, 더 좋아지겠다는 의지로 계속하다가 허리통증이 생긴 것이다.

그 운동은 나쁜 운동이 아니었고, 그저 그 환자에게 맞지 않았을 뿐이다. 이처럼 운동에 내 몸을 맞추면 허리통증이 일어날 수 있다.

한편, 20대 중반의 대학생 환자는 군대 생활 중에 허리통증과 다리 저림이 생겼다. 전역 후에 6개월 동안 여러 곳에서 치료를 받았지만, 허리통증이 남아 있었다. 환자는 그동안 아무도 자신의 애로 사항을 이해하지 못해 불만이 쌓였다고 말했다. 집에서 할 수 있는 스트레칭과 운동을 배우고 싶은데, 매번 치료 후에 운동이 그려진 종이만 건네받았다는 것이다. 종이에 적힌 허리에 좋은 운동을 혼자 해낼 수 있도록 배우고, 이를 반복했다면 결과가 더 좋았을 것이다.

매스컴에서 알려 주는 좋은 운동이나 사람들이 추천하는 특정 치료가 있다. 그 운동들은 해부학적·생리학적·생체역학적 요소 등을 고려해서 만들어진 좋은 운동이다. 관련 운동으로 임상시험을 했을 것이고, 결과도 좋았을 것이 틀림없다. 핵심은 사람마다 기질이 다르다는 것이다. 허리통증이 없고 척추가 건강할 때는 어떤 운동을 해도 별탈이 없다. 과거에 허리통증으로 고생했거나 자주 재발하여 수술을 받았거나 또 다양한 변수로 인해 내 몸에 맞는 운동이 필요하다.

무작위 통제 실험(Randomized Controlled Trials, RCTs) 연구는 피험자를 무작위로 실험군과 대조군으로 나눠서 실험군만 약(치료법)을 주고 대조군은 주지 않은 후 결과를 살펴보는 방식이다. 데이터의 편차를 줄이기 위해 주로 임상시험이나 자연과학에서 쓰이는 실험 방법이다. 그러나 과학과 의학 분야에 완벽한 실험은 드물다. 실험 결과가 100% 좋다고 나올 수 없다. 95%가 효과가 있어도 나머지 5%에 내가 포함될 수 있다. 그 5%에 속한다면 효과가 없을 뿐 아니라, 어쩌면 나빠질 수도 있다.

허리통증은 같은 조건에서 나오지 않는다. 또한, 같은 진단명이라 할지라도 증상과 통증 형태가 제각각이다. 사람마다 근육, 근막, 인대 등 기능에 영향을 미치는 조직들의 상태가 다르다. 따라서 운동은 개인의 목표와 몸 상태에 대한 평가가 정확하고, 이에 따른 운동 프로그램을 바른 동작으로 했을 때 효과가 더욱 크다. 환자의 병력, 통증 패턴, 심리사회적 변수를 기초로 세분화하여 진행된 연구에서도 대체로 긍정적인 결과가 보고되었다.

내 몸에 맞는
세심한 운동이 필요하다

환자마다 같은 운동에도 다른 반응이 나타난다. 추간판 탈출증은 허리를 앞으로 구부리는 굴곡과 관련이 있다. 그렇다면 반대로 펴 주는 신전 동작을 하면 디스크가 좋아질까? 생체역학적 이론상으로는 맞지만, 척추 후방에 있는 후관절(추간관절)에 변성이 있으면 신전 운동을 해도 통증은 나타난다. 구부려도 아프고 펴도 아픈 것이다. 또한, 운동을 받아들이는 마음가짐도 운동 효과를 결정한다.

허리통증 환자는 과거력, 통증 패턴, 영상 진단 결과, 자세, 유연성, 근육 상태, 심리사회적 변수, 개인 성향 등이 모두 다르다. 몸에 대한 진단이 잘 이루어졌어도 목표 설정이 잘못되면 통증에 영향을 줄 수 있다. 또한, 수면 시간, 컨디션, 일정 등도 영향을 미친다. 이러한 변수들을 상황에 따라 조정해 가며 운동을 했을 때 좋은 결과가 나온다. 물론 급성기가 지나면 자연 치유가 되는 경우가 많아서 일반적인 허리 운동은 해도 된다. 자주 재발하거나 오래 만성이었거나 수술을 받았다면 내 몸에 맞는 세심한 운동을 해야 한다. 한편, 앞서 이야기한 대로 운동 선호도도 큰 영향을 미친다. 운동을 싫어하는 사람에게 자주 움직이는 운동을 권하는 것은 좋지 않다.

운동 프로그램은 전체적인 균형을 목표로 구성해야 한다. 즉, 게슈탈트식 접근법(Gestalt approach)이 필요하다. 게슈탈트는 독일어로 '형태'라는 뜻으로, 게슈탈트식 접근법은 '형태주의'를 의미한다. 여기서는 '전체는 부분의 합 이상'이라는 관점으로, 전체와 통합성을 강조한다. 우리는 추간판만 갈아 끼울 수 없고, 특정 근육만 움직일 수도 없다. 운동 프로그램을 짤 때 집중해야 하는 부위와 함께 전체적인 균형을 고려해야 한다. 이를 위해서 통증 부위와 비대칭이 일어나는 부분의 원인을 찾는 과정이 필요하다.

이 부분들이 일치하면 좋지만, 만성이거나 재발할수록 위치가 다른 경우가 많다. 만약 허리를 숙일 때 통증을 느낀다면 운동 방법부터 발, 고관절, 흉추까지 다양한 요인을 살펴봐야 한다. 또한, 일관성 있는 평가와 목표 설정을 거쳐야만 자신에게 맞는 운동 프로그램을 짤 수 있다. 목표가 허리통증이 낫고 직장에 복귀하는 것이라면 거기에 맞춰 운동을 해야 한다. 운동선수나 무용수 같은 경우 특정 기술과 대회 일정을 충분히 상의하여 운동 프로그램을 짜야 한다.

내 몸에 맞는 운동은 대부분 허리통증 감소에 좋다. 그러나 상담을 하다 보면 운동과 병원 치료를 병행해야 하거나 수술을 꼭 해야 하는 상황도 있다. 운동 없이 휴식을 더 취해야 하는 상황도 있다. 즉, 내 몸에 맞는 운동이더라도 운동만으로 모든 것을 해결할 수 없는 경우도 존재한다. 따라서 다양한 원인을 알고 그에 맞는 복합적인 치료가 필요하다.

운동에 내 몸을 맞추려면 최소 3가지 요소가 필요하다. 첫째, 내 허리통증에 대해 이야기를 잘 들어주는 세심한 운동 전문가를 만나야 한다. 대화가 많을수록 내 몸에 맞는 운동 프로그램이 구성된다. 둘째, 병원에서 운동 치료를 해 봤거나 임상 경험이 풍부한 의료 전문가가 필요하다. 몸을 멋지게 만드는 운동과 허리통증을 완화하는 운동은 다르기 때문에 허리통증에 관한 지식과 경험이 많아야 한다. 셋째, 상황에 따라 운동 프로그램을 조정하고 다양한 치료법이 있음을 받아들일 수 있어야 한다.

잘못된 호흡이
척추에 무리를 준다

앞서 척추 호흡의 중요성을 이야기했듯, 허리 건강에 있어서 호흡는 매우 중요하다. 그렇다면 잘못된 호흡은 왜 척추에 무리를 줄까? 호흡근, 즉 호흡 근육들이 척추에 붙어 있기 때문이다. 주요 호흡근은 횡격막(가로막), 늑간근(갈빗대힘살)이고, 보조 호흡근은 복근(복횡근, 내복사근, 외복사근, 복직근), 골반기저근, 척추의 심부 근육 등이다.

특히 횡격막(diaphragm)은 요추와 추간판에 직접적으로 붙어 있으며, 들숨(흡기)과 날숨(호기)에 모두 쓰인다. 호흡 근육들은 허리의 안정성을 잡아 주는 속근육이다. 따라서 잘못된 호흡이 척추의 안정성과 자세에 영향을 미쳐 허리통증의 원인이 된다. 한 예로 횡격막의 움직임이 잘 일어나지 않으면, 요추와 추간판의 기능은 떨어진다. 또한, 복근으로 숨을 강제로 내쉬면 복압이 상승하여 추간판의 압력 또한 증가한다.

호흡의 원리와
호흡이 척추에 미치는 영향

척추는 전체적으로 적절한 유연성, 길이, 만곡이 유지되어야 한다. 척추는 호흡할 때 생기는 움직임에 맞춰서 적응하고 계속 변한다. 호흡 패턴이 바뀌거나 호흡이 반대로 일어나면(역행 호흡) 순환에 문제가 생

| 들숨과 날숨의 원리

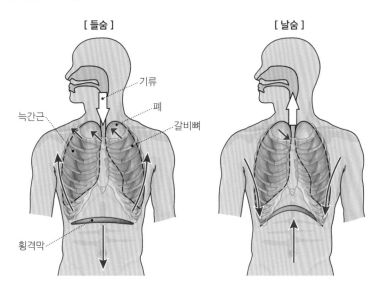

[들숨]   [날숨]

기류

늑간근   폐

갈비뼈

횡격막

길 뿐 아니라 척추에도 좋지 않다. 이로 인해 기능이 떨어진 척추는 추간판, 관절, 인대, 근육들에 고장이 난다. 몸을 전체적으로 순환하게 하는 호흡이 척추 호흡에도 영향을 미치는 것이다. 척추 호흡이 줄어들면 추간판에 영양 공급이 안 되고 딱딱해지면서 충격을 받기 쉽다.

횡격막은 주요 호흡근으로, 배와 가슴 사이를 분리하는 근육이다. 낙하산 또는 해파리처럼 생겼으며, 돔(반구형으로 된 천장) 구조로 숨을 들이마실 때는 편평해지고 내쉴 때는 다시 돌아온다. 횡격막은 가슴뼈를 시작으로 하위 갈비뼈(늑골), 허리뼈(요추) 1-3번 앞쪽과 추간판에 붙는다. 횡격막과 붙어 있기 때문에 요추는 호흡할 때 영향을 받는다.

횡격막은 숨을 들이쉴 때 수축한다. 이때 편평해지면서 산소가 폐로 들어올 수 있게 한다. 가슴은 앞쪽과 위쪽으로 팽창되고 옆으로 벌어진다. 숨을 내쉴 때는 반대다. 횡격막이 이완하면서 돔 모양으로 다시 올라가고 이산화탄소가 폐 밖으로 나온다. 호흡 패턴이 잘못되어 횡격막의 기능이 떨어지면 갈비뼈와 인접하는 요추와 근육의 기능도 뒤따라 떨어진다. 따라서 횡격막의 움직임과 호흡 근육들이 제 역할을 하는지 잘 살펴야 한다.

다른 호흡근도 살펴보도록 하자. 늑간근은 호흡할 때 갈비뼈 사이를 벌리면서 숨을 들이마시게 하고, 반대로 좁히면서 숨을 내쉬게 한다. 구부정한 자세로 있거나 늑간근이 굳어 있으면 호흡이 잘 일어나지 않는다. 늑간근이 수축과 이완을 잘하지 못하면 흉추도 뻣뻣해진다. 추간판 탈출증과 허리통증이 있는 환자는 대부분 흉추가 뻣뻣하고 호흡 패턴도 고르지 않다.

1957년 바텔링크(D.L. Bartelink) 연구팀은 복강 내압 이론을 발표했다. 연구팀은 복근들(복횡근, 내복사근, 외복사근, 복직근)에 표면 근전도 기기를 부착했다. 근전도는 동작 시 근육의 활성화 정도를 측정하는 기기다. 그다음, 변화 측정기가 있는 풍선을 위 안에 넣은 채 무거운 물건을 들어 올릴 때의 변화를 관찰했다. 그 결과 복압(복부 내 압력)과 근육 활동이 증가하면서 척추의 부하가 골반기저근까지 전달됐다. 한마디로 복근들이 잘 쓰이면 척추를 잘 잡아 줄 수 있다는 것이다.

나첨손 연구팀의 연구에 따르면, 숨을 참고 힘을 주는 발살바 호흡(valsalva maneuver)이 문제다. 연구팀은 발살바 호흡 시 몸통 근육의 근전도, 복압, 추간판 내압을 동시에 측정했다. 그 결과 복압이 증가하면 추간판 내압도 동시에 증가했다. 복압으로 척추의 압축 하중이 줄어들 수 없음을 밝혀낸 것이다. 강제로 내쉴 때 복근들이 많이 쓰이는데, 이로 인해 복부에 높은 압력이 생기면 내장의 압력도 증가하여 요추에 부하를 준다. 물론 날숨 때 복부 내 압력이 약해도 발살바 호흡이라면 척추 움직임을 저해할 수 있다.

자신의 호흡 패턴을 챙기는 습관을 들이자

인체의 중심을 잡아 주는 코어 근육(core muscle) 중 속근육인 횡격막, 복횡근, 골반기저근, 척추기립근(척주세움근) 및 다열근은 호흡할 때도 쓰인다. 이 근육들은 척추를 안정적으로 잡아 주고 움직임을 조절한다. 허리통증 재활운동에도 이러한 근육을 조절할 수 있도록 교육한다. 호흡 근육들은 척추에 직접적으로 붙어 있고 상호 작용한다. 따라서 잘못된 호흡 패턴은 속근육의 기능을 떨어뜨릴뿐더러 허리에 과부하와 손상이 생겼을 때 적절하게 반응하지 못하게 한다. 바른 호흡은 속근육이 안정적으로 척추를 지지하도록 한다. 그러면 허리통증 예방에 도움이 된다.

호흡은 자율신경계(몸의 기능을 자율적으로 조절하는 신경계)의 영향을 받고, 자율신경은 교감신경과 부교감신경으로 나뉜다. 교감신경은 호흡 속도를 증가시키고 몸을 긴장, 흥분 상태로 만든다. 반대로 부교감신경은 심장 박동을 억제하며 호흡을 이완시키고 몸의 긴장을 푸는 역할을 한다. 우리 몸은 숨을 들이마실 때는 교감신경, 내쉴 때는 부교감신경의 영향을 받는다. 과호흡은 교감신경을 촉진히여 몸이 긴장하도록 한다. 부교감신경이 우세해야 내쉬는 시간이 길어지고 이완이 잘된다. 호흡은 자동 반응이기 때문에 우세한 패턴으로 온종일 쓰인다.

목과 허리에 통증이 있던 30대 후반의 남성 직장인은 오래 앉아 있는 업무 자세와 직장에서 받는 스트레스를 호소했다. 몸이 항상 긴장된 상태이고, 직장 상사를 생각하면 더 뻣뻣해진다고 말했다. 호흡 패턴을 살펴보니 들숨이 날숨보다 길고 호흡 횟수가 많았다. 운동도 중요하지만 먼저 날숨이 들숨보다 1.5~2배 길어야 좋다. 전체적인 근육 긴장을 떨어뜨리기 위해 날숨을 강조한 호흡 패턴을 연습하고 재활운동을 시작했다. 평소에도 심호흡을 자주 하여 이완 상태로 유지할 수 있게 조언했다.

잘못된 호흡 패턴이 쓰이면 장기적으로 척추는 회복이 느려지므로, 자신의 호흡을 확인하는 습관을 들여야 한다. 첫째, 주요 호흡근인 횡격막은 요추와 추간판에 영향을 끼친다. 둘째, 복근으로 숨을 강제로 내쉬면 복압이 올라가 추간판의 압력 또한 증가한다. 셋째, 잘못된 호흡은 속근육의 기능을 떨어뜨려 척추 안정성도 감소한다. 넷째, 호흡 시 교감신경이 활성화되어 있으면 몸이 긴장되며, 잘못된 호흡은 허리디스크 회복을 더디게 한다.

심리적인 두려움이
만성 통증을 유발한다

허리통증을 앓는 사람은 통증에 대한 두려움과 아픈 동작을 피하려는 회피 반응을 보인다. 이러한 현상을 의미하는 '두려움 회피 반응(fear-avoidance response)'은 손상과 통증으로 두려움, 불안감 등이 생겨 신체활동을 피하면서 통증에서 벗어나지 못하는 악순환을 말한다. 두려움 회피 반응은 급성과 만성 허리통증 환자들이 건강을 회복하는 데 변수가 되기도 한다. 또한, 급성 환자보다 만성 환자에게 더 많이 나타난다. 따라서 두려움 회피 반응을 이해한 다음 허리디스크를 두려워하지 않도록 노력해야 한다.

두려움이
허리 회복을 결정짓는다

40대 중반의 남성 A는 걸을 때마다 통증을 느꼈고, 병원에서 추간판 탈출증 진단을 받았다. A는 대수롭지 않게 여기며 금방 나을 것으로 생각했다. 아파도 조금씩 움직이자는 생각으로 일상을 보냈다. 허리 통증을 두려워하지 않자 시간이 지나면서 점차 회복되었다. 한편, 40대 초반의 남성 B 또한 병원에서 추간판 탈출증 진단을 받았다. A와 달리 B는 증상이 더 심해지고 나중에 걷지 못할지도 모른다는 두려움에 사로잡혔다. 허리를 숙이거나 잘 걷지도 않았으며, 일도 그만두고

| 두려움-회피적 행동

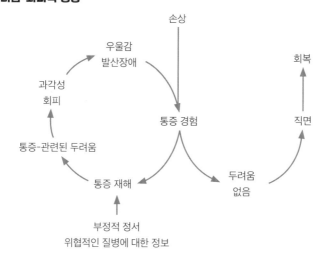

자료 : 《Fear-avoidance and its consequences in chronic musculoskeletal pain》

집에서 누워 계속 쉬었다. 그 결과 신체기능이 약해지고 허리통증도 남아 있었다. 허리가 회복되지 않아 시간이 흐르면서 삶의 질이 뚝 떨어졌다.

A와 B는 똑같이 걸을 때마다 통증을 겪었고 병원에서 추간판 탈출증 진단을 받았다. 그러나 두 사람의 삶은 크게 달라졌다. 두려움과 통증 관계를 잘 설명하는 이론이 블레이엔(J.W.S. Vlaeyen)과 린톤(S. Linton)의 두려움 회피 반응(또는 두려움-회피적 행동)이다. 손상과 통증을 경험했을 때 그것을 부정적으로 받아들이느냐 대수롭지 않게 여기느냐에 따라 행동이 달라진다. 통증에 두려움을 느끼면 이를 회피하면서 움직이지 않고 쉬게 된다. 이에 따라 만성 통증이 생기고 삶의 질이 떨어진다. 반면, 두려움 없이 일생생활을 하면 대부분 자연스럽게 회복된다. 두려움이 몸의 결과를 바꾸는 것이다.

급성보다 만성 허리통증 환자들이 두려움 회피 반응의 영향을 받는다. 오랫동안 낫지 않으면서 부정적인 생각이 더 커지는 바람에, 평생 허리통증이 낫지 않고 일상을 제대로 보내지 못할 것 같다는 비관에 빠지는 것이다. 만성 허리통증이 몇 년씩 이어지면, 많은 환자가 '내가 안 아팠던 적이 있었을까?' 하고 절망하며 통증에 집중한다. 이러한 현상을 '통증 파국화(pain catastrophizing)'라고 한다. 통증 파국화는 통증으로 인해 최악의 결과가 생길 것이라는 부정적인 믿음을 일컬으며, 비관주의, 무기력증, 통증을 되새기는 복합적인 생각으로 알려져 있다. 두려움 회피 반응과 통증 파국화가 심해질수록 허리통증회복은 느려진다.

두려움을 느끼면 근육은 긴장한다. 로버트 말모(Robert B. Malmo) 연구팀은 실험군에 두려움을 유발하는 과제를 주고 이마 근육의 반응에 대한 근전도 검사를 진행했다. 검사 결과, 두려움이 증가하는 과제일수록 근육 긴장도 점점 증가했다. 그리고 긴장이 쌓인 채로 상황이 도중에 멈추면 긴장이 계속 남는다는 것을 밝혀냈다. 이를 '잔여긴장(residual tension)'이라고 한다. 또한, 근육 긴장과 두려움이 누적된 상태에서는 회피 반응이 더 잘 일어난다고 한다. 두려움과 걱정은 근육을 뻣뻣하게 만들고 신체기능을 떨어뜨려 회복을 느리게 한다.

파블로프의 개 실험은 유명하다. 종소리를 들으면 침을 흘리는 '고전적 조건화' 형성 실험이다. 만성 요통 환자에게도 어느 날 허리를 구부릴 때 통증이 극심했다면 다음에 구부릴 때 통증에 대한 두려움이 생길 수 있다. 평소에 자주 하는 동작으로 통증과 연관된 조건화를 학습하는 것이다. '허리를 구부리면 아플 텐데.'라고 두려워하는 것만으로도 허리 근육이 뭉치고 아픈 느낌이 들 수 있다.

두려움에 계속 빠져들면 교감신경이 활성화되어 잘못된 호흡이 일어날 수 있다. 근육이 긴장되고 갈비뼈와 척추의 움직임이 줄어들면서 추간판이 병든다. 한 마디로 부정적인 생각이 호흡과 자세에 영향을 미치는 것이다. 특정 동작이 조건화되면 그 행동을 안 하게 되고 신체기능이 줄어들면서 악순환에 빠진다. 조건화된 반응에서 벗어나려면 허리를 구부려도 괜찮다는 생각으로 단계적으로 숙여 가며 연습해야 한다.

허리통증을 제대로 알면
두려움이 줄어든다

예측하기 어려울 때 두려움이 생긴다. 허리통증 환자의 경우 특정 자세를 취하거나 움직일 때마다 통증이 생기면 더 나빠지지 않을까 걱정하면서 두려워한다. 급성기 허리통증의 90%는 4주 이내에 자연 회복된다. 또한, 추간판 탈출증이 심할수록 회복이 더 잘 된다. 이러한 점을 알고 통증을 관리할 수 있다고 마음먹으면 두려움은 줄어든다. 따라서 허리에 대해 공부하고 두려움을 줄이는 방법을 배워야 한다.

첫째, 통증이 있어도 규칙적으로 생활하는 것이다. 두려움 회피 반응의 악순환은 아무것도 하지 않고 누워서 쉬거나 평상시에 활동량을 줄일 때 일어난다. '아플 때는 쉬면 낫겠지.', '통증이 없어질 때까지 활동을 줄이고 집에만 있자.'는 생각으로 움직이지 않으면 근육이 약해지고 위축된다. 관절의 기능도 떨어지고 연골에도 압박이 커지는데, 관절이 퇴행성 변화를 겪으면 통증이 생기고 이로 인해 다시 휴식을 취하는 악순환에 빠질 수 있다. 따라서 평상시에 조금씩이라도 움직이는 것이 좋다.

둘째, 허리통증이 있는 동작을 점진적으로 늘려 나간다. 만성 허리통증에는 운동을 권장한다. 이때 운동은 내 몸에 맞는 운동을 말한다. 나쁜 자세를 피하고 운동을 통해 척추에 부하가 덜 가도록 하는 과정이 필요하다. 처음에는 통증이 없는 범위에서 운동하다가, 어느 정도 익숙해지면 동작 범위를 천천히 늘려 가며 운동해야 한다. 통증이 약간 있어도 동작을 조금씩 늘려 나갈 때 자신감이 생긴다. 운동과 통증 허용 범위에 대한 문헌고찰 연구에서 시각적 통증 척도(VAS)상 중간을 넘지 않은 약한 통증 정도가 효과적이었다고 한다. 사람마다 통증의 정도가 다르지만, 2~3 정도 느끼는 수준으로 하는 것이다. 이때 운동 후 24시간 동안 상태를 확인해서 동작의 범위를 수정해야 한다.

심리적 조건화가 있는 경우도 마찬가지로 움직임을 늘려 가야 한다. 심리적 조건화는 평소에 자주 하는 동작을 하나의 자극으로써 통증과 연관하여 조건화하고, 이를 학습하는 것이다. 허리를 구부릴 때 통증을 경험한 사람이 허리를 구부리기도 전에 통증을 느끼듯 두려워하는 것과 같다. 한마디로 가짜 통증을 느끼는 것이다. 여기에서 벗어나려면 운동 동작을 늘려 가면서 괜찮다는 것을 인지하고 재학습해야 한다.

40대 중반 여성 환자는 의자에서 일어날 때 허리를 삐끗했다. 병원에서 의자에서 일어날 때 조심하라는 말을 들은 그녀는 통증이 없는데도 의자에 앉는 것조차 피하게 됐다. 심리적 조건화가 일어난 것이다. 나는 환자에게 의자에서 앉았다가 일어날 때는 허리가 전만이 된다는 것과 함께 추간판 탈출이 심해지지 않음을 설명했다. 그리고 각도를 늘리며 의자에서 일어나는 연습을 여러 번 진행했다. 일어날 때 별다른 통증이 없다는 것을 반복적으로 확인하자 환자는 그제야 안심했다. 이처럼 심리적 조건화는 재학습을 통해 극복할 수 있다.

셋째, 신체의 움직임을 이미지 훈련한다. 이미지(image)의 사전적 의미는 어떤 사물에 대하여 마음에 떠오르는 직관적 인상이라는 뜻이다. 운동선수들은 시합이나 기술 전에 동작을 머릿속으로 그리며 훈련한다. 허리를 구부릴 때 아프다면, 부드럽고 천천히 허리를 구부리는 모습을 머릿속으로 떠올리며 연습하는 것이다. 긴장이 풀린 다음 실제로 구부리는 동작을 하면 더 잘 된다. 동작이 차례로 잘 그려지도록 이미지 훈련을 통해 사전 연습을 하면 두려움을 줄일 수 있다.

넷째, 인지행동치료를 한다. 뒤이어 설명하겠지만 나쳄손 박사는 만성 요통의 가이드라인으로 운동과 인지행동치료 등 종합적 치료를 권장했다. 인지행동치료는 스스로 조절할 수 있느냐에 초점을 맞추는 적극적 관리 방법이다. 예를 들어 허리통증 환자들이 부정적인 생각이 들 때마다 '내가 나쁜 생각을 하고 있었구나.' 하고 스스로 알아채도록 하는 것이다. 이것만으로도 부정적인 생각의 영향력은 줄어든다.

다섯째, 허리통증 공부를 한다. 많은 사람이 추간판 탈출증과 허리통증에 대해 오해하고 있다. 추간판 탈출이 심하다고 통증이 있는 것은 아니며, 허리통증으로 수술이 필요한 경우는 약 2%다. 허리통증의 시기별 대응법을 알고 행동하는 것도 도움이 된다. 대부분은 나쁜 자세를 피하고 내 몸에 맞는 운동과 다양한 치료를 통해 회복된다. 빨리 낫겠다는 조바심을 줄이고 허리통증 공부를 하고 노력하면 반드시 좋아진다.

허리통증을 겪고 난 후에 재발이 생길 수 있다는 교육도 필요하다. 그러나 재발한다고 해서 추간판 탈출증이 생기거나 관리에 실패한 건 아니다. 통증이 생겼을 때의 응급처치와 통증의 변화 과정, 자신에게 맞는 관리법을 알아 두면 두려움이 줄어든다. 만성 환자도 마찬가지다. 허리통증을 공부하고 내 몸에 맞는 관리법을 안다면 예상 시나리오가 그려진다.

　두려움 회피 반응, 심리적인 두려움이 통증을 만성화한다. 또한, 두려움에 대한 생각의 차이가 통증 완화의 차이를 만든다. 첫째, 하루 이틀은 쉬어도 이후에는 자연치유력을 믿고 일상생활을 하자. 둘째, 통증을 걱정하며 움직이지 않으면 신체기능이 떨어지면서 위험해진다. 셋째, 특정 자세와 동작에 겁먹지 말고, 천천히 단계적으로 재학습을 진행해 보자. 넷째, 허리통증을 공부하고 예상 시나리오를 알면 두려움이 줄어든다. 나아가 응급처치 방법과 내 몸에 맞는 관리 방법을 알고 대응하자.

허리통증의 또 다른 원인, 스트레스

허리통증은 스트레스와 우울감, 불안감 등 마음의 문제로 생길 수 있다. 이러한 허리통증을 '심인성 요통 증후군'이라 한다. 심인성 요통은 스트레스가 자율신경계의 교감신경을 자극하면서 생겨난다. 교감신경이 많이 쓰이면 호흡 근육과 자세를 유지하는 근육이 긴장 상태가 되면서 척추의 움직임이 나빠진다. 또한, 스트레스 호르몬이 회복을 더디게 하고 통증을 일으킨다. 통증과 관련한 뇌 영역이 스트레스를 처리하는 데 관여하기 때문이다.

20대 중반 여성 환자는 과도한 업무와 스트레스를 호소했다. 몸이 경직되어 있는 상태였다. 야근하고 오래 앉아 있어 허리가 망가졌는

데, 스트레스도 한몫한 것 같다고 이야기했다. 이처럼 만성 환자 중에는 심인성 요통이 생각보다 많다. 통증을 오래 겪으면서 스트레스를 받고, 이 스트레스가 통증을 더 민감하게 느끼도록 하면서 악순환에 빠지는 것이다.

스트레스는 우리 몸을 어떻게 바꿀까?

스트레스는 자극과 반응이 계속 변화하는 상태다. 사전적 의미는 적응하기 힘든 환경과 조건에 노출됐을 때 느끼는 심리적·신체적 긴장 상태를 뜻한다. 환경이나 조건이 변해도 그에 적응하면 건강하고, 적응하지 못하면 문제가 생긴다. 적응은 우리 몸을 최적의 상태로 유지하려는 항상성(homeostasis)과 관련이 있다. 항상성은 자율적인 조절 과정이고 자율신경계의 영향을 받는다. 스트레스로 항상성이 깨지면 자율신경계의 교감신경이 활성화된다.

스트레스는 HPA축(시상하부-뇌하수체-부신피질 축)을 통해 스트레스 호르몬을 많이 분비하게 해서 생리적 변화를 일으킨다. HPA축은 중추 신경-내분비-면역계 시스템을 연결하는 인체 스트레스 대응 체계로, 스트레스의 생리적 반응을 조절한다. 시상하부에서 만들어지는 부신피질자극호르몬 분비 인자(CRF)는 비만세포를 자극한다. 비만세포는 염증성 사이토카인을 만들고 뇌로 전달하는 통각신경을 증가시켜 통증을 더 느끼게 한다.

HPA축에 의해 스트레스 호르몬인 코르티솔(cortisol)이 분비된다. 코르티솔이 증가하면 조직 회복이 지연되어 통증이 계속 이어진다. 스트레스가 HPA축을 통해 호르몬 불균형에서 통증 증가, 회복 지연 까지 영향을 미치는 것이다. 코르티솔 증가로 진통 효과가 있는 호르 몬인 엔도르핀의 분비가 감소하면 통증도 줄어들지 못한다. 그 외에 도 카테콜아민, 도파민, 세로토닌 등 관련 호르몬들의 불균형은 자연 치유력을 떨어뜨린다.

스트레스, 우울증, 외로움 등 심리사회적 요인이 왜 통증에 영향을 줄까? 이는 '통증 신경매트릭스(pain neuromatrix)'라는 이론이 등장하 면서 밝혀졌다. 통증 신경매트릭스는 뇌가 통증인지 아닌지 결정한다 는 이론이며, 통증을 느끼는 부분이 섬피질, 전대상피질, 편도체, 해마 등 여러 영역으로 연결되어 있다고 본다. 미국 캔자스대학교 의료센 터 연구팀은 스트레스를 받으면 통증 신경매트릭스가 활성화되어 여 러 뇌 영역이 반응한다는 것을 fMRI(기능적 자기공명영상) 측정 장비를 통해 입증했다.

로널드 멜작(Ronald Melzack)은 통증 신경매트릭스를 제시하며, 말 초신경에서 뇌로 통증이 전달되지 않고 뇌가 경험을 통해 인지해서 통증을 방출한다고 주장했다. 또한, 뇌의 여러 영역에서 통증에 대한 역할을 맡고 있다고 했다. 통증을 인지하는 영역은 섬피질이고, 고통 의 감정을 느끼는 뇌 영역은 전대상피질이다. 부정적인 생각과 정서 는 편도체에서 반응한다.

편도체(amygdala)는 두려움과 기억을 담당하는 뇌 영역으로, 뇌의 해마, 전대상피질과 함께 부정적 감정을 기억한다. 허리를 구부리다 삐끗하면 이때 생긴 감정과 움직임이 뇌의 신경망을 통해 기억으로 저장되는 것이다. 이를 통해 두려움과 회피, 그리고 잘못된 움직임 패턴이 나온다. 중추 감작 통증의 경우, 통증 신경매트릭스가 과민해진다. 앞서 살펴보았듯, 중추 감작은 중추신경계에서 통증을 보내는 신호가 증가해 통증이 실제보다 더욱 민감하게 나타나는 경우다. 이 외에도 움직임에 관한 보조운동영역, 움직임을 학습하고 실행하는 기저핵까지 통증에 의해 변화한다.

기존에는 조직 손상으로 자유신경종말에 위치한 통각수용체(nocicepter)가 자극되면서 통증이 뇌로 전달된다고 보았다. 그리고 통증을 느끼는 부위가 한 군데라고 생각했다. 1965년 '관문조절설' 이론이 발표되면서 통증 조절을 통한 치료법이 생겨났다. 관문조절설은 척추의 교양질이 관문 역할을 하고 통각수용체를 조절한다고 보는 것이다. 예를 들어 주사를 맞고 엉덩이를 문지르는 경우나 저주파 치료기, 체외충격파기를 이용해 새로운 자극을 먼저 전달시켜 통증을 조절하는 경우를 말한다.

그러나 이러한 관문조절설을 기반으로 한 치료로도 해결되지 않는 경우가 많았다. 손상된 부위와 아픈 부위가 일치하지 않는 경우, 조직 손상이 없는데 통증이 있는 경우, 수술했음에도 통증이 남아 있는 경우 등에 대한 의문이 제기됐다. 모슬리(Lorimer Moseley)와 버틀러(David Butler) 박사는 국제통증학술지 〈페인(Pain)〉에 새로운 통증

신경과학 모델을 발표하며, 신체의 조직 손상 정도가 아니라 뇌가 위협이라 인지했을 때 통증을 느낀다고 밝혔다.

다양한 곳에서 찾아오는 마음의 문제

앞서 배운 대로 허리통증의 원인은 다양하고, 그중에는 스트레스도 있다. 스트레스에는 우울증, 인지 어려움, 감정 불안정, 수면장애, 피로 등 복합적인 증상이 있으며, 스트레스가 증가하면 증상도 심해진다. 불면증과 같은 수면장애가 생기면 통증에 민감해지고 근육도 더 긴장된다. 온종일 피곤하고 무기력하면 척추에도 영향을 미칠 수밖에 없다. 통증뿐 아니라 회복에도 악영향을 끼친다.

먼저 우울증은 정신적 기능이 지속적으로 저하된 상태이며, 통증과도 관련이 있다. 세계보건기구(WHO)는 만성 통증으로 인한 우울증 발병률이 그렇지 않은 사람보다 4배 더 높은 것으로 보고하였다. 만성 요통 환자 중 50~90%가 우울증을 겪는다고 한다. 우울증은 마음의 감기로 불릴 정도로 흔한 증상이지만, 아직 명확한 원인은 밝혀지지 않았다. 또한, 신체활동을 떨어뜨려 척추의 움직임이 덜해지고 이에 따라 통증이 증가하는 악순환을 만든다.

우울증은 생화학적·환경적·유전적 요인 등에 영향을 받는 것으로 알려져 있으며, 전문의를 통해 진료를 받을 필요가 있다. 주로 약물 치료와 심리 상담으로 치료하는데, 약물 치료의 경우 적정량을 장기간 복용하면 중독성이 거의 없다고 한다. 우울증 증상이 호전되더라도 6개월 정도는 약물 치료를 계속해야 재발을 예방할 수 있다. 우울증은 원인이 명확하지 않고 다양한 요인으로 생기므로 증상이 있으면 우울증 치료와 재활운동을 병행하기도 한다.

30대 중반의 여성은 오랫동안 허리통증으로 집에 쉬면서 신체기능이 떨어지고 우울증도 생겼다. 온종일 통증만 생각하고 자책하던 환자는 우울증 증상으로 수면장애도 앓고 있었다. 불면증과 같은 수면장애는 척추 질환의 만성 통증을 증가시키는 것으로 밝혀졌다. 나는 환자에게 통증이 있어도 신체활동을 하라고 조언하고 우울증 치료도 병행할 것을 권유하며 재활운동을 진행했다.

외로움도 통증과 관련이 있다. 만성 외로움은 우울증이나 수면장애 등 정신적인 문제는 물론, 염증 반응을 지속시킨다. 또한, 통증 조절을 어렵게 하고 회복하는 데 악영향을 끼친다. 만성 외로움뿐만 아니라 일시적 외로움도 피로와 통증을 증가시킨다고 한다. 외로움도 심리사회적 요인으로 관리와 치료가 필요하다. 2018년 영국은 외로움 담당 장관(Minister for Loneliness)을 임명하고 사회문제로서 외로움에 대처하고 있다. 미국과 유럽의 국가들도 외로움 연구와 대책을 위해 노력하는 중이다.

업무 환경에서 오는 심리적 문제도 허리통증에 영향을 준다. 미국 보잉(Boeing)사에서 4년에 걸쳐 3천 명이 넘는 직원들을 조사했더니, 이 중 10%에 해당하는 약 3백여 명이 허리통증을 앓고 있었다. 조사 결과 키, 몸무게, 힘, 유연성 등 신체 척도보다 스트레스가 통증 발생에 더 중요하게 작용했다. 다른 많은 연구에서도 직장 내 불만족, 스트레스, 따돌림 등이 요통과 관련이 있다고 보고하였다.

스트레스 대처도
허리통증 치료의 일환이다

통증 인지부터 부정적 감정, 그리고 행동과 기억까지 이어지는 복잡한 구조가 통증 신경매트릭스를 통해 설명된다. 이를 통해 만성 요통 환자가 몸을 조절하지 못하고 두려움을 느끼면서 특정 자세를 피하는지를 파악할 수 있다. 만성 요통으로 고생하던 30대 후반의 직장인 환자는 허리뿐 아니라 목, 어깨 통증도 심했다. 안 가 본 곳이 없다던 그는 통증에 대한 스트레스가 심했다. 극단적인 선택을 생각하기도 한다는 말을 들었을 때 안타까웠다. 만성이 되기 전에 치료도 잘 받고 스트레스를 해소했다면 차도가 보였을 텐데 말이다.

사람들은 생각보다 많은 스트레스를 받는다. 드러나지 않는 스트레스와 통증이 더 무서운 법이다. 따라서 스트레스를 대처하는 것도 허리통증 치료의 일환임을 알고, 다양한 방법을 통해 허리통증에 접근해야 한다.

명상의 갈래인 마음챙김(mindfulness)이 스트레스 조절에 도움이 된다. 마음챙김은 현재에 머무르는 것으로 '매 순간의 알아차림(moment-by-moment awareness)'이라는 의미가 담겨 있다. 여기에는 신체 자각과 호흡 관찰이 포함된다. 예를 들어 걷기를 한다면 발이 땅에 닿는 감각과 앞으로 나아가는 속도와 보폭까지 세심하게 인지하고 집중한다. 현재 하고 있는 동작을 인지하고 그 순간에 머무르면 허리통증에 대한 생각이 줄어들고 통증 조절에 도움이 된다. 허리통증이 온종일 나타나는 게 아니므로 어떤 일에 집중하면 통증을 잊게 된다.

40대 후반의 영어 강사인 여성 환자는 허리, 골반에 통증이 심했다. 환자는 강의할 때는 서 있고 대부분의 시간은 강의를 준비하며 앉아 있었다. 평소 바쁜 일과와 부족한 신체활동으로 체력적으로 힘들고 스트레스를 받고 있었다. 호흡 패턴과 함께 재활운동을 시작하며, 나쁜 자세를 피하고 평소에 자주 움직일 것을 조언했다. 이후에 처음보다 통증이 줄어들었지만, 환자는 고민과 스트레스가 많아 지친 상태였다. 나는 환자에게 퇴근 후 마음챙김을 하도록 권유했다. 환자는 처음에는 힘들었지만 시간이 지나면서 마음챙김이 스트레스와 통증 조절에 도움이 됐다고 말했다. 사람마다 스트레스 관리법이 있겠지만 바른 호흡법, 마음챙김, 다양한 명상법 등도 때로는 필요하다.

나는 환자들과 대화를 많이 하려고 노력한다. 이야기를 나누다 보면 허리통증의 원인을 다양하게 파악할 수 있고 운동과 생활습관 교정 방법을 선택하는 데 도움이 되기 때문이다. 때로는 스트레스가 허리통증 완화를 좌우한다. 따라서 마음의 문제와 허리통증을 함께 치료하는 것이 좋지만, 마음의 문제가 심하다면 정신건강의학과 진료와 심리 상담을 먼저 권할 때도 있다.

스트레스도 통증의 원인이므로 세심한 관리가 필요하다. 첫째, 스트레스는 항상성을 깨뜨려 자율신경계의 교감신경을 활성화한다. 근육들을 긴장시키고 척추의 움직임도 떨어뜨린다. 둘째, 스트레스는 HPA축을 통해 코르티솔 등 스트레스 호르몬이 과하게 분비되게끔 하고 생리적 변화를 일으킨다. 또, 손상 조직의 회복을 더디게 하고 통증을 지속시킨다. 셋째, 마음의 문제가 있으면 허리통증 치료와 심리 치료를 병행하는 것이 좋다.

10
허리 기능이 좋으면 통증도 없다

| 기능적 척추 단위란?

구조와 기능은 동전의 양면과 같다. 구조는 기능에 영향을 준다. 기능이 좋으면 구조에 문제가 없고, 기능이 좋지 않은 상태(기능부전)가 이어지면 추간판 탈출과 요통이 생긴다. 노화로 퇴행성 변화를 겪게 되지만, 일흔이 넘어도 허리통증이 없는 경우도 많다. 즉, 퇴행성 변화를 겪더라도 허리 기능이 좋으면 일상생활에 불편함이 없고 통증으로 고생하지 않는다. 따라서 어떤 것들이 허리 기능에 영향을 주는지 알아보고 관리할 수 있어야 한다.

기능(function)은 정적·동적 움직임을 다 포함하는 개념이다. 기능이 좋으면 통증 없이 허리를 구부리거나 젖히거나 일을 많이 해도 문제가 되지 않는다. 기능이 떨어지면서 구조에 미세 손상이 생기고 이것이 누적되면서 통증이 나타나는 것이다. 따라서 기능을 빨리 회복하면 통증도 줄어든다. 요추의 기능적인 활동은 자세가 균형을 이루면서 안정성을 유지하는 것이다. 또한, 움직였을 때도 기능이 좋으면 통증이 없다.

척추는 부하량, 동작, 인대의 긴장, 근육 수축 정도에 따라 달라진다. 이는 추간판을 포함한 전체 척추 구조물에 영향을 미친다. 척추 구조물을 이루는 최소 단위를 '기능적 척추 단위'라고 한다. 기능적 척추 단위에는 2개의 척추뼈, 추간판, 추간관절, 근육, 인대, 관절낭, 혈관, 신경이 포함된다. 특정 동작을 반복하면 기능적 척추 단위가 변하며 손상된다.

기능적 척추 단위는 최소 단위일 뿐, 전체적인 기능의 연결성이 중요하다. 허리통증으로 고생한 사람 중에는 허리, 목, 어깨, 골반 등 다른 부위의 통증을 호소하는 사람이 많다. 허리통증은 척추 구조물들이 잘 기능하고 조화롭게 움직일 때 부하가 덜 걸리고 영양 공급이 잘 되면서 회복된다. 따라서 추간판뿐 아니라 여러 조직이 제 역할을 해내야 한다.

척추의 기능 단위 중 하나인 골격 근육은 노력하면 스스로 수축할 수 있다. 근육은 뼈에 붙어서 수축을 통해 자세를 유지하고 움직이는 기능을 한다. 근육이 짧아지거나 뭉쳐 있으면 뼈를 잡아당기면서 위치가 바뀌고 자세가 틀어진다. 근육이 약해지면 뼈를 잘 잡아 주지 못한다. 근육은 뼈의 강도의 80%를 뒷받침하고, 근육 불균형은 혈류량과 움직임을 감소시켜 척추의 영양 공급도 약해지게 한다. 따라서 척추 주위 근육을 포함해서 기능적 척추 단위의 기능을 높여 주는 것이 중요하다.

내 몸을 인지하고 스스로 평가할 수 있어야 한다

10년 전에 요추에 척추 유합술을 받은 60대 초반의 여성 환자는 나에게 허리 근육만 튼튼하게 만들어 달라고 요청했다. 최근에 허리통증이 생기는 바람에 불안하다면서 근육량만 늘어나면 좋아진다고 하니 운동을 잘 시켜달라고 말이다. 물론 근육량을 늘리면 도움이 되지만 근육뿐 아니라 기능적 척추 단위를 조절할 수 있게 하는 것이 관건이다. 상담을 통해 이러한 점을 설명하고, 목표를 설정한 다음 재활운동을 시작했다.

허리통증을 줄이고 기능을 회복하는 방법은 크게 두 부분으로 나뉜다. 첫째는 통증을 불러일으키는 요소를 없애는 것이다. 즉, 오랫동안 고정된 자세와 앞서 살펴본 나쁜 자세를 피하는 것이다. 둘째는 척추를 지지하는 조직을 강화하는 것이다. 한마디로 척추 주위 근육을 관리하는 것이다. 고정되고 나쁜 자세를 피하고 내 몸 상태에 맞춘 운동을 하면 기능이 좋아지면서 허리통증이 점차 가라앉는다.

수영 선수인 중학생 환자가 있었다. 수영을 잘해서 지역에서 줄곧 1등을 하고 수영 국가대표가 꿈이라고 했다. 학생은 성장기에 키가 커지고 신체 변화도 일어나면서 허리통증이 생겼다. 수영할 때 똑바로 가지 못하고 옆 라인을 넘어가는 것이 문제였다. 상담 후에 평가를 해 보니 근육 불균형과 측만증이 있었다. 단순히 척추가 휘는 측만증이 있다고 옆으로 걷거나 레인을 침범하지는 않는다. 그만큼 근육 불균형이 심각했던 것이다. 나는 학생에게 우선 짝다리와 한쪽 다리를 들어 올리는 습관을 피하게 했다. 그다음 근육을 균형 있게 조절할 수 있는 기능 운동을 하니 통증도 없어지고 다시 똑바로 수영하게 됐다.

10대인 선수라도 근육 불균형으로 허리통증이 생길 수 있고, 80대 노인이라도 허리통증 없이 골프를 친다. 유명 선수 중에는 구조적으로 틀어졌지만 신체기능이 좋아서 눈에 띄게 활약하는 선수가 많다. 골격 근육은 스스로 조절할 수 있기 때문에 내 몸에 맞는 운동과 생활 습관을 알면 허리통증 예방에 도움이 된다.

물론 시간이 지나면서 기능은 자연스레 떨어지기 마련이다. 기능은 단순히 운동 횟수나 강도를 올린다고 해서 좋아지진 않는다. 처음에는 스스로 근육을 수축할 수 있게 인지하면서 의식적으로 조절해야 한다. 개인차가 있어 바로 조절할 수 있는 사람도 있고 오래 걸리는 경우도 있다. 반복적으로 해서 습관화가 되면 무의식중에도 기능을 할 수 있다. 내 몸을 스스로 인지하고 조절할 수 있어야 기능이 좋다고 말할 수 있다.

중요한 것은 허리 기능에 영향을 주는 기능적 척추 단위들이며,

다음과 같은 사항을 명심하자. 첫째, 퇴행성 변화가 진행되더라도 기능이 좋으면 허리통증이 없을 수 있다. 둘째, 기능적 척추 단위와 특정 동작 등의 관계를 알면 내 몸에 맞는 관리법을 찾을 수 있다. 셋째, 골격 근육은 의식에 따라 수축할 수 있기 때문에 조절이 가능하다. 넷째, 기능을 회복할 때 인지하고 조절할 수 있느냐에 초점을 맞춰야 한다.

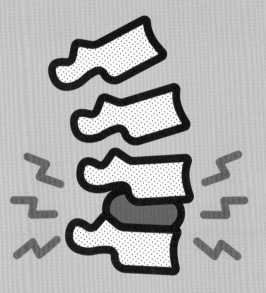

4장

허리통증을 해결하는
치료·관리 원칙

1

허리통증 치료의
새로운 패러다임

패러다임(paradigm)는 그 시대 대중의 사고와 견해를 근본적으로 규정하는 인식 체계를 뜻한다. 패러다임을 바꾸려면 수많은 이론과 근거가 축적되고 논리적으로 이해할 수 있어야 한다. 그전까지 해부학, 상해, 손상을 강조한 생체의학적 모델이 허리통증 치료의 주류였지만, 약 10년 전부터 서서히 떠오르던 생체심리사회적 모델이 1~2년 전부터 주목받고 있다. 허리통증 치료의 패러다임이 통합된 치료 접근 방식으로 서서히 바뀌고 있는 것이다.

생체심리사회적 모델이 떠오르는 이유

앞서 설명한 대로 85%의 비특이적 요통은 비구조적 요인에서 기인한다. 임상에서 다루는 허리통증의 85%가 영상 진단 장비와 일치하지 않으면서 요추의 기능에 초점을 맞추게 된 것이다. 엑스레이, CT, MRI 등 영상 진단 장비는 정적인 상태에서 척추 구조물을 찍는다. 가만히 있는 상태로 측정하기 때문에 움직일 때 시시각각 바뀌는 통증을 담아내지 못한다. 통증은 주관적이고 개인마다 달라서 더욱 측정이 어렵다. 따라서 기능에 영향을 주는 신체적 움직임과 통증 패턴, 심리적 요인, 사회적 관계를 포함한 생체심리사회적 모델이 떠오르는 것이다.

기존 생체의학적 관점이 덜 중요하거나 효용성이 떨어졌다는 것은 아니다. 생체의학적 치료법은 지금도 가장 중요하다. 생체의학적 치료 방법을 대체하는 것이 아니라 보완(complementation)하는 개념이 생체심리사회적 모델의 접근 방식이다. 어떤 심리적·사회적·환경적 요인이 통증과 기능에 영향을 미치는지 함께 살펴보는 것이다. 예를 들어, 스트레스를 많이 받는 허리통증 환자는 몸이 더 긴장되어 있고 호흡 패턴도 깨져 있다. 이 경우, 좋은 치료를 했음에도 회복이 더디거나 재발할 수 있다. 따라서 구조와 기능을 고려한 치료와 스트레스 관리 방법을 병행하자는 것이 생체심리사회적 모델의 핵심이다.

생체의학적 치료는 해부학 상의 구조적 문제와 상해, 손상 간의 관계를 강조한다. 즉, 통증이 일어나는 부위를 진단하고 증상을 파악하는 데 초점을 맞춘다. 허리통증의 원인이 추간판 탈출증이라면, 튀어나온 디스크만 해결하면 허리통증이 없어져야 한다. 그러나 튀어나온 디스크를 없애도 통증이 남아 있는 경우가 많다. 구조뿐 아니라 기능도 고려하면 허리통증의 많은 문제를 해결할 수 있다. 생체의학적 치료라도 좋은 생활습관과 내 몸에 맞는 운동이 더해졌을 때 효과가 좋다. 반대로 주사 치료와 약 처방도 나쁜 게 아니다. 급성기(처음 통증이 생긴 날로부터 4주간)나 통증이 극심할 때는 병원 치료를 받아야 한다. 수술도 마찬가지다.

최근에는 병원에서 수술을 권하지 않고, 통증이 심하면 주사와 약을 최소한으로 처방한다. 치료는 염증이나 손상이 구조에 영향을 미치면 줄일 목적으로 이루어진다. 이보다는 생활습관이나 운동 능 기능에 초점을 둔다. 기능은 2가지를 고려해야 한다. 먼저 척추가 더 손상되지 않게 기능부전을 일으키는 나쁜 자세와 습관을 고치는 것이다. 그다음은 운동을 통해 조직의 기능을 개선하여 허리통증을 줄이는 것이다.

3년 동안 허리통증으로 고생한 30대 후반의 여성 환자가 있었다. 운동을 좋아하던 환자는 야근이 잦아서 오래 앉아 일하다 보니 어느 날 허리통증이 생겼다고 했다. 병원에서 주사 치료와 약 처방을 받으면 통증이 줄어들지만 자주 재발하는 것이 고민이었다. 습관과 관련해서 자세히 이야기를 나눠 보니 한쪽 다리로 체중을 싣는 짝다리나 다리를 꼬는 동작을 자주 했다. 허리 근육뿐 아니라 전체적으로 왼쪽 몸의 근육이 더 뭉치고 긴장되어 있었다. 짝다리와 다리 꼬는 동작을 피하게 하고 야근을 하더라도 30분마다 의자에서 일어나서 스트레칭을 하라고 조언했다. 환자는 시간이 지나면서 회복됐고 6개월 후에는 재발하지 않고 잘 지낸다고 전했다.

여러 번 강조하지만, 나쁜 생활습관을 피하는 것만으로 허리는 좋아진다. 이는 허리통증에 기능 회복 측면으로 접근한 것이다. 요추와 요통에 영향을 미치는 요인을 근본적으로 제거하는 방법이다. 이 환자의 경우 잘못된 자세가 비대칭을 만들고, 오랫동안 고정된 자세를 취하는 생활습관이 왼쪽 요추 구조물에 부하량을 늘렸다. 부하량을 줄이고 나아가 기능이 좋아지게끔 조언하니 시간이 지나면서 회복이 된 것이다. 의외로 이렇게 회복되는 경우가 많다.

구조와 기능을 아우르는 통합적 치료가 필요하다

목, 어깨, 허리에 통증이 있던 30대 중반의 여성 환자가 아픈 부위에 테이핑을 하고 나를 찾아왔다. 통증이 심한데 테이핑을 하면 도움이 되는 것 같다고 말했다. 2년 동안 직장을 5번이나 옮겼다는 환자는 사람을 상대하는 일을 하다 보니 스트레스를 많이 받아 힘들다고 했다. 평가와 목표 설정을 하고 재활운동을 시작했다. 또한, 나는 환자에게 재활운동과 더불어 스트레스를 줄이기 위해 공원을 산책하고 명상을 할 것을 추천했다.

환자는 처음에는 익숙하지 않았지만 명상을 통해 마음을 되돌아보면서 여유가 생겼다고 했다. 심리사회적 요인을 줄이는 방법에는 명상, 심리 상담, 휴식, 취미 생활 등 다양한 방법이 있다. 여유를 갖고 몸과 마음을 충전한 후 다시 일하도록 권유한 것이 허리통증 감소에도 맞아떨어졌다. 집에서 가만히 쉬면 신체기능이 떨어지고 통증에 집중하게 된다. 환자는 재활운동을 시작한 지 2개월이 지나고 새 직장에 출근하였고 반년 후에는 몸을 회복했다.

만성 요통일수록 심리적·사회적·환경적 요인의 영향을 더 받는다. 환자의 주요 증상과 심리사회적 요인을 파악하지 않으면 치료 효과가 떨어질 수 있다. 노먼(R. Norman) 연구팀은 허리통증의 약 12%는 심리사회적 요인이라고 보고했다. 마라스(W.S. Marras) 연구팀과 푸넷(L. Punnett) 연구팀의 결과도 매우 일치한다고 한다. 따라서 평가 항목에 심리사회적 요인을 함께 넣는 것도 필요해 보인다.

척추 연구 분야의 개척자인 나쳄슨 박사를 비롯한 비고스(S.J. Bigos)·노먼·마라스·코넨(R. Connen) 연구팀들도 의견을 같이했다. 이 연구팀들의 포괄적인 연구 결과에 의하면, 생체역학적 변수와 심리사회적 변수 모두 허리통증의 위험 요인이다. 생체역학적 요인이나 심리사회적 요인 중에 하나만 중요시하는 것은 신뢰할 만한 연구 결과로 부족하다고 말한다. 즉, 생체역학적 변수와 심리사회적 변수 모두 중요하게 다뤄야 한다.

생체의학적 모델 보완과 통합적 치료를 위해 생체심리사회적 모델이 요통 치료의 패러다임으로 서서히 부상하고 있다. 의학과 과학은 계속 발전하며 성장한다. 한 가지 치료 방법이 완벽할 수 없다. 생체의학적 모델도 기능에 초점을 맞춰 치료 방법을 다양화하면 허리통증을 많이 해결할 수 있다. 생체의학적 요인과 심리사회적 요인을 포괄하는 관점이 치료의 질을 높일 것이다. 허리통증을 해결하기 위해 더 많은 도구를 갖는 셈이다.

통증 강도와 시기에 따른
허리통증 대응법

허리통증의 시기마다 대응법이 있다면 어떨까? 전문가가 아닌 이상 정확히 판단하기는 힘들지만, 각 시기에 맞는 가이드라인이 있다면 걱정을 덜 수 있을 것이다. 많은 나라에서 연구 결과와 근거를 바탕으로 요통 치료 가이드라인을 만든다. 요통으로 인한 삶의 질 저하, 노동력 손실, 의료비 증가 등을 줄이기 위해서다. 나라마다 분류 기준이나 시기가 약간 다르지만 큰 틀에서는 비슷하다. 각각 급성기(첫 4주), 아급성기(4주~12주), 만성기(12주 이상), 반복적으로 재발할 때의 대응법이다.

대학생 시절, 전공 수업을 들으면서 시기별 대응법이 있음을 알고 자신감이 얻은 기억이 난다. '시기별로 적절하게 관리하고 치료하면 간단하지 않을까?' 하고 말이다. 그때의 나는 굉장히 긍정적인 느낌을 받았다. 물론 시기마다 나누긴 하지만 개인차가 있다. 다리가 저리거나 당기는 신경학적 징후나 통증 강도, 심리적·사회적·환경적 요인, 생활습관 등 개인마다 변수가 다르기 때문이다. 따라서 시기가 약간씩 겹치거나 개인차가 발생할 수 있음을 염두에 두어야 한다.

급성, 아급성기, 만성기 등 시기마다 대응법이 다르다

급성기(acute stage)는 처음 통증이 생긴 날로부터 4주 동안으로 본다. 급성기에는 처음 통증이 심하면 1~2일 정도는 안정을 취하는 것이 좋다. 그보다 오래 누워서 쉬는 것은 신체기능을 떨어뜨려 회복을 더디게 한다. 단순 허리통증은 2~3주 안에 자연 회복이 되고, 4주가 지나면 90%가 낫는다. 대부분 근육과 인대를 삐끗하거나 염증이 생겨 허리통증을 겪는다. 자연 치유가 가장 좋지만, 몸에 주의를 기울여야 한다.

척추뼈와 추간판에 문제가 있으면 통증이 가라앉지 않거나 다리가 저리거나 당길 수 있다. 통증이 줄어들지 않고 심해지면 병원에서 진료를 받고 약 처방, 침술, 운동, 물리치료 등 보존적 치료들을 받는게 좋다. 보존적 치료는 허리통증의 60%를 일주일 이내에 좋아지게한다. 〈페인〉에 실린 린톤 연구팀의 연구에 의하면, 빠른 능동적 물리

치료가 급성 통증 환자의 만성 통증 발병률을 뚜렷하게 낮춘다.

아급성기(subacute stage)는 4주에서 12주 사이 시기를 말한다. 급성기는 만성화의 위험이 낮지만, 아급성기는 위험도가 높다. 따라서 알맞은 치료와 운동이 필요하며, 많은 관련 서적에서 6주 이상 적절한 운동을 권유한다. 하겐(E.M. Hagen) 연구팀은 가벼운 활동과 통증에 대한 교육, 활동적인 운동을 단계적으로 포함한 실험을 진행했다. 1년간 추적 관찰한 결과, 보존적 치료를 받은 환자보다 이러한 활동이나 교육을 받은 환자의 직장 복귀율이 더 높았다.

아급성기에는 본인의 허리 상태를 고려한 운동이 필요하다. 나는 이 시기를 겪고 있는 환자 중에 자신에 맞지 않는 운동으로 고생하는 경우를 종종 마주했다. 허리 근육을 강화한다고 엎드려 누워서 허리를 젖히는 운동이나 다리를 들어 올리는 동작을 하면 허리가 더 나빠질 수 있다. 아급성기는 만성으로 가느냐 회복돼서 좋아지느냐의 갈림길이기 때문에 내 몸에 맞는 운동이 중요하다.

만성기(chronic stage)는 12주 이상 허리통증이 지속되는 시기다. 급성 요통의 약 5%만이 만성이 된다고 한다. 이 시기에는 자연치유력이 떨어지고 요통 외에도 다리도 저리고 당기는 좌골신경통 등 신경학적 증상이 많이 나타난다. 심한 통증과 수동적인 태도가 만성기를 오래 지속시킬 수 있으며, 특히 두려움, 불안감, 스트레스 등이 영향을 미치기 때문에 주의가 필요하다. 만성기라고 해도 생활습관을 고치고 운동을 하면 서서히 나을 수 있다.

나쳄손 박사는 만성 요통의 가이드라인으로 약물 치료와 도수 치료를 단기간만 시행할 것을 권장했다. 약물 치료와 도수 치료는 타인에게 받는 수동적 치료 방법이다. 때로는 효과가 좋지만, 장기적으로는 스스로 관리하는 것이 낫다는 의미다. 또한, 운동과 인지행동치료 등 종합적 치료가 좋다고 조언한다. 인지행동치료(cognitive behavior therapy), 즉 인지 과정과 환경을 지각하고 해석해서 반응할 수 있게 돕는 행동 치료는 환자가 스스로 통증을 조절하느냐에 초점을 맞추는 적극적인 관리 방법이다. 이처럼 만성 요통에는 수동적 치료보다 능동적 치료를 권장하는 편이다.

┃ 재발에 특히 주의하자

가장 문제시되는 것은 반복적으로 허리통증이 나타나고 재발하는 경우다. 낫나 싶어서 생활하다가 다시 통증이 생기고 이것이 반복되면서 만성이 되는 것이다. 허리통증 환자의 70%는 직장에 복귀해도 통증이 남아 있고, 급성 통증 환자의 62%가 1년 안에 한 번은 재발한다고 한다. 재발성 통증을 예측하는 데 중요한 2가지 인자가 있다. 첫 번째는 통증의 과거력, 두 번째는 과도한 척추 운동이다.

허리통증의 과거력은 중요하다. 언제 어디서 무엇을 어떻게 하다가 통증이 생겼는지를 알면 원인 파악에 꽤 도움이 되고 치료 방향도 빨리 결정된다. 오래 앉아 있거나 자주 구부리는 동작을 하는 사람은 추간판 탈출증일 가능성이 크다. 통증이 일어난 자세를 표현할 수 없으면 발병 전 무엇을 했는지를 되짚어 보면 된다. 운동할 때 자주 허리통증을 느낀 사람이라면 운동 시 과도하거나 잘못된 동작을 했을 확률이 높다. 자주 하는 운동 동작을 직접 해 보면서 문제가 생긴 부분이 있는지 확인해야 한다. 이렇듯 재발 관리는 통증 원인을 찾아내서 재교육하는 것으로 이루어진다.

아버지, 어머니, 아들이 함께 허리통증으로 상담을 온 적이 있었다. 아버지는 재발, 어머니는 만성, 아들은 급성 허리통증이었다. 나는 아들에게 1~2일 쉬고 천천히 활동하면서 일주일을 기준으로 통증이 줄어들지 않고 심해지면 병원에서 진료받으라고 신신당부했다. 어머니의 경우 상담 후에 목표를 정해서 간단한 운동을 진행했다. 또한, 허리통증을 두려워하지 말고 활동하라고 조언했다. 아버지는 과거력과 함께 잘못된 자세나 동작을 상담을 통해 찾아낸 후 재교육을 진행했다. 이처럼 가족이라도 허리통증의 시기와 패턴이 다르기 때문에 관리법도 천차만별이다.

허리통증의 시기별 대응법을 다시 한번 정리하도록 하자. 첫째, 급성기에는 하루 이틀 휴식 후에 활동하는 게 좋다. 통증이 극심하거나 시간이 지나도 자연 회복이 안 되면 참지 말고 병원에 가서 진료를 받아야 한다. 둘째, 아급성기에는 치료와 운동을 병행하며 만성이 되지 않게 잘 관리해야 한다. 셋째, 만성기에는 능동적으로 허리통증을 관리하면서 일상을 잘 보내는 것이 중요하다. 넷째, 재발의 경우 과거력을 파악하고 과도한 척추 운동을 피해야 한다. 마지막으로 시기가 약간씩 겹치거나 개인차가 발생할 수 있음을 기억해 두자.

3

바른 호흡 패턴이
허리 회복을 돕는다

하루 2만 번의 호흡이
잘못 이루어지고 있다면

사람은 1분에 평균 14~15회씩 하루 약 2만 번 호흡한다. 만약 2만 번의 호흡이 잘못된 패턴으로 일어나고 있다면 어떨까? 호흡은 자율신경계의 영향을 받고 자동 반응으로 일어난다. 호흡이 과다하게 일어나면 교감신경이 우세해져서 근육이 긴장된다. 척추와 갈비뼈, 복장뼈(흉골) 등 몸통뼈에는 많은 호흡 근육이 있다. 호흡 근육들은 자세 유지와 척추 안정화 역할을 한다. 잘못된 호흡은 자세를 무너뜨리고 척추를 불안정하게 하면서 추간판에 탈이 나게 한다. 따라서 바른 호흡 패턴은 허리 회복을 돕는다.

호흡의 목적은 산소와 이산화탄소를 폐 안팎으로 이동시키고 신체 대사가 균형 있게 일어나도록 하는 것이다. 호흡은 이산화탄소 농도의 영향을 받는다. 이산화탄소 농도가 변하면 산도(pH)의 균형이 깨지면서 몸에는 많은 변화가 일어난다. 이산화탄소가 높아지는 pH 7.4 이상의 알칼리성은 피로, 어지러움, 탈진, 찌릿한 느낌, 경련 등의 증상을 불러온다. 스트레스, 불안감 등 항상성을 깨뜨리는 요인들은 호흡에 영향을 미친다.

허리통증이 있는 환자들은 대부분 호흡 패턴에 문제가 있다. 호흡이 얕고 들이마시는 시간이 짧으며 횟수가 많다. 횡격막과 늑간근이 들이마실 때 제대로 기능하지 못하면 목, 어깨의 근육들이 많이 쓰인다. 특히 횡격막은 요추 앞쪽과 추간판에 직접 붙어서 척추의 움직임에 영향을 준다. 잘못된 호흡에서는 척추 호흡과 영양 공급이 잘 이루어지지 않는다. 들숨일 때 횡격막이 수축하여 편평해지면서 산소가 폐로 들어온다. 날숨에는 횡격막이 이완하면서 올라가고 이산화탄소가 폐 밖으로 나온다.

앞서 말했듯이 호흡이 반대로 일어나는 역행 호흡은 순환 문제뿐 아니라 척추의 안정성과 자세의 균형을 깨뜨린다. 횡격막을 잘 조절하여 내쉴 때 복근들이 과하게 쓰이지 않게 하는 것이 바른 호흡의 첫걸음이다. 물론 이 외의 호흡근들도 호흡할 때 제 기능을 해야 한다.

이상적인 호흡을 위한
호흡 운동법

이상적인 호흡 조건은 2가지다. 첫 번째는 들숨 시간보다 날숨 시간이 길어야 한다는 것이다. 날숨은 이완되는 부교감신경의 영향을 받는다. 따라서 잘 내쉬어야 이완이 잘된다. 입보다는 코로 호흡해야 하며, 건강한 상태에서 1분당 10~14회의 꾸준하고 안정적인 리듬으로 호흡이 일어나야 한다. 들숨과 날숨의 비율은, 들숨이 1일 때 날숨이 1.5~2라면 좋다. 들숨의 비율이 더 높으면 과호흡 또는 횡격막이 밑으로 내려가 공간이 없는 얕은 호흡이 일어난다.

호흡 운동은 '천천히' 안정적인 리듬으로 반복해서 진행해야 한다. 처음에는 날숨을 길게 하는 것으로 목표를 정하고, 힘이 과하게 들어가지 않도록 주의해야 한다. 그다음에는 내쉬는 시간을 3~4초로 천천히 늘려 간다. 숙달되면 들이마실 때 2~3초, 내쉴 때 7~8초 사이클로 연습한다. 무리하게 내쉬면 헐떡거리게 되고, 오히려 숨을 들이마실 수도 있다. 날숨이 자연스러워지면 들숨은 자동으로 깊어지게 된다. 따라서 날숨에 초점을 맞춰야 한다.

두 번째 이상적인 호흡 조건은 숨을 들이마실 때 가슴과 갈비뼈의 앞쪽이 위와 앞으로 움직여야 한다는 것이다. 이때 가슴과 배가 동시에 부풀고, 갈비뼈도 양옆으로 움직이면서 부풀어 올라야 한다. 가슴 안(흉강)과 복부 안(복강)이 호흡근에 의해 부풀어 올라야 공간 내 압력이 낮아져 산소가 들어오기 때문이다. 들이마실 때 목과 어깨 근육이

| 호흡할 때 가슴의 움직임

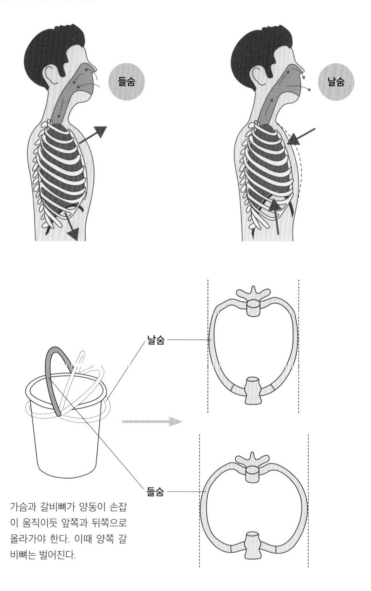

들숨

날숨

날숨

들숨

가슴과 갈비뼈가 양동이 손잡
이 움직이듯 앞쪽과 뒤쪽으로
올라가야 한다. 이때 양쪽 갈
비뼈는 벌어진다.

자료 : 《척추재활도수치료학》 개정 2판, 390쪽

올라가지 않도록 주의를 기울여야 한다. 흉식 호흡의 잘못된 패턴이기 때문이다. 내쉴 때는 반대로 가슴, 배, 갈비뼈 사이가 좁아지면서 돌아와야 한다.

기본 호흡 동작은 누운 자세나 앉은 자세에서 하는 게 좋다. 호흡할 때 가슴, 배, 갈비뼈가 순서에 맞게 잘 움직이는지 인지해야 한다. 들숨 때는 가슴과 배에 손을 올리고 흉식-복식 호흡이 잘 일어나는지 느껴야 한다. 날숨 때는 부풀어 올랐던 가슴과 배가 다시 돌아오는 것을 느껴야 한다. 또한, 양쪽 갈비뼈 옆에 손을 올리고 갈비뼈가 들숨 때 벌어지고 날숨 때 좁아지는지도 확인하자. 이렇듯 천천히 인지하면서 운동하는 것이 중요하다.

허리통증 환자들은 피곤하거나 스트레스를 받았을 때 자주 비효율적인 과거의 호흡 패턴으로 돌아간다. 시간이 날 때마다 가볍게 호흡에 집중해 보자. 호흡하는 동안 어지럽거나 긴장되고 불편하다면 반드시 중지하고 휴식을 취해야 한다. 기본 호흡 동작은 간단하지만, 무의식중에 일어나기까지 몇 주 또는 몇 달이 걸린다. 적응하는 데 시간이 꽤 걸리지만, 기본 호흡 동작만 잘해도 자세와 척추의 안정성이 좋아진다. 몸의 긴장감이 줄고 이완되며 추간판과 척추 구조물의 기능도 좋아진다.

호흡계에 질환이 있거나 비대칭이 심한 경우에는 기본 호흡 동작만으로 학습이 어려우므로 호흡 재활운동을 단계적으로 실시해야 한다. 처음에 호흡을 인지하고 조절하기란 쉽지 않다. 그러나 자주 하다 보면 어느새 몸은 편안해지고 허리통증 감소에도 도움이 된다. 천천

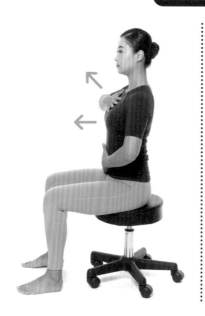

앉은 자세 (날숨)

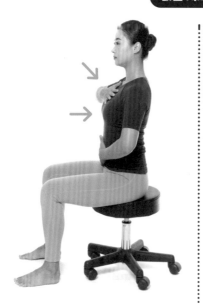

히 인지하면서 반복해 보자.

우리 몸에는 하루 2만 번의 호흡이 일어나고 바른 호흡 패턴이 허리 회복을 돕는다. 호흡 운동을 할 때는 첫째, 숨을 들이마시는 시간보다 내쉬는 시간이 길어야 한다. 둘째, 들숨과 날숨 때 가슴, 배, 갈비뼈의 움직임이 순서대로 잘 일어나는지 확인해야 한다. 셋째, 항상 천천히 인지하면서 진행한다. 넷째, 무의식적인 자동 반응이 일어날 때까지 습관을 들여야 한다. 호흡 운동을 통해 바른 호흡 패턴으로 허리 통증의 자연치유력을 높이자.

대표적인 허리 운동이라도
무조건 따라 하지 말자

아무리 좋은 허리 운동이라도
맹신하면 안 되는 이유

TV와 인터넷을 보면 허리디스크와 허리통증에 좋은 운동이 많다. 물론 이 운동들은 척추 주위 근육들을 강화하여 안정성을 제공한다. 또한, 허리디스크의 부하를 줄이는 운동임이 틀림없다. 그러나 이러한 허리 운동은 오히려 통증을 더 심하게 만들 수 있다. 내 몸에 맞춘 운동이 아니라 운동에 내 몸을 맞추기 때문에 때로는 부정적인 결과가 나타나는 것이다.

| 상체 근육 구조

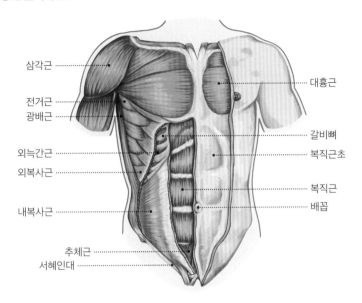

삼각근

전거근
광배근

외늑간근

외복사근

내복사근

추체근
서혜인대

대흉근

갈비뼈
복직근초

복직근
배꼽

대표적인 허리 운동으로는 '코어 운동', '윌리엄스 굴곡 운동', '맥켄지 신전 운동', '맥길 빅3 운동' 등이 있다. 연구 결과를 기반으로 만들어진 우수한 운동이지만, 내 몸에 맞지 않으면 약이 아닌 독이 된다. 그러므로 대표적인 허리 운동이라도 맹신하지는 말자.

코어 근육은 허리, 골반, 엉덩이, 복부 등 체간의 중심을 이루는 근육들이다. 근육이 붙어 있는 위치에 따라, 겉으로 드러나는 대근육들인 겉근육과 심부에 있는 속근육으로 나뉜다. 겉근육은 전체적인 움직임과 근력을 발생시킨다. 속근육은 척추와 골반에 직접 붙어 척추를 안정적으로 지지하는 역할을 한다. 코어 운동을 검색하면 플랭크, (누운 채로 팔다리를 쭉 뻗는) 슈퍼맨 자세, 윗몸 일으키기나 몸통을 비트는 자세가 들어간 운동이 많다. 허리통증이 있는 경우, 이러한 운동으로 추간판 탈출증과 허리통증이 악화될 수 있다.

허리통증 환자들은 대체로 속근육을 잘 쓰지 못해서 속근육 운동에 주목한다. 복횡근, 횡격막, 다열근, 골반기저근 등이 대표적인 속근육이다. 안쪽에서 척추를 안정적으로 잡아 준다. 근육 길이를 조절하고 움직임을 조절하는 센서인 근방추(muscle spindle)가 풍부하기 때문에 속근육 운동을 주목하는 듯하나, 요통 환자에게는 속근육뿐 아니라 겉근육의 역할도 중요하다. 통증이 없을 때는 겉근육 운동도 척추에 도움이 될 수 있지만, 통증이 있다면 피하는 게 좋다. 대표적인 코어 운동은 대부분 겉근육을 많이 쓰기 때문에 통증을 앓는 사람에게 적절하지 않다. 현재 몸 상태와 목표를 설정하고 평가를 통해 내 몸에 맞는 운동을 해야 한다.

플랭크부터 윌리엄스 굴곡 운동까지, 코어 운동의 장단점

6개월 동안 허리통증과 다리 저림을 심하게 앓은 20대 후반 남성 환자가 있었다. 허리를 앞으로 구부릴 때 통증이 심하고, 평소에 앉아 있는 시간이 많았다. 환자는 병원에서 치료도 잘 받고 알려 준 대로 나쁜 자세도 피했다고 말했다. 나는 환자와 상담을 하면서 문제점을 찾았다. 바로 코어 운동인 플랭크를 열심히 한 것이었다. 코어 운동은 척추와 허리, 복부, 골반 관련한 골격 및 근육인 코어 근육을 안정적으로 강화하는 것을 말한다. 이 환자는 복부 근력은 강한 편이나 허리 쪽 근력이 약해서 불균형이 생겼다.

아무리 좋은 운동이라도 내 몸에 맞지 않으면 기능과 구조에 악영향을 끼쳐서 탈이 난다. 플랭크는 앞쪽 근육들을 전체적으로 쓰면서 복부 근육을 강화하는 장점이 있다. 그러나 플랭크 자세를 취하면 시간이 지날수록 복압이 높아지면서 추간판도 함께 부하를 받는다. 환자는 코어 운동으로 기능을 강화하려 했지만, 오히려 자신이 몸에 맞지 않아 척추의 기능이 떨어졌다. 평가와 목표 설정을 통해 환자에게 맞는 운동을 실시하자 건강을 회복했다.

한편, 중량을 드는 근력 운동을 즐겨 하던 20대 초반의 남자 대학생이 있었다. 남자는 가슴 근육을 강조한 벤치 프레스나 복부, 등, 엉덩이, 다리 근육 등을 광범위하게 단련할 수 있는 데드리프트를 자주

| 플랭크 자세

했다고 한다. 데드리프트(deadlift)는 바닥에 놓인 바벨이나 덤벨 등 기구를 손에 잡고 팔을 구부리지 않은 자세로 엉덩이 높이까지 들어 올리는 운동이다.

환자가 중량을 늘리며 이 운동을 했더니 어느샌가 허리가 과전만이 되고 부하가 누적되었다. 허리가 아파서 코어 운동을 했지만, 오히려 통증이 심해졌다. 평가와 목표 설정 후 본인의 몸에 맞는 운동을 낮은 단계에서부터 진행하자 점차 건강을 회복했다. 초점은 무게를 조절하는 근력 운동이 아닌 척추의 움직임을 조절하는 근지구력 운동이었다.

미국의 정형외과 의사인 폴 윌리엄스(Paul C. Williams)가 만든 윌리엄스 굴곡 운동은 허리디스크에 안 좋은 운동으로 알려져 있다. 이 운동은 허리를 구부리는 자세가 대부분이다. 윌리엄스는 앞으로 굽은 과전만이 추간판에 후방 압력을 가해 추간판 탈출을 유발하여 좌골신경통이 생긴다고 믿었다. 좌골신경(궁둥신경)은 다리의 운동과 감각을 맡은 가장 길고 굵은 신경이다. 그래서 요추 전만을 줄이기 위해 굴곡 운동을 주장했다. 일반적으로 추간판 탈출증은 허리를 구부리면서 추간판에 부하가 반복될 때 수핵과 섬유륜이 찢어지면서 발생한다. 1937년에 만들어진 굴곡 운동은 추간판 탈출증을 제대로 담아내지 못했다. 최근에는 허리통증에 좋지 않으니 윌리엄스 굴곡 운동을 피하라고 알려져 있다.

허리를 구부리는 움직임(굴곡)은 추간판의 수핵을 후방으로 이동시키지만, 신경뿌리가 나오는 추간공의 입구 크기를 늘린다. 허리 굴곡은 좁았던 후관절의 공간을 넓히거나 후관절에 실릴 과부하를 전방으로 분산시킨다. 따라서 추간공 협착증이나 신경뿌리를 자극하는 골극으로 인한 통증을 줄이는 데 도움이 된다. 윌리엄스 굴곡 운동을 응용하여 작은 힘으로 적절히 굴곡 동작을 하거나 골반 후방 경사를 조절하면 허리통증 완화에 좋다. 골반 후방 경사란 골반이 후방으로 기울어진 상태를 말한다. 윌리엄스 굴곡 운동을 무조건 나쁜 운동으로 몰아가기에는 안타까운 면이 없지 않다.

맥켄지 신전 운동과 맥길 빅3 운동 알아보기

한편, 맥켄지 신전 운동은 허리디스크에 좋은 운동으로 권장된다. 뉴질랜드의 물리치료사인 맥켄지(Robin McKenzie)가 허리를 뒤로 젖히는 동작(신전)을 이용해 만든 운동이다. 어느 날 허리디스크로 고통받는 환자가 찾아오자, 맥켄지는 잠시 방에 있는 테이블에 엎드려 있으라고 했다. 잠시 뒤 그 환자를 본 맥켄지는 깜짝 놀랐다. 테이블 한쪽이 무너져서 환자가 허리가 뒤로 젖혀져 있었기 때문이다. 당시에는 뒤로 젖히는 동작으로 추간판이 더 손상된다는 의견이 대세였다. 의료 사고가 난 줄 알았는데, 그 환자는 다리 저림 증상이 줄었다고 말했다. 이 사건을 계기로 허리를 뒤로 젖히면 수핵이 앞으로 이동하고 회복된다는 원리의 맥켄지 신전 운동이 시작되었다.

마차도(L.A. Machado) 연구팀은 맥켄지 신전 운동으로 실험한 11건

윌리엄스 굴곡 운동

1 윗몸 일으키기 운동

2 골반 후방 경사(뒤로 기울이기) 운동

3 무릎 구부려 가슴 대기 운동

무릎 펴고 앉아 허리 굽히기 운동

 엎드려 한 다리 뻗기 운동

6 **쪼그려 앉기 운동**

엎드려서 하는 맥켄지 신전 운동

1 엎드려 숨 쉬면서 척추를 이완한다.

2 양팔을 머리 옆에 두고 이완한다.

3 팔꿈치로 상체를 지지하면서 호흡한다.

4 팔꿈치를 완전히 펴고 호흡한다.

서서 양손을 허리에 대고
상체를 천천히 뒤로 젖힌다.

의 연구들을 분석했다. 그 결과, 단기간에는 맥켄지 신전 운동이 다른 사람에게 받는 수동적 치료보다 효과가 좋음을 찾아냈다. 12주 후 추적 관찰 결과, 활동적인 상태를 유지한 그룹이 통증 완화 정도가 좋았다. 맥켄지 신전 운동의 임상 효과에 대해 의문이 제기되고 있지만, 급성기나 추간판 탈출증에 적용한 연구에서는 회복에 기여한다는 결과도 많다. 맥켄지 신전 운동을 하면 추간판 탈출증이 무조건 낫는다는 보장은 없지만, 증상 완화에는 도움이 되는 셈이다.

허리를 뒤로 젖히는 움직임(신전)은 수핵을 전방으로 이동시켜 척추 후방의 신경 압박을 줄인다. 후방 인대들의 긴장을 줄이는 효과도 있다. 맥켄지 신전 운동이 이처럼 생체역학적 원리로 만들어졌지만, 추간판 탈출증에 적용할 때는 몇 가지를 고려해야 한다. 추간판의 높이가 줄어든 사람의 경우, 신전 동작으로 추간공과 후관절이 좁아지고 압박되면서 통증이 발생할 수 있다. 척추 근육이 굳어 있는 경우나 과도하게 젖히려고 힘을 줄 때도 통증 발생 가능성이 있다. 따라서 맥켄지 신전 운동으로 효과를 볼 수는 있겠지만, 모든 환자에게 적용하기에는 역부족하다.

허리 중심에 통증이 있던 60대 초반의 남성 환자는 앉아 있을 때나 계단을 오를 때는 괜찮았지만, 앉았다 일어설 때 통증이 심했다. 3년 전 교통사고를 크게 겪은 뒤 통증이 더 심해졌고, 주사 치료, 지압, 침 등 여러 치료를 받았지만 회복되지 못했다고 한다. 진단 소견상 척추관 협착증인 환자는 신경 주사를 맞고 맥켄지 신전 운동을 배웠다. 그러나 맥켄지 신전 운동을 해도 통증이 줄어들기는커녕 오히려 증가했다. 운동에 대한 부정적인 인식이 생긴 환자는 걷기 힘들어질 정도로 통증이 심해지자 수술까지 생각했다. 지금은 퇴행성 변화인 협착증을 충분히 공부하고 수영과 운동을 병행하면서 잘 지내고 있다.

마지막으로, 척추 분야의 권위자 맥길 박사의 맥길 빅3 운동도 많이 알려져 있다. 이 운동은 허리가 안정된 자세에서 강한 근육 수축을 유발하여 허리 근육을 단련한다. 복근, 옆구리, 엉덩이 운동으로 나뉘어 있다. 적극적인 겉근육 안정화 훈련으로 척추를 지탱해 주는 원리다. 다만, 임상에서 근력과 근지구력이 약한 환자들에게 바로 적용하기는 힘들고, 운동 난도도 높은 편이다. 허리통증이 심한 환자는 동작을 잘 취하지 못한다. 맥길 박사는 근력 운동이 척추 조절과 자세 유지보다 우선하지 않는다고 보았다. 즉, 척추를 조절하고 자세를 잘 유지할 때 맥길 빅3 운동도 효과적인 것이다.

30대 중반의 남성은 맥켄지 운동뿐 아니라 맥길 빅3 운동도 하고 있었다. 좀처럼 나아지지 않는다며 어떤 운동이 좋은지 의문스러워했다. 나는 환자에게 동작을 평소대로 취하게 했다. 분석해 보니 척추를 조절하는 능력이 부족해서, 맥길 빅3 운동을 할 때 불안정해지고 정확한 자세를 취하지 못했다.

정확한 자세로 운동을 할 수 없다면 보상작용으로 다른 근육이 쓰이고 자신도 모르는 사이에 운동의 목적이 달라진다. 즉, 좋은 운동이라도 자세가 부정확하다면 차라리 하지 않는 게 나을 수 있다. 계속 강조하지만, 내 몸 상태에 맞는 난도의 운동을 선택하는 것이 회복의 관건이다. 맥길 빅3 운동은 통증이 줄어들었을 때 하면 어느 정도

맥길 빅3 허리 운동

1 컬업(curl-up)

2 버드 도그(bird dog)

3 사이드 브리지(side bridge)

191

효과를 볼 수 있다. 이처럼 대표적인 허리 운동도 시기와 통증 정도에 따라 회복 효과가 다르다.

운동에 내 몸을 맞춰서 좋아지는 경우도 있는 반면, 그렇지 못한 경우도 존재한다. 대개 만성 요통 환자에는 운동을 권장하는 편이다. 그러나 대표적인 허리 운동, 즉 코어 운동, 윌리엄스 굴곡 운동, 맥켄지 신전 운동, 맥길 빅3 운동을 맹신해서는 곤란하다. 물론 각 운동은 근거 중심의 과학적인 운동이지만, 운동이 내 몸에 맞지 않으면 독이 된다. 평가와 목표 설정으로 짠 운동 프로그램은 허리통증 완화에 도움이 된다. 허리통증이 일어난 후 시기별 대응법과 내 몸에 맞는 운동을 해 보자. 운동뿐만 아니라 다양한 치료법 중 내 몸에 맞는 치료법이 따로 있다는 것도 잊지 말자.

5

속근육 운동의
장단점과 한계

복부 내압 이론과
후방인대계 이론

근육은 위치에 따라 겉으로 드러나는 대근육인 겉근육과 심부에서 척추와 골반의 뼈에 붙어 있는 속근육으로 나뉜다. 앞서 살펴보았듯이 속근육은 척추를 지지할 뿐 아니라, 척추가 과부하를 받거나 특정 동작을 취할 때 안정적으로 잡아 주고 자세를 유지하는 기능을 한다. 따라서 허리 운동에서 속근육이 매우 강조되는 편이다. 허리 운동에는 많은 장점이 있지만, 단점과 한계도 존재하므로 이를 알면 허리통증 완화에 더욱 도움이 된다.

요통 환자의 속근육 운동은 복부 내압 이론과 후방인대계 이론의 한계를 보완하고자 시작되었다. 복부 내압 이론은 앞서 바텔링크 연구팀의 실험을 통해 설명한 대로, 무거운 물건을 들 때 복근들이 부하를 골반기저근까지 전달해서 척추의 안정성을 지지한다는 내용이다. 그러나 숨을 참고 힘을 주는 발살바 호흡처럼 날숨 때 복근을 많이 쓰게 되면 내장에 압력이 증가한다. 이로 인해 요추에 부하를 주고 척추의 움직임을 떨어뜨린다.

후방인대계 이론은 복부 내압 이론에 의문을 제기하면서 등장했

| 대둔근과 햄스트링

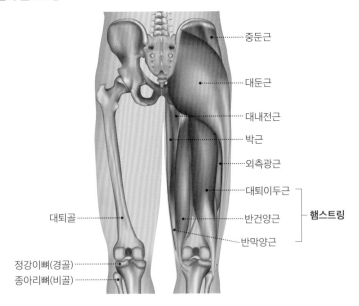

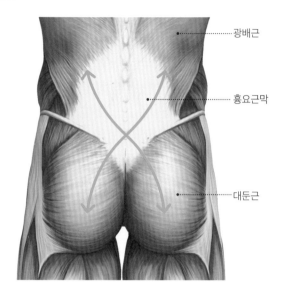

다. 인간을 포함한 두 발로 걷는 동물에게 발달한 고관절 신전 근육들,
즉 대둔근(큰볼기근)과 허벅지 뒤쪽의 햄스트링(대퇴이두근, 반건양근, 반막
양근)의 힘으로 후방인대계를 통해 무거운 물건을 들 수 있는 점에 착
안했다. 후방인대계는 대둔근과 햄스트링의 힘이 흉요근막(등허리근막)
을 중심으로 척추인대인 극간인대, 극상인대, 그리고 후관절을 통해
광배근(허리에서 등, 팔에 걸쳐 퍼지는 큰 네모꼴의 근육)에 전달되는 구조를
말한다(흉요근막에 대해서는 이후 자세히 설명하도록 하겠다).

　후방인대계 중 겉근육들(대둔근, 햄스트링, 광배근)은 체간의 유연성
과 척추의 지탱에 중요한 역할을 하지만 한계가 있다. 겉근육이 동시
에 과하게 수축하면 높은 압력으로 인해 기능적 척추 단위에 과부하

를 초래한다. 겉근육을 주로 사용하는 복부 압력 이론과 후방인대계 이론의 한계로 탄생한 것이 속근육을 사용한 운동들이다.

┃ 속근육별 특징과 운동법

속근육 운동은 학계나 임상 현장에서 요통 환자의 치료법이나 효과적인 척추 운동으로서 강조된다. 앞서 이야기한 대로, 대표적인 속근육으로는 다열근, 복횡근, 횡격막, 골반기저근이 있다. 다른 속근육도 있지만, 4가지 대표 속근육이 요추의 안정성을 제공하기 때문에 허리 운동에 관하여 이 속근육들에 대한 연구가 주로 이루어졌다.

다열근(multifidus)은 척추뼈의 횡돌기와 극돌기 사이에 붙어 미세한

┃ 다열근

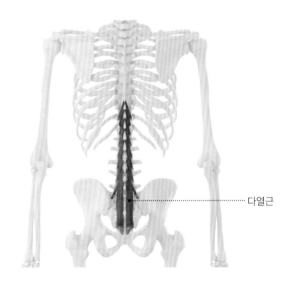

다열근

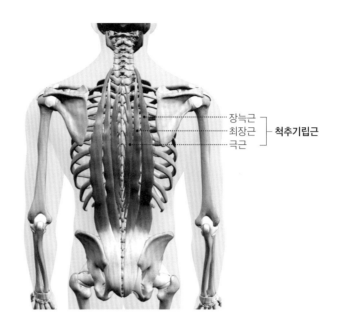

장늘근
최장근 ── **척추기립근**
극근

움직임을 조절하는 근육이다. 척추를 세우는 척추기립근(erector spinae muscle)보다 심부에 위치해 있다. 다열근은 몸을 구부리거나 젖히거나 돌릴 때 척추 분절의 미세한 움직임을 조절하여 척추 호흡이 잘 일어나게 한다. 맥길 교수는 다열근과 자세 변화에 관한 역학 연구에서 어떤 자세에서도 다열근이 척추를 미세하게 조절한다고 보고했다.

복횡근(transversus abdominis)은 복부 근육 중 가장 심부에 위치해 있다. 아랫배에 힘을 주면 수축하는 '코르셋 근육' 중 하나로 허리 재활운동에서 중요하다. 허리 쪽의 흉요근막과 골반까지 가로로 연결되어 있고 척추를 안정적으로 지지해 주는 기능을 한다. 내장의 압력을 조절하고 중력에 의해 흘러내리지 않게 받쳐 주는 역할도 한다. 배가 부풀어 오른 상태에서 근육이 수축하면 왕(王)자 근육인 복직근 또한 수축하므로 주의해서 운동해야 한다.

복횡근은 2가지 이유로 연구자들이 관심을 가졌다. 첫째, 복횡근이 복부에서 코르셋 역할을 하면서 척추 안정성과 복압을 생성한다고 믿었다. 둘째, 요통 병력이 있는 사람이 팔을 들어 올릴 때(어깨관절 굴곡) 근전도를 측정하니 복횡근의 활성화 속도가 3배나 지연됐다. 기존 연구에서는 팔을 들어 올리는 동안 전삼각근(팔을 굴곡할 때 주로 쓰이는 세모꼴 모양의 근육)보다 복횡근이 먼저 활성화되었다. 즉, 요통 병력이 있으면 복횡근이 활성화되지 않아 척추의 안정성이 떨어진다는 것이다. 따라서 복횡근은 팔다리를 움직이기 전에 척추를 지지하기

| 복횡근과 다른 복근들

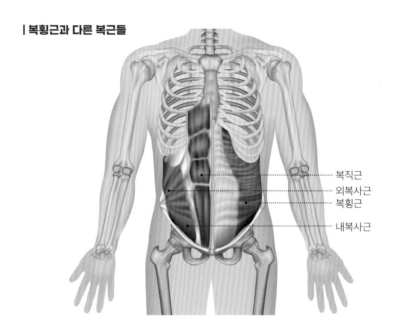

복직근

외복사근

복횡근

내복사근

위해 필요하다는 속근육 운동의 근거로 활용되었다.

　대표 속근육 중 하나인 횡격막은 주요 호흡근이자 요추의 안정성과 자세 유지에 매우 중요한 근육이다. 여러 번 강조하지만, 횡격막의 기능이 떨어지면 좋지 않다. 스트레스, 불안, 두려움 등 심리적 요인으로 교감신경이 우세해지면 긴장과 흥분 상태가 되기 때문에 몸이 뻣뻣해진다. 따라서 마음을 잘 가다듬고 바른 호흡 패턴을 통해 횡격막이 잘 기능할 수 있게 훈련해야 한다.

　골반기저근(pelvic floor muscle)은 골반의 앞쪽 치골과 꼬리뼈에 부착되어 있으며, 척추의 균형을 맞추고 대퇴골두의 움직임을 도와 직

| 골반기저근(여성의 경우)

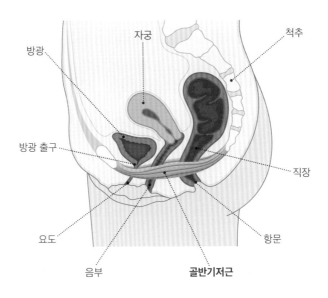

립 자세에서 지지력을 높여 준다. 또한, 내장을 보호하고 처지지 않게 받쳐 주는 역할도 한다. 골반기저근 운동을 할 때는 항문을 살짝 조이는 느낌으로 위쪽으로 끌어당겨 수축을 유도해야 한다.

속근육 운동에도 균형이 필요하다

약 20년 전 추간판 급성 파열로 병원 치료를 받은 30대 후반의 남성 환자가 있었다. 당시 젊은 나이였기에 주사 치료와 약으로 건강을 회복했다. 그러나 2년 전 허리통증과 다리 저림이 재발했고, 병원에서 왼쪽 요추 4번-5번에 추간판 탈출증 소견을 받았다. 일주일에 걸쳐 2회 시술을 받은 후 통증은 줄었지만, 한 달 뒤에 재발해서 한 번 더 시술을 받았다. 즉, 2개월 이내에 3번의 시술을 한 셈이다. 이후 병원에서 6개월간 요추 재활운동을 하고, 맥켄지 신전 운동도 매일 했다. 필라테스, 코어 운동, 침, 추나요법 등도 받으며 많은 노력을 했다.

시각적 통증 척도(VAS) 측정 결과 통증이 1~2 정도로 떨어지자, 환자는 벤치프레스, 슈퍼맨 자세 등을 헬스장에서 열심히 했다고 한다. 이러한 노력에도 불구하고 요통이 또 재발해 척추가 옆으로 휜 상태로 병원을 다녔다. 평가 결과 코어 운동을 많이 한 덕분에 근육 수축은 잘하지만 급하게 힘을 주는 편이고, 속근육을 조절할 수는 없는 상태였다. 복횡근, 다열근에 선택적 수축이 보이고 횡격막의 움직임이 떨어졌다. 속근육을 수축할 수만 있고 조절할 수 없으면 통증은 반복될 수 있다. 중요한 것은 근력보다 조절할 수 있느냐다.

속근육 조절 운동은 장점과 함께 한계도 존재한다. 모셀리(G.L. Mosely) 연구팀은 요통 환자의 속근육 수축 지연이 통증 회피 동작으로 귀결된다고 보고했다. 속근육을 안정화하려는 운동이 만성 요통 환자의 근육 활성화 시간을 개선한다는 관련 보고도 찾을 수 없다고 한다. 또한, 이러한 운동이 만성기와 재발성 통증에는 도움이 되지만, 통증이 급격히 찾아오는 급성기나 기능 회복 효과에는 한계가 있음을 보고했다.

단일 속근육에 초점을 둔 운동은 허리통증과 안정성에 영향을 미치지 않는다. 따라서 어느 근육들이 좋아져야 하는지 평가가 필요하다. 속근육 운동의 경우 근력 강화보다 미세한 조절 능력과 척추 구조물 간의 균형에 중점을 두어야 한다. 또한, 속근육을 단련하는 데는 시간이 걸리므로 꾸준한 노력이 필요하다.

6
겉근육 운동도
때로는 허리에 도움이 된다

앞서 허리 기능 회복을 위해 속근육 운동이 강조된다는 사실을 이야기했다. 반면 특정 겉근육 운동은 허리에 부담을 준다는 이야기도 떠도는데, 겉근육 운동이 항상 척추에 과부하를 주거나 손상을 일으키는 것은 아니다. 겉근육은 척추의 안정성과 전체적으로 자연스러운 움직임을 제공한다. 복근들(내복사근, 외복사근, 복직근), 둔근들(대둔근, 중둔근, 소둔근), 요방형근, 광배근, 장요근 등의 겉근육은 때로 허리에 도움이 된다. 겉근육 운동을 시기에 맞게 진행하면 척추를 더 튼튼하게 만들 수 있다.

│ 복근 운동의 효과

복근들로는 안쪽에서 바깥쪽 순으로 복횡근, 내복사근, 외복사근, 복직근이 있다. 복횡근은 가장 심부에 위치하여 속근육으로 불리고, 내복사근과 외복사근은 사선으로 근육이 붙어 있어 붙여진 이름이다. 내복사근의 상부와 중부 근섬유는 사선 방향으로, 하부 섬유는 복횡근과 가로 방향으로 붙어서 척추와 골반의 안정성을 제공한다. 외복사근은 손을 재킷 호주머니에 넣을 때의 방향으로 이어져 있다. 내복사근과 외복사근은 옆으로 구부리거나 회전할 때 수축하고 복횡근과 함께 코르셋 근육 역할을 한다. 또한, 복직근은 몸통을 구부리는 동작

│ 복근들의 위치

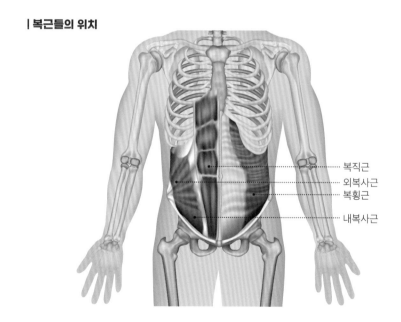

복직근
외복사근
복횡근
내복사근

| 골반 구조와 천장관절의 위치

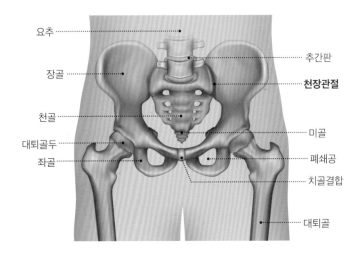

요추 ········· 　 ········· 추간판

장골 ········· 　 ········· **천장관절**

천골 ········· 　 ········· 미골

대퇴골두 ····· 　 ········· 폐쇄공

좌골 ········· 　 ········· 치골결합

　 ········· 대퇴골

에서 효율적인 지렛대 역할을 한다. 겉근육인 내복사근, 외복사근, 복직근도 당연히 요추에 중요하다.

　복근들은 내장을 지지하고 보호한다. 복압을 증가시켜 날숨과 분만, 배뇨, 배변, 구토 등을 돕는다. 또한, 몸통을 움직이고 고관절과 무릎관절 주변 근육들의 움직임을 만들어 준다. 무거운 중량을 들어 올릴 때 요추와 천골(엉치뼈)과 장골(엉덩뼈) 사이의 천장관절(엉치 엉덩 관절)을 지지하는 역할도 한다. 미세한 움직임 조절은 떨어지지만 내복사근, 외복사근, 복직근도 내장을 지지하고 압력을 조절하며 요추-골반-고관절로 이어지는 복합체에 안정성을 제공한다.

　어커트(D.M. Urquhart) 연구팀은 복부 할로잉(abdominal hollowing), 복부 브레이싱(abdominal bracing), 골반 경사 운동 등, 복근 운동을 할

때 복근의 활성화 정도를 비교하는 실험을 했다. 복부 할로잉은 배꼽을 척추 쪽으로 천천히 당기면서 복부를 수축하는 방법이다. 실험 결과 복부 할로잉을 할 때는 복횡근이 단독으로 수축했다. 복부 브레이싱은 누군가 배를 칠 때 힘을 주는 느낌으로 전체적인 복부 근육을 수축하는 방법이다. 그 결과 외복사근이 주로 수축했다. 골반 경사 운동에서는 골반을 기울일 때 내복사근이 주로 수축했다. 이처럼 복근 운동이라도 방식에 따라 효과가 다르므로, 요통 환자는 동작과 기능에 맞는 운동을 선택할 수 있어야 한다.

　둔근은 볼기근(엉덩이 근육)을 의미하며, 대둔근, 중둔근, 소둔근으로 나뉜다. 대둔근은 엉덩이에서 가장 큰 근육으로 고관절을 뒤로 펼

| 둔근의 위치

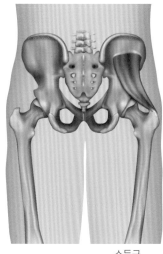
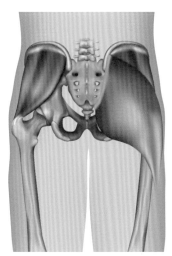

소둔근　　　　　중둔근　　　　대둔근

때(신전) 주로 사용되며 바깥쪽으로 회전하는(외회전) 기능도 한다. 직립 자세에서 대둔근은 허리 전만을 유지하고 걸을 때나 뛸 때 골반을 안정적으로 잡아 준다. 오래 앉아 있으면 대둔근을 안 쓰게 돼서 근력이 약해지고 허리가 구부려지면서 추간판의 수핵이 후방으로 이동한다. 중둔근은 골반 옆쪽에 있는 대퇴골 대전자(큰 돌기)에 붙는다. 고관절 외전과 한 발로 서 있을 때 균형을 잡는 역할을 한다. 한쪽 중둔근이 약해지면 걸을 때 뒤뚱거리고 골반과 척추가 휠 수 있다. 소둔근은 볼기근 중 안쪽에 있고 고관절의 외전과 내회전을 가능케 한다.

예쁜 엉덩이 라인을 만들기 위해 대둔근 강화 운동을 하는 사람이 많다. 그러나 자칫하면 허리가 과하게 뒤로 젖혀지면서 과전만이 될 수 있다. 20~30대 여성 환자 중에 대둔근 강화 운동을 하다가 과전만이 심해져 척추 후방의 추간관절(후관절)이 좁아지면서 요통을 앓는 경우도 많다. 한쪽으로 짝다리를 하거나 다리를 꼬는 동작으로 중둔근과 요방형근의 비대칭을 불러와 척추에 영향을 주는 경우도 꽤 있다. 단순히 몇 번 자세를 취하는 것은 큰 문제가 없지만, 나쁜 자세가 누적되면 척추와 골반이 점점 틀어져 결국 통증으로 이어질 가능성이 크다.

요방형근은 장골(엉덩뼈)의 가장 위쪽에 돌출된 상단 테두리인 장골능에서 12번 흉추와 1번에서 4번 요추까지 붙는다. 요방형근 양쪽이 함께 수축할 때 허리가 젖혀지고, 한쪽만 수축하면 골반을 들어 올릴 수 있다. 요방형근은 요추에 직접 붙기 때문에 좌우 불균형이 생기면 신경뿌리가 나오는 추간공이 좁아지거나 반대쪽으로 수핵이 튀어나올 수 있다. 따라서 허리 건강에 있어서 특히 신경 써야 한다.

| 요방형근 · 광배근

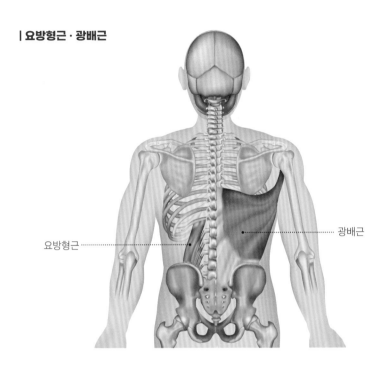

요방형근

광배근

| 장요근

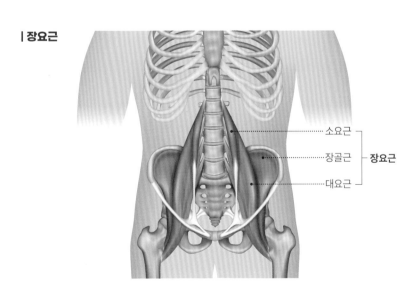

소요근
장골근 ── 장요근
대요근

다열근과 회선근(rotators) 등 속근육이 활성화되지 않으면, 요방형근이 속근육 역할을 대신하면서 두꺼워지고 뻣뻣해지는 경우가 많다. 회선근은 척추뼈 사이에 붙어 회전을 돕는 근육이다.

광배근은 넓은등근이라고도 불리며, 말 그대로 넓은 등 근육이라는 뜻이다. 흉추의 하위 절반과 요추 극돌기와 흉요근막, 그리고 하위 갈비뼈 4개와 세모꼴의 견갑골(어깨뼈) 아래 부위에 걸쳐 위팔뼈(상완골)까지 광범위하게 붙어 있다. 광배근은 후방인대계에서 중요한 역할을 하며, 골반, 요추, 흉추, 위팔뼈에 걸쳐져 있는 만큼 몸통 후방을 조절하고 큰 힘을 발생시킨다.

장요근은 소요근, 장골근, 대요근을 합쳐 부르는 근육이다. 허리 양쪽에 위치한 장요근 중 대요근은 12번 흉추와 1-5번 요추의 전면에서 대퇴골 소전자까지 이어져 있다. 대요근은 요추를 앞으로 구부리게 하는 지렛대 역할을 하며, 요추 전만을 간접적으로 증가시킨다. 몇몇 문헌에서는 장요근이 짧아지거나 긴장되면 과전만이 생겨 허리통증에 원인이 된다고 하지만, 실제 전만에 미치는 영향은 적다. 또한, 장요근은 앞뒤보다 좌우가 비대칭일 때 척추를 틀어지게 한다.

중요한 것은
근육 간의 균형이다

복근, 둔근, 요방형근, 광배근, 장요근 등 겉근육은 척추, 갈비뼈, 골반, 고관절, 어깨, 팔까지 광범위하게 붙어 있다. 또한, 요추에 직접적으로 붙여서 영향을 끼친다. 속근육보다 미세하게 조절하는 능력이 떨어지지만 큰 힘을 발생시키거나 속근육의 기능이 떨어졌을 때 보완하는 역할을 한다. 허리통증 환자 중에는 속근육뿐만 아니라 겉근육이 불균형인 경우가 많다. 속근육이 잘 쓰지 못해도 겉근육의 기능이 좋으면 통증이 적은 경우도 있다.

서서 허리를 구부리면 복근과 대요근이 수축하고 척추기립근과 허벅지 뒤쪽의 햄스트링, 그리고 종아리 근육 등이 이완한다. 척추 관절은 앞쪽과 위쪽으로 미끄러지면서 구부리는 움직임이 일어난다. 척추인대는 뒤쪽이 긴장감을 가지고 버티도록 지지해 준다. 이때 추간판의 수핵이 후방으로 이동하고 섬유륜이 안정적으로 지지하면서 충격을 흡수해야 한다. 이러한 과정을 통해 무게중심이 약간 뒤로 가야 넘어지지 않는다. 이렇듯 근육부터 관절까지 각 부분이 제대로 기능해야 비로소 구부리는 동작이 안전하게 일어난다.

60대 초반의 남성 환자는 MRI 상 요추 4번-5번(L4-5), 요추 5번-천골 1번(L5-S1)에 추간판 탈출증과 추간공 협착증 진단을 받았다. 추간판에 퇴행성 변화가 일어나면서 수핵도 탈출하고 추간공도 눌린 상태였다. 평소 허리 운동을 많이 한다던 환자는 통증이 심하진 않았다. 병원에서 요방형근 등 척추 주변 근육들이 튼튼해서 잡아 주고 있다는 진단을 받았다고 했다. 평가 결과 허리 주위 근육 상태와 기능이 좋았다. 구조상 문제가 있지만 겉근육의 기능이 좋아서 척추를 지지해 주고 있던 것이다. 나는 환자에게 근육 불균형을 운동으로 관리할 수 있게 지도했다.

겉근육도 척추의 안정성과 움직임에 중요하지만 내 몸에 맞지 않는 운동과 불균형의 결과로 요통 환자들에게 부정적인 이미지가 심어졌다. 그러나 겉근육 운동도 때로는 허리 건강에 좋다. 중요한 것은 속근육이냐 겉근육이냐가 아니라, 요추에 영향을 미치는 근육 간의 균형이다. 근력 강화보다 근육을 오래 쓰는 근지구력이 필요하고, 이를 조절할 수 있는 능력을 길러야 한다. 평가를 통해 어느 근육에 불균형이 생겼는지 파악하고 운동을 시작하는 것이 좋다.

근막을 알면
허리통증의 해결법이 보인다

귤껍질을 벗기면 하얗고 얇은 막인 알베도층(귤락)이 있듯, 우리 몸에도 얇은 막이 근육과 다양한 조직을 둘러싸고 있다. 근막(myofascia)은 결합조직(connective tissue)의 일종으로 근육 표면을 둘러싸는 얇고 투명한 그물막이다.

결합조직은 세포와 조직(인대, 힘줄, 근육 등)을 연결하거나 뼈대와 내장을 감싸고 지지하며 움직임을 제공하는 기능을 한다. 이처럼 근막은 근육뿐 아니라 골막(뼈의 표면을 싸고 있는 결합조직), 인대, 내장, 기관, 피부조직 등 인체에 넓게 퍼져 있다. 혈액에서 오는 대사물질이 모세혈관까지 이동하면 인접한 결합조직을 통해 세포와 조직으로 확산된다. 근막은 대사물질을 확산시키고 영양 공급을 통해 자연치유력을 높이며, 손상이나 상처가 난 후 회복에 필요한 반흔 조직을 만드는 기능도 한다.

근막의 종류와 기능

근막은 크게 표층근막(얇은 근막, superficial fascia), 심층근막(깊은 근막, deep fascia), 수평면인 횡적근막(transverse fascia), 수직면인 종적근막(longitudinal fascia)으로 나뉜다. 신체 표면 순으로 피부, 표층근막, 근육다발, 심층근막, 근섬유 등이다. 근섬유는 근육 조직을 구성하는 수축성을 가진 섬유상 세포를 말한다. 근막은 피부, 근육다발, 근섬유 사이에 위치해서 자세 유지, 직립 보행, 움직임에 관여한다. 요추 구조물 주위에는 흉요근막, 복부근막을 포함하여 표층근막과 심층근막이 전체적으로 연결되어 있다. 근막이 척주를 구조적으로 지지하므로 근막에 변형이 생기면 허리통증에도 영향을 준다. 따라서 근막을 알면 허리통증의 해결법을 알 수 있다.

주요 해부학 책에서 신체의 장기와 근육은 자세하게 다루지만, 근막은 수술을 위해 제거해야 할 덮개나 국소적인 근막만 서술한다. 예를 들어 족저근막염(plantar fasciitis)의 경우 발바닥 근막에 염증이 생겨 통증을 유발한다는 사실과 치료법에 대해 간단히 다룬다. 최근에는 신체활동과 운동 시스템에 있어 개별 근육 작용과 함께 근막의 중요성이 부각되고 있다. 근막은 근육, 관절, 뼈에 부착되어 다리 역할

| 흉요근막의 위치

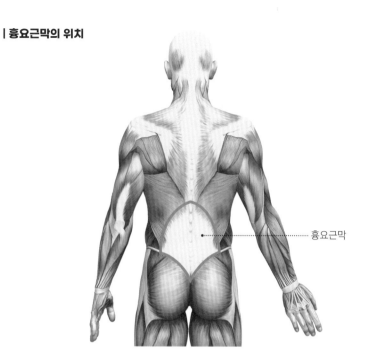

흉요근막

| 흉요근막의 2겹 모델

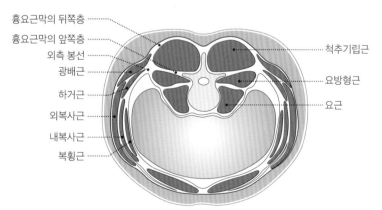

흉요근막의 뒤쪽층

흉요근막의 앞쪽층

외측 봉선

광배근

하거근

외복사근

내복사근

복횡근

척추기립근

요방형근

요근

자료 : 《근막시스템의 기능해부학》, 244쪽

을 하는 만큼, 허리통증의 원인 중 비구조적 문제에 접근하려면 근막을 이해하여 큰 그림을 볼 수 있어야 한다.

흉요근막(thoracolumbar fascia)은 몸통 중심부에서 등과 허리 쪽으로 발달한 근막이다. 천골(엉치뼈)과 장골(엉덩뼈)을 이어 주는 천장관절을 포함해 요추와 등까지 넓게 걸쳐져 있고, 횡단면(몸통의 수평면)은 2겹으로 속근육과 겉근육이 부착되어 있다. 대둔근의 힘이 흉요근막을 중심으로 한 후방인대계를 통해 반대편의 광배근으로 전달되면, 들어 올리는 동작이 안정적으로 이루어진다. 후방인대계 이론상으로는 약 100kg의 중량을 들어 올릴 수 있다.

흉요근막의 횡단면을 보면 두세 겹의 층이 있다. 이탈리아 파두아 대학교 근막해부학자인 스테코(Carla Stecco) 교수에 따르면, 층이 3겹일 경우 앞쪽 층의 조식학석 특성과 기능들이 흉요근막과 달라시기 때문에, 2겹으로 이루어져 있다고 주장한다(2겹 모델). 흉요근막의 앞쪽 층은 내복사근과 복횡근의 복부근막과 연결되어 있으며, 뒤쪽 층은 광배근, 외복사근, 하거근, 대둔근에 의해 형성된다. 흉요근막의 뒤쪽 층과 앞쪽 층이 허리뼈를 잡아 주며 안정성을 제공한다.

아픈 부위만 보지 말고
근육의 전체적인 균형을 살피자

인체 결합조직 분야의 권위자인 토마스 마이어스(Thomas Myers)는 《근막경선 해부학(Anatomy Trains)》을 통해 근막의 개념을 확장했다.

| 근막경선

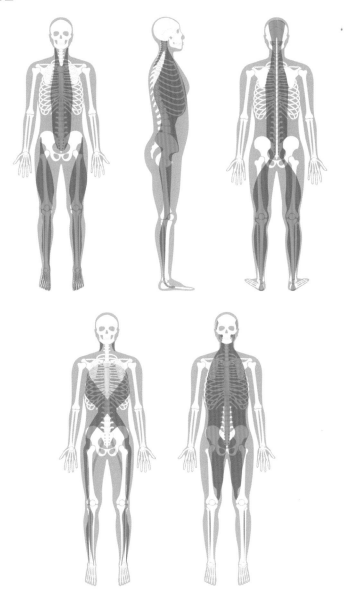

근막을 통해 근육과 여러 관절에 걸쳐진 조직 간의 연속성을 설명하며, 근육은 개별적으로 작용하지 않고 철도처럼 연결되어 있다고 주장했다. 여러 개의 관절을 지나는 대근육을 '급행열차'로, 단일 관절을 지나는 소근육을 '보통열차'로 비유했다. 급행열차는 움직임 전체를 조절하고 힘을 발생시키며, 보통열차는 관절 주변을 안정화하는 역할을 한다. 특정 부위의 손상이 먼 곳에 떨어진 정상 부위에 영향을 미치는 현상 또한 설명했다. 이는 특정 부위의 손상에 대한 운동과 치료법의 근거가 된다.

우리 몸에는 근막이 앞면, 뒷면, 옆면, 대각선 등 여러 근막경선으로 연결되어 있으며, 근육, 골막, 인대, 관절, 내장 등을 둘러싸고 있다. 허리를 구부리거나 젖히거나 돌릴 때 근막경선에 따라 움직임이 생긴다. 아픈 부위에만 집중하면 요통의 비구조적 요인을 놓치게 된다. 아픈 부위를 근본적으로 치료하려면 이러한 근막의 구조를 이해하고 기능적 문제와 상호 연관성을 철저히 살펴야 한다.

요통이나 추간판 탈출증을 앓고 있는 사람은 아프고 저린 부분에 초점을 맞추는 경향이 있다. 나는 환자와 상담하고 치료 방향을 설명할 때 근막경선 그림을 이용한다. 환자들은 처음에 받아들이기 어려워하지만, 몸은 연결되어 있고 전체적으로 균형을 잡아야 한다는 명확한 이론과 근거를 제시하면 수긍하고 치료에 임한다. 대부분 허리 통증뿐 아니라 다른 부위도 불편하고 바른 체형과 예방을 원하기 때문에 치료에 있어 더욱 전체적인 접근이 필요하다.

허리 가운데에 요통을 느끼던 20대 후반의 대학생이 있었다. 미국

유학 중 방학 때 귀국하여 집중 치료를 받기를 원했다. 다리가 저리거나 당기는 증상은 없었지만, 허리를 구부리거나 젖히는 것을 힘들어했다. 평소 중량을 드는 근력 운동을 매일 2~3시간 했는데 점점 통증이 심해졌다고 말했다. 평가 결과 후방근막과 전방근막이 모두 뻣뻣했다. 허리뿐만 아니라 무릎에도 부하가 많이 걸릴 만큼 하체 근육들이 뻣뻣하고 척추 움직임이 좋지 않았다. 평가를 설명하고 목표 설정을 거친 다음, 원인을 해결할 수 있는 운동과 관리 프로그램을 구성했다.

나는 하체를 중심으로 유연성을 기르는 스트레칭과 코르셋 역할을 하는 근육들의 근지구력·조절력을 키우는 운동을 진행했다. 환자는 처음에 하체 스트레칭에 대해 의문을 가졌다. 2주 동안 폼롤러(긴 막대 모양의 근육 이완 도구)를 이용해 근육을 살살 풀어 주고 운동을 하면서 통증이 사라지자 신기해했다. 환자는 스스로 허리를 관리하는 방법을 배운 후 미국으로 돌아갔다. 그리고 좋아진 몸으로 학업에 열중해서 1년 후에 졸업과 취업을 했다는 소식을 알렸다. 이처럼 환자가 운동과 관리법을 배워 재발하지 않도록 몸을 관리했다는 소식을 들으면 마음이 뿌듯하다.

40대 중반의 여성 환자는 골프를 시작한 지 8개월쯤 됐을 때 왼쪽 골반과 허리에 통증을 호소했다. 부부 동반 라운딩을 위해 맹연습을 하다가 탈이 난 것이다. 평가 결과, 후방근막과 대각선 근막이 뻣뻣하고 복횡근, 다열근, 대둔근의 근지구력이 약했다. 환자는 목표 설정 후 2달 동안 골프와 함께 약해진 근육에 대한 재활운동을 꾸준히 했고, 이후 허리통증이 감소하였다. 이 환자와 같이 아픈 부위만 치료해야 한다는 생각에서 벗어나 전체적으로 접근하면 결과는 더욱 좋아진다.

근막을 알면 허리통증의 해결법이 보인다. 허리통증의 원인 중 기능부전의 경우 근막을 통해 접근하면 치료의 시야를 넓힐 수 있다. 앞서 말한 대로, 허리통증의 구조적 원인 중 70%가 근육, 근막, 인대에서 비롯된다. 요추 주변을 코르셋처럼 잡아 주고 무거운 중량을 들 때 안정성을 제공하는 흉요근막은 물론, 여러 관절을 연결하는 다른 근막들은 요통 환자의 재활에 많은 역할을 한다. 따라서 근막에 대해 충분히 숙지해 두면 여러모로 도움이 될 것이다.

내 몸에 딱 맞추는
허리 운동의 7가지 원칙

내 몸에 맞는 운동이라도 통증이 줄어들지 않고 회복도 느릴 수 있다. 이는 운동의 생리적·신경학적·기능적 요소들을 고려하지 않았기 때문이다. 이러한 요소를 염두에 두지 않으면 똑같은 동작이라도 회복에 차이가 생긴다. 원칙에 따라 내 몸에 맞는 운동을 해야 효과가 더 좋다. 여기서는 내가 환자에게 강조하는 허리 운동의 7가지 원칙을 소개하고자 한다. 바로 '척추 중립', '근지구력', '퀄리티', '7초 이내', '움직임 조절', '통증 정도', '느리게 인지'다.

❶ 척추 중립, 근지구력, 퀄리티

첫 번째 원칙은 척추를 중립(neutral)으로 유지하는 것이다. 척추 중립 위치는 척추를 구부리거나 펼 때 최대로 움직이는 범위(가동 범위)에서 인위적으로 늘리려는 영역(탄성 영역)을 빼면 된다. 즉, 관절의 운동 범위 내에서 최소한의 부하를 유지하는 영역이다. 관절이 무리하지 않는 영역에서 운동해야 척추 구조물의 손상이 최소화된다. 어떻게든 최대한 범위를 늘려서 운동하면 근육, 인대, 힘줄, 관절 등에 탈이 날 수 있다.

척추 중립 위치를 간단하게 파악하는 방법이 있다. 벽에 등을 대고 서 있는 자세에서 허리가 들어가는 부분(전만)에 손바닥 하나가 겨우 들어가면 척추 중립 위치다. 정적인 자세에서는 손바닥 하나가 들어가는 정도로 알 수 있고 동적인 자세에서의 척추 중립 위치는 다르다. 사람마다 허리를 구부리거나 젖히는 가동 범위와 탄성 영역의 차이가 있다. 골반뼈에 양손을 올리고 골반을 앞뒤로 10회 정도 움직여 보자. 이때 몸통이 최대한 흔들리지 않아야 하며, 통증이 생기지 않는 범위에서 자연스럽게 위치하는 부분이 중립 위치다. 운동 전과 운동 도중에 척추가 중립 위치에 있는지 끊임없이 확인해야 한다.

두 번째 원칙은 근력보다 근지구력을 우선하는 것이다. 근력은 근육이 수축할 때 발생하는 힘(장력)이고 근지구력은 근육을 오래 쓰는 힘을 말한다. 흔히 허리에 근육량과 근력이 없어서 통증이 있다고 생각한다. 척추는 호흡하듯 느린 움직임을 오래 유지할 수 있을 때 영양

척추 중립 위치 파악하는 법

각각의 자세에서 골반을 앞뒤로 기울이고 기다란 봉이나 자를 대서 확인

❶ 네발걸음 자세에서 확인하는 법

❷ 무릎 꿇고 선 자세에 확인하는 법

❸ 엉거주춤한 자세에서 확인하는 법

❹ 서 있는 자세에서 확인하는 법

공급을 통해 회복된다. 무게를 올려서 근육 두께를 키우거나 힘을 기른다고 척추가 좋아지진 않는다. 통증이 없는 상태에서 근지구력이 충분할 때 근력 강화를 하는 것은 좋지만, 통증이 있는 상태에서 근력 운동은 피해야 한다.

2003년 맥길 박사 연구팀은 72명의 노동자를 대상으로 광범위한 연구를 진행했다. 그 결과 허리통증을 겪은 사람들은 근지구력이 부족했다. 특히 몸통 근육의 근지구력과 균형이 떨어졌는데, 체간의 절대 근력은 연관성이 없었다. 한마디로 요통 병력이 있는 사람은 근지구력이 부족하고 균형이 더 떨어졌다. 비에링소젠슨(F. Biering-Sørensen) 연구팀은 〈스파인〉에 남성 449명과 여성 479명을 대상으로 진행한 연구 결과를 발표했다. 연구에 따르면, 허리 손상 발생률은 척추의 가동성이 크거나 허리 펴는 근육(신전근)의 근지구력이 부족한 사람들이 높았다.

근지구력은 맨몸으로 시작해서 적은 무게로 횟수를 늘려서 운동해야 나아진다. 오래 버티면 좋아질 것 같지만, 가만히 고정한 상태에서 오래 버티면 몸에 부담을 준다. 아무리 바른 자세라도 고정되어 있으면 척추의 움직임이 줄어들기 때문이다. 척추는 천천히 길게 조절할 수 있을 때 추간판이 회복되고 자연치유력도 높아진다. 허리가 아픈데 통증을 늘릴 정도의 무게로 반복해서 운동하면 오히려 탈이 난다.

세 번째 원칙은 운동의 양보다 질, 즉 퀄리티를 따져야 한다는 것이다. 몸에 맞지 않는 운동을 많이 하는 것보다 내 몸에 맞는 운동을

3분 동안 하는 것이 더 효과적이다. 추간판 탈출증, 협착증 환자 중 허리 운동이라면서 오래 걷는 사람이 꽤 많다. 걷기도 척추에 도움이 되지만 무조건 오래 걷는 것이 좋은 건 아니다. 내 허리에 좋은 방향으로 운동을 하면, 많은 양을 하지 않아도 몸이 자연스레 중심을 찾아간다. 허리 운동의 퀄리티란 척추 중립 위치를 고려하고 척추 호흡이 잘 일어나도록 하여 자연치유력을 높이는 것이다.

호르메시스(hormesis)라는 용어가 있다. 그리스어로 자극, 촉진이라는 의미다. 호르메시스는 최소한의 환경적 자극, 유해물질, 방사선, 기타 자극이 몸에 긍정적인 효과를 준다는 것이다. 운동도 몸에 자극을 주는 것이므로 과하면 독이 된다. 이때 자극의 양은 사람마다 다르다. 몸 상태와 시기를 고려하지 않은 고강도 운동보다는 내 몸에 맞는 운동을 적절한 양만큼 하는 것이 좋다.

❷ 7초 이내, 움직임 조절, 통증 정도, 느리게 인지

네 번째 원칙은 한 동작당 7초 이내로 해야 한다는 점이다. 허리통증이 있는 경우 초기 지구력 운동은 7~8초 이내에서 반복 세트로 양을 천천히 늘려 나가야 한다. 최근 근적외선 분광법 연구에서 동작이 7~8초가 넘어가면 몸통 근육의 산소량이 급격하게 떨어진다는 것을 발견했다. 근적외선 분광법은 800~2500나노미터 파장 적외선을 대상물에 쬔 후 흡수된 파장의 결과를 측정하는 방법이다. 산소 부족과 산성 대사물질이 축적되지 않으려면 충분한 산소량을 유지하여야 한다.

따라서 한 동작당 7~8초 이내로 하는 것이 좋다. 경기력 향상 등 특별한 목적이 있지 않은 한 1분 이상 자세를 유지하며 버티는 운동을 하는 것은 비효율적이다.

다섯 번째 원칙은 척추 움직임을 잘 조절하는 것이다. 허리통증을 앓는 사람들이 오래 앉아 있지 못하는 것은 통증 때문이다. 통증은 다양한 원인으로 허리에 문제가 생긴 것이다. 특정 동작을 할 때 척추의 움직임을 부드럽고 자연스럽게 원하는 만큼 조절할 수 있어야 탈이 안 난다. 근력 운동을 하거나 근육량을 늘려도 척추의 움직임을 조절할 수 없고 근지구력이 부족하다면 회복은 느려진다. 오히려 통증이 증가한다.

30대 후반의 남성 환자는 3년 동안 다양한 병원 치료를 받고 필라테스, 요가, 퍼스널 트레이닝 등의 운동을 했다. 치료와 관리를 받을 때는 통증이 어느 정도 줄어들어서 일상생활에 불편함이 없었다. 그러나 허리를 강화하는 근력 운동을 할 때마다 통증이 심해지면서 매번 허리통증이 재발하고는 했다. 근육을 수축시키거나 자세를 취할 때 순간적으로 허리에 힘이 들어가는 것이 문제였다. 부드럽고 천천히 척추의 움직임을 조절할 수 있는 능력이 부족했다.

상담 이후 환자는 3주 동안 주 2회씩 척추 중립 위치를 찾고 조절하는 운동을 했다. 다양한 자세를 취한 다음 척추 중립 위치를 찾았는데, 오직 3주 동안 이것만 했다. 시간이 지나면서 움직임을 조절할 수 있게 되었고, 8주째가 되자 혼자서 능숙하게 해냈다. 이를 통해 요통이 서서히 줄어들었다.

다음 원칙으로 넘어가도록 하자. 여섯 번째 원칙은 통증 정도에 따라 대응법을 바꾸는 것이다. 허리통증으로 스트레스에 시달릴 때는 몸이 긴장하여 근육이 이완되지 않기 때문에, 통증이 없는 범위에서 시작하여 점점 운동량을 늘려야 한다. 단계를 두고 운동하면서 통증에 대한 두려움을 서서히 가라앉히는 것이 핵심이다. 아플 때 운동하면 안 된다는 식의 운동 지도는 통증에 대한 두려움을 키운다. 이를 통해 편도체가 활성화되면서 염증 반응이 증가한다. 편도체는 분노, 공포와 같은 정서에 관여하는 뇌 영역이다. 처음부터 통증이 있는 상태에서 운동을 하면 두려움이 커진다.

단계적인 재학습은 통증 극복과 신체활동 및 척추 움직임 조절에 도움이 된다. 운동할 때 어느 정도 통증에 노출되면 '조건적 통증 조절(conditioned pain modulation)' 원리로 통증이 줄어들기도 한다. 조건적 통증 조절은 한 마디로 '통증을 통증으로 조절한다'는 의미다. 운동 시 통증을 허용한 연구들을 보면 허용 범위가 약간씩 다르다. 대개 시각적 통증 척도(VAS)상 중간의 통증 정도가 효과적이었다고 한다. 약한 통증 정도에서 운동하되 운동 전후의 상태를 살펴야 한다. 운동 후에 허리통증이 늘어난다면 운동 난도를 조절하거나 다른 치료법을 찾아야 한다.

마지막으로, 일곱 번째 원칙은 스스로 몸의 움직임을 느리게 인지할 수 있도록 운동을 조절해야 한다는 것이다. 단순히 운동 동작을 따라 하는 것으로는 목표로 한 근육이 아닌 다른 근육이 쓰일 수 있다. 허리통증이 발생하면 신체를 조절하고 인지하는 능력이 떨어진다. 내 몸이 내 몸 같지 않은 상태가 되는 것이다. 이러한 상태에서는 운동을 하더라도 자꾸 의심만 들어서 운동 효과가 떨어진다. 어떤 움직임이 뇌 영역까지 잘 입력되려면 느리게 인지하면서 행동이 이루어져야 한다. 입력된 정보는 다시 뇌에서 명령을 내려 조금 더 원하는 동작을 할 수 있도록 도움을 준다.

'감각운동기억상실증(Sensory-Motor Amnesia)'은 감각 인지가 떨어져 운동 통제 능력이 떨어진 상태를 말한다. 어떤 동작을 하고 싶은데 내 몸의 감각 인지가 떨어지고 마음먹은 대로 되지 않는 것이다. 허리 통증 환자들은 대부분 감각운동기억상실증이 있다. 느리게 인지하고 내 몸에 집중할 때 비로소 긴장을 풀고 몸을 이완한 상태에서 원하는 동작을 할 수 있다. 당연히 이렇게 운동할 때 허리 회복 속도가 빨라지고 결과도 좋다. 또한, 재발을 막기 위해서라도 이러한 운동 습관을 들이는 것이 중요하다.

허리 운동을 할 때 척추 중립, 근지구력, 퀄리티, 7초 이내, 움직임 조절, 통증 정도, 느리게 인지, 이 7가지 원칙을 명심하자. 이러한 원칙을 지켜 나가는 건 쉽지 않다. 그럼에도 한두 가지의 원칙만 지켜도 허리가 좋아지는 경우가 많았다. 내 몸에 맞는 운동을 하더라도 원칙을 무시하면 회복이 느려진다. 허리 운동에서 세부적인 것을 신경 써야 효율성이 증가한다.

5장

내 몸에 맞는 운동으로
허리통증 줄이기

1

패턴 운동으로
허리 건강을 되찾자

움직임 패턴으로
나만의 패턴 운동 방식을 만들자

허리통증의 증상은 다양하다. 허리가 쑤시거나 골반이 당기고 저릿하기도 하고, 다리나 발바닥에 쥐가 날 때도 있다. 허리를 구부리거나 젖히거나 돌릴 때 통증이 일어나는 사람도 있고, 통증이 일시적으로 사라지는 사람도 있다. 허리통증은 앉아 있을 때, 서 있을 때, 걸어 다닐 때, 앉았다 일어설 때, 돌아누울 때 등 다양한 움직임에서 영향을 받는다. 특정 움직임에서 허리통증을 겪는 사람이라면, 척추에 손상을 줄 만한 움직임을 하나의 패턴으로써 꾸준히 반복해 왔을 수 있다. 즉, 잘못된 패턴이 습관화된 것이다. 이러한 잘못된 패턴을 바로잡고 내 몸에 맞는 움직임 패턴으로 허리 손상을 최소화하는 것이 '패턴 운동'이다.

패턴(pattern)의 사전적 의미는 '일정한 형태 또는 유형이나 양식'이다. 부하를 줄 만한 움직임 패턴이 반복되면 요추에 손상이 생기고, 이것이 누적되면 통증이 나타난다. 패턴은 유전적 요인이나 생활양식에 따라 각자 다르게 나타난다. 허리통증을 앓는 사람은 통증으로 잘못된 패턴을 가지게 되었거나 통증 전에 잘못된 패턴으로 생활해 왔을 가능성이 있다. 이렇듯 척추 중립을 벗어나고 척추 구조물에 부담을 주는 움직임 패턴을 찾는 것이 중요하다.

롱(A. Long) 연구팀은 허리통증 환자 312명을 대상으로 방향 선호(directional preference)에 관한 연구를 진행했다. 이 연구에서 방향 선호는 특정 동작을 한 후에 통증이 즉각 줄어들고 호전 상태가 유지된 경우로 설명한다. 환자들을 무작위로 방향 선호 운동 그룹, 반대 방향 선호 운동 그룹, 비방향성 운동 세 그룹으로 나누고 운동을 진행했더니, 방향 선호 그룹에서 통증, 약물 사용, 기능 장애가 현저하게 줄어들었다. 2주 후 추적 관찰에서도 좋은 결과가 나올 확률이 7.8배 이상 높았다. 즉, 내 몸에 맞는 패턴(방향)에 맞는 운동이 더 효과적이었다.

뒤로 젖힐 때는 통증이 없는데 몸을 앞으로 구부릴 때는 요통이 심하던 20대 후반의 여성이 있었다. 사무직으로 오래 앉아서 일하던 환자는 목이 앞으로 나오고 어깨, 등이 굽은 상태였다. 요추가 구부러지는 상태가 누적되면 추간판의 수핵은 뒤쪽으로 이동하면서 신경, 인대, 관절 등 척추 구조물에 영향을 미친다. 이분은 허리를 젖히는, 즉 신전 패턴의 운동을 했다. 환자의 패턴을 분석하여 부하가 가중되는 구부리는 동작 대신, 젖히는 동작으로 재활운동을 진행했다. 환자는 구부릴 때 통증이 생기면 구부리는 근육들을 강화해야 하는 것 아니냐고 나에게 물어보았다.

이 환자처럼 구부릴 때 통증을 느끼는 사람도 있지만 뒤로 젖힐 때나 복합적인 상황에서 통증을 느끼는 사람도 있다. 이러한 사람들은 그에 맞게 운동을 해야 한다. 한쪽으로 치우친 몸의 중심을 바로잡도록 움직임 패턴을 바꾸면 요추의 과부하가 줄어든다. 이러한 패턴으로 패턴 운동을 하면 자세도 좋아지고 척추 호흡이 일어나면서 자연치유력도 높아진다.

사람의 몸은 운동 전후, 일상생활의 변화, 새로운 취미 생활, 스트레스 등에 의해 끊임없이 변한다. 통증 정도가 달라지거나 특이 사항이 생길 때마다 평가와 목표 설정을 통해 패턴 운동을 바꿔야 한다. 내 몸에 맞는 운동을 한 번 배우는 데 그치지 말고, 재평가를 통해 난도를 조절해 나가야 한다. 몸에 맞는 패턴을 습득하는 데는 시간이 걸린다. 뇌 영역이 바뀐 몸의 패턴을 알고 다시 기억하는 과정이 필요하기 때문이다.

바람직한 움직임 패턴에 적응하기까지

인간의 뇌는 습관화를 통해 학습된다. 습관화는 가장 단순한 학습 형태로, 어떤 것을 꾸준히 반복할 때 무의식중에 각인되어 뇌에 특정 패턴으로 저장되는 과정을 일컫는다. 오랫동안 뇌에 남는 장기 기억에는 경험한 것을 장기간 의식하기 위해 반복하고 저장되는 시간이 필요하다. 즉, 내 몸에 맞는 패턴 운동이 뇌에 기억되려면 시간이 꽤 걸린다는 것이다. 운동이 단기 기억으로 남으면 몸은 잘못된 패턴으로 금세 돌아가고 허리통증도 재발한다.

움직임 패턴은 크게 '반사-중추패턴발생기-고정행동패턴-감독된 패턴 수정', 이 4단계를 통해 구현된다. 반사(reflex)는 내 의지와 상관없이 자동으로 반응하는 것을 말한다. 예를 들어 의자에 앉아 동그란 무릎뼈(슬개골)를 치면 무릎이 올라오는 슬개골 반사가 일어난다. 중추패턴발생기(central pattern generator, CPG)는 척수 영역에서 일어난다. 척수는 뇌와 함께 중추신경계를 이루는 신경다발로 척추관에 들어 있다. 보행처럼 단순하고 반복적인 움직임을 일으키는 역할을 한다.

고정행동패턴(fixed action pattern, FAP)은 상위 개념의 패턴으로 대뇌 기저핵에서 일어난다. 대뇌 기저핵은 각 동작과 순서의 타이밍을 저장한 후 움직임을 머릿속에 그려 보지 않아도 할 수 있게 하는 뇌 영역이다. 고정행동패턴은 순차적인 동작을 저장(순서 저장)한 후에 복잡하고 기술적인 움직임을 구현한다. 무의식중에 하는 움직임의 90%

가 여기에 해당한다. 감독된 패턴 수정(supervised correction of patterns)은 고정행동패턴보다 상위 개념으로 실제 움직임을 만들어 준다. 전전두엽(prefrontal cortex)에서 기능을 실행하며 고차원적인 움직임을 구현한다. 전전두엽은 일차운동영역으로 계획된 운동 신호를 보낸다. 이 과정을 반복하는 것이 운동인지학습이다.

움직임이 일어나고 구현되는 과정은 패턴화되어 있으며, 수정할 수 있다. 패턴 운동은 기본적인 움직임을 반복하고 조절하면서 점차 다양하고 복잡한 과제를 통해 정교한 움직임을 만드는 과정이다. 처음에는 단순한 움직임을 반복하지만 통증이 줄어들면 목표에 따라 정교한 움직임을 익히면서 습관화해야 한다. 습관화된 패턴들은 뇌의 장기 기억으로 남는다. 이를 통해 평상시에도 잘못된 패턴으로 돌아가지 않게 막는다.

한번은 수영 국가대표 선수가 허리통증으로 찾아왔다. 환자는 최근 평영을 하고 나면 통증이 생겨 불편하다고 털어놓았다. 평영은 양발과 양팔을 크게 오므렸다가 펴는 수영법으로 다리가 좌우 대칭으로 움직인다. 국가대표 선수인 만큼, 환자는 기초 체력과 기술 체력 모두 월등했다. 다만, 고관절의 회전 패턴에 불균형이 있어, 이를 교정하는 운동을 진행했다. 쉬운 동작을 반복한 다음 통증이 가라앉자 어렵고 복잡한 과제를 통해 심화 운동을 했다. 기본 패턴 운동만으로도 허리통증이 줄어들 수 있다. 더 높은 수준의 활동이 필요한 경우에는 복잡한 움직임 패턴으로 심화 운동을 하면 좋다.

사람마다 허리통증이 생긴 원인은 다양하다. 내 몸에 부담을 주는 패턴을 찾아내 허리가 좋아지는 패턴으로 바꿔서 운동하면 허리에 손상을 주지 않으면서 허리 건강을 회복할 수 있다. 패턴은 습관화되고 뇌의 장기 기억으로 남아 움직임에 영향을 준다. 내 몸에 맞는 움직임 패턴을 패턴 운동에 반영하여 반복적으로 몸에 익히고, 이를 장기 기억으로 저장하는 것이 중요하다. 다소 시간이 걸리겠지만 제대로 습관을 들이면 나도 모르는 사이에 바람직한 움직임으로 생활하면서 허리가 좋아질 것이다.

6가지 기본 동작으로
나만의 패턴 운동 만드는 법

앞서 살펴보았듯이 패턴 운동은 내 몸에 맞는 동작을 선택해서 집중하는 운동이다. 이를 위해 운동 전에 자신에게 맞는 동작을 골라내고, 단계적으로 움직임을 조절하면서 근지구력, 근력, 균형 능력 등을 향상시켜야 한다. 운동의 양을 늘리는 것보다 내 몸에 맞는 운동을 짧게라도 하는 것이 허리 회복에 좋다. 이를 위해 허리통증을 최소화하면서도 내 몸에 맞는 동작을 찾을 수 있어야 한다.

6가지 패턴 동작을 분석하여
패턴 운동을 구성하자

패턴 운동은 6가지 패턴 동작을 평가한 후에 패턴 통합을 거쳐 우선 순위를 정하여 결정한다. 6가지 패턴 동작은 '굴곡(허리 구부리기)', '신전(허리 젖히기)', '회전(허리 돌리기)', '한 발 서기', '스쿼트', '고관절 회전' 동작이다. 패턴 운동은 이 6가지 패턴 동작을 해 보면서 통증은 없지만 안 되는 동작을 찾아내 그것을 집중적으로 연습하는 것이다. 안 되는 동작을 모두 하려면 시간이 꽤 걸리므로 6가지 패턴 동작을 하고 나서 패턴들을 통합하는 과정이 필요하다. 이를 '패턴 통합(pattern integration)'이라 한다. 패턴 통합으로 가장 문제인 패턴을 집중적으로 운동하면 다른 패턴 동작을 할 때도 수월하다. 이를 통해 기능을 향상시켜 불균형을 해소하고 자연치유력을 높이는 것이 패턴 통합의 목적이다.

　6가지 패턴 동작 중 굴곡, 신전, 회전, 한 발 서기, 스쿼트 동작은 서 있는 상태에서 자세가 시작되며, 동작을 취하면서 각각 4가지 세부 동작이 가능한지를 확인해야 한다(이에 대해서는 다음 목차부터 설명할 예정이다). 예를 들어 굴곡 동작의 4가지 세부 동작이 모두 가능하다면 굴곡 기능이 좋으니 패턴 운동에 별다른 문제가 없다. 반면 1개 세부 동작만 가능하면 나머지 3개 세부 동작으로 운동하면 된다. 고관절 회전 동작의 경우에는 엎드려 누워서 무릎을 구부린 후 회전 각도를 통해 확인한다.

굴곡(허리 굽히기)   신전(허리 젖히기)   회전(허리 돌리기)

4 한 발 서기   **5** 스쿼트   **6** 고관절 회전

6가지 패턴을 확인할 때 유의 사항이 있다. 첫째, 패턴 동작을 했을 때 통증이 있다면 그 패턴 운동은 제외한다. 예를 들어 허리를 구부리거나 돌릴 때, 즉 굴곡이나 회전 동작에서 통증이 나타나면 그 동작들을 하면 안 된다. 다른 패턴 운동을 해서 허리와 골반이 통증이 없어지고 기능이 좋아지면 재평가를 통해 통증은 없지만 잘 되지 않는 동작을 운동하면 된다. 통증이 있는 상태로 하면 더 탈이 난다.

둘째, 굴곡·신전·회전·한 발 서기·스쿼트 동작을 할 때 세부 동작당 1점씩 점수를 매긴다(이에 대해서는 다음 목차부터 동작 설명과 함께 평가 항목을 덧붙여 놓았다). 그리고 통증이 없는 패턴 동작에서 점수가 낮은 것부터 운동한다. 고관절 회전 동작은 양쪽 무릎을 구부린 상태에서 붙인 후 안쪽으로 회전하는 내회전과 바깥으로 회전하는 외회전을 확인한다. 5개의 동작과 달리 각도와 비대칭 여부를 확인해 추가로 운동하는 패턴 동작이다. 즉, '5+1'이라 보면 된다. 고관절의 비대칭이 심할수록 골반이 틀어지고 요주까지 휠 수 있다. 5가지 동작 중 가장 안 되는 패턴 동작과 고관절 회전 동작을 함께 운동하면 된다.

셋째, 점수가 같을 때는 비대칭 패턴 동작을 먼저 운동한다. 대칭 패턴 동작은 굴곡, 신전, 스쿼트이고, 비대칭 패턴 동작은 회전, 한 발 서기, 고관절 회전이다. 비대칭 패턴 동작을 할 때 좌우를 각각 확인하기 때문이다. 만약 신전 패턴과 한 발 서기 패턴이 동점이라면 한 발 서기 패턴 운동을 먼저 해야 한다. 굴곡, 신전, 스쿼트 동작에서도 한쪽으로 치우치거나 휘는 경우가 있는데, 선천적 문제나 외상이 아니면 회전, 한 발 서기, 고관절 회전의 영향이다. 따라서 대칭과 비대칭 패턴 동작의 점수가 같으면 비대칭 패턴 운동을 먼저 하는 것이 좋다.

넷째, 동작이 애매하면 안 되는 것으로 친다. 동작을 하다 보면 기준선에 약간 모자라거나 애매할 때가 있다. 이때는 세부 동작마다 확실하게 할 수 있는 것만 되는 것으로 평가하자. 6가지 패턴 동작들은 각 관절의 정상 가동 범위(ROM)를 바탕으로 척추뼈, 관절, 근육, 근막, 인대 등의 손상을 최소화하는 위치와 자세를 기반으로 평가한다. 자세가 약간 틀어졌다고 무조건 통증이 생기는 건 아니지만, 동작이 어정쩡하다면 불균형이 있을 수 있다.

다섯째, 패턴 운동을 다양하게 응용할 수 있다. 다만, 내 몸에 맞는 패턴 운동을 선택하고 기초 동작을 해 본 후 응용해서 운동하는 것이 효과적이다. 처음에는 허리통증을 최소화하는 편한 자세에서 시작한다. 예를 들어, 누운 자세에서 시작해서 통증이 줄고 운동이 잘 되면 앉는 자세로 바꾸고, 그다음에 서서 하는 자세로 해 본다. 일단 기본 패턴 동작을 중심으로 통증을 줄이고 자세 교정을 해야 한다. 그다음에 응용 운동을 통해 평소에 가장 하기 힘든 자세에 도전해 보자. 패턴을 이해하면 다양한 운동이 가능하다.

허리통증 환자 중 수술을 받았거나 통증이 심한 사람은 6가지 패턴 동작을 하지 못할 수 있다. 그런 경우에는 수동적인 치료를 받는 게 좋다. 나는 능동적인 움직임이 힘들 정도로 허리통증이 심한 분은 패턴 통합을 응용한 도수 치료(manual therapy)를 한다. 도수 치료는 맨손으로 통증을 치료하는 방법이다. 이후 통증이 줄면 패턴 운동 등 능동적인 치료를 통해 스스로 통증을 관리하도록 한다.

운동은 양보다 질이 중요하다. 내 몸에 맞는 운동을 최적인 상태에서 하면 운동 시간이 적어도 효율이 높다. 패턴 운동은 근력을 키우는 데만 초점을 맞추지 않고, 기능 향상을 통해 허리 회복을 돕는다. 기능이 좋아지려면 척추뼈, 관절, 근육, 근막, 인대 등에 최소한의 부하가 걸리는 위치와 그에 따른 조화로운 움직임이 필요하다. 패턴 운동이 허리의 불균형을 해소하는 만큼, 허리통증뿐만 아니라 다른 부위의 통증과 체형을 교정하는 데도 좋다.

패턴 운동 전에 꼭 해야 할 '골반 앞뒤로 움직이기'

다음 목차부터는 6가지 패턴 동작을 자세히 다룰 것이다. 그전에 패턴 운동에 앞서서 골반을 앞뒤로 움직이는 운동을 꼭 해야 한다. 앞서 간단히 살펴보았듯이 이 운동은 척추와 골반에 가장 기본이 되는 동작이며, 척추와 골반의 중립 위치를 찾아 준다. 또한, 추간판 탈출증과 허리통증을 완화하는 데 도움을 준다.

'똑바로 누운 자세-앉은 자세-직립 자세' 순으로 진행하며, 움직임이 크거나 끊겨서는 안 된다. 누운 채 양손을 골반 옆쪽에 놓고 천천히 부드럽게 인지하면서 앞뒤로 골반을 조금씩 움직인다. 통증이 없는 내에서 운동하고 천천히 범위를 늘려 간다.

누워서 골반 앞뒤로 움직이기

• • •

1　똑바로 누워서 천장을 바라본다. 무릎을 구부리고 양손을 골반 옆에 놓는다.

2　숨을 들이마시면서 골반을 앞쪽으로 기울인다(위쪽 사진).

3　숨을 내쉬면서 골반을 뒤쪽으로 기울인다. 하복부(배꼽 아래쪽의 배 부분)에 살짝 힘을 준다(아래쪽 사진).

4　처음에는 10회 진행하고, 이후 10회씩 늘려 나간다(총 10회×3세트). 동작을 인지 하면서 조금씩 움직이는 것이 중요하다.

1. 몸을 살짝 세운 채로 앉아서 정면을 바라본다. 양손을 골반 옆에 놓고 최대한 골반만 앞뒤로 움직인다.
2. 숨을 들이마시면서 골반을 앞쪽으로 기울인다(왼쪽 사진).
3. 숨을 내쉬면서 골반을 뒤쪽으로 기울인다. 하복부에 살짝 힘을 준다(오른쪽 사진).
4. 처음에는 10회 진행하고, 이후 10회씩 늘려 나간다(총 10회×3세트). 누워서 할 때와 마찬가지로 동작을 인지하면서 조금씩 움직이자.

서서 골반 앞뒤로 움직이기

10회
3세트

1 똑바로 서서 정면을 바라본다. 다리를 어깨너비로 벌리고 양손을 골반 옆에 놓는다.

2 숨을 들이마시면서 골반을 앞쪽으로 기울인다(왼쪽 사진). 이때 체중 이동이 일어나지 않게 주의한다.

3 숨을 내쉬면서 골반을 뒤쪽으로 기울인다. 하복부에 살짝 힘을 준다(오른쪽 사진).

4 처음에는 10회 진행하고, 이후 10회씩 늘려 나간다(총 10회×3세트). 앞선 동작들과 마찬가지로 천천히 진행한다.

패턴 동작과 운동

① 굴곡 허리 앞으로 구부리기

시작 자세

다리를 모으고 선 채로 두 팔을 자연스럽게 옆에 놓았다가 앞으로 모은다.

굴곡 패턴은 허리를 앞으로 구부리면서 손끝이 발끝에 닿는 동작이다. 요추에 굴곡이 일어나면 추간판 전방에 부하가 가해져 수핵이 후방으로 이동하고 신경뿌리를 압박하지만, 건강한 요추에서 수핵의 움직임은 경미한 편이다. 굴곡 패턴 동작 평가에서는 허리를 구부린 채 손끝이 발에 닿는지와 더불어 4가지 항목을 확인한다. 확인하는 동안 허리를 오래 구부리지 않도록 주의하자.

굴곡 자세

자연스럽게 허리를 앞으로 구부리면서 손끝을 발끝에 닿게 한다.

통증이 일어나면 굴곡 패턴 운동을 제외해야 한다.

CHECK LIST

잘 되면 O, 안 되면 X

등과 허리가 둥글고 완만하다.

굴곡 동작을 하는 동안 등과 허리가 둥글고 완만한지 확인한다. 척추가 편평하거나 들어가면 안 된다.

엉덩이가 발뒤꿈치까지 밀린다.

엉덩이가 발뒤꿈치 뒤로 이동하는지 확인한다. 무게중심이 뒤쪽에 있는지 확인하는 방법이다.

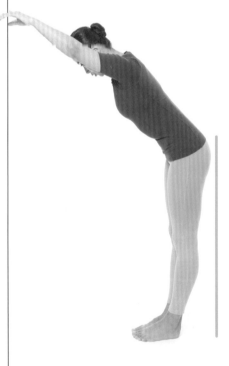

허리선이 반듯하다.

허리를 굽혔을 때 정면에서 허리선이 곧은지 확인한다. 높낮이가 다르면 허리가 휘는 측만증일 가능성이 있다.

손가락 끝이 지면에 닿는다.

손끝이 발끝에 닿는지 확인한다. 발끝에 닿으려고 몸을 튕기는 등 반동을 주어서는 안 된다.

Memo.

....

....

....

....

고양이-낙타 운동

15회
3세트

• • •

굴곡 패턴 운동을 각각 살펴보도록 하자. 먼저 '고양이-낙타 운동'이다. 척추의 적절한 만곡을 위한 운동으로, '골반 앞뒤로 움직이기'가 골반의 움직임을 강조한다면 고양이-낙타 운동은 척추의 움직임 범위를 늘린다. 이 운동에서 척추를 위로 둥글게 올릴 때 등이나 허리 쪽의 편평한 부분을 더 올려야 한다. 또, 척추가 내려갈 때 과도하게 움직이지 않도록 주의하자. 움직임을 천천히 느끼면서 만곡을 만들고, 등을 위로 올릴 때는 복부에 힘을 주고 내릴 때는 자연스럽게 항문에 힘을 주어야 한다.

1 네발걸음 자세를 취한다. 팔꿈치를 펴고 지면과 어깨가 수평이 되도록 한다. 다리가 90도가 되게 무릎을 구부리고 척추를 일직선으로 만든다. 팔이 어깨 위로 올라가거나 다리가 밑으로 내려가면 안 된다.

2 등과 허리를 아래쪽으로 움직인다. 허리가 과하게 들어가지 않도록 주의한다(위쪽 사진).

3 숨을 내쉬면서 등과 허리를 위쪽으로 움직인다. 척추를 둥그렇게 말아 올린다(아래쪽 사진).

4 처음에는 15회 진행하고, 이후 15회씩 늘려 나간다(총 15회×3세트). 또한, 처음에는 1회당 2초를 유지하고, 이후 7초까지 천천히 늘린다.

② 종아리 뒤쪽 · 햄스트링 스트레칭

10회
3세트

90°

짧아진 종아리 뒤쪽 근육과 허벅지 뒤쪽 근육인 햄스트링을 늘리는 스트레칭이다. 똑바로 누운 상태에서 다리를 들고 무릎을 90도로 구부린다. 무릎을 펴고 발목을 발등 쪽으로 당기면서 최대한 스트레칭한다. 처음부터 무릎을 다 펴려고 하지 말고 조금씩 늘려 나간다. 햄스트링은 앉은 자세에서 몸무게를 받치는 좌골결절에 붙어 있어서, 햄스트링이 짧아지면 골반이 당겨져 통증이 생길 수 있다. 이 동작은 종아리와 햄스트링을 스트레칭으로 풀어서 골반을 중립 위치에 놓고 허리에 부담을 줄여 준다.

1 똑바로 누워서 천장을 바라본다. 무릎을 90도로 구부려 올린다(위쪽 사진).

2 숨을 내쉬면서 한쪽 무릎을 편다. 발목도 동시에 발등 쪽으로 당기면서 발뒤꿈치를 천장으로 살짝 밀어 올린다(아래쪽 사진).

3 처음에는 1회당 2초를 유지하고, 이후 7초까지 천천히 늘려 나간다(아래쪽 사진)

4 양쪽 다리 번갈아서 처음에는 10회 진행하고, 이후 10회씩 늘려 나간다(총 10회× 3세트). 당기는 느낌이 아닌 저린 느낌이 들면 즉시 멈춘다.

뒤쪽 근막 라인 스트레칭

10회
2세트

종아리와 허벅지 뒤쪽을 포함한 등과 허리로 이어진 후방근막 라인을 스트레칭하는 동작이다. 누워서 하는 '종아리 뒤쪽·햄스트링 스트레칭'이 잘 되면, 손과 발을 바닥에 두고 허리를 구부려 엎드린 상태에서 발을 앞쪽으로 조금씩 옮긴다. 이때 후방근막 라인이 당기는 느낌이 난다. 앞쪽 복부 근육이 약한 경우 코어 운동도 된다. 발을 앞으로 가져갈수록 고관절 굴곡 동작이 잘 일어난다. 조금씩 발을 앞쪽으로 옮기고 천천히 제자리로 돌아온다. 손목이 아프거나 어깨가 불편하면 동작을 멈춘다.

1 손바닥과 발바닥이 바닥에 닿게끔 허리를 적당히 구부린다.

2 발을 조금씩 앞쪽(빨간색 화살표)으로 옮기면서 허리를 올린다(위쪽 사진).

3 발을 앞쪽으로 최대한 옮겼으면 다시 발을 뒤쪽(녹색 화살표)으로 조금씩 밀어내서 허리를 내린다(아래쪽 사진).

4 처음에는 10회 진행하고, 이후 10회씩 늘려 나간다(총 10회×2세트).

④ 상체 살짝 들어 올리기

10회
3세트

상체를 살짝 들어 올려서 복근 강화와 척추 안정성을 꾀하는 동작이다. 천장을 바라보며 등을 대고 바닥에 누운 상태에서 손등을 허리 밑에 놓는다. 한쪽 다리를 구부리고 반대쪽 다리는 편다. 견갑골(등뼈 위쪽에 양옆으로 있는 삼각형 모양의 어깨뼈)이 살짝 들릴 정도로 머리를 올린다. 견갑골이 크게 들리지 않도록 주의해야 한다. 처음에는 동작이 가능할 정도인 1초만 유지하고, 이후 1초씩 늘려서 마지막에는 1회당 7초 정도 유지하고 시작 자세로 돌아온다. 목에 과도한 힘이 들어가면 횟수나 시간을 줄인다.

....

1 천장을 바라보고 똑바로 누운 상태에서 한쪽 다리를 구부린다. 무릎을 구부린 상태에서 양손을 허리 밑에 놓는다(위쪽 사진).

2 턱을 당기고 머리를 천천히 들어 올려서 바닥과 견갑골 사이에 1cm 정도 공간을 둔다(아래쪽 사진).

3 복근에 힘이 들어가는 것을 느끼고 상체를 천천히 바닥으로 내려서 제자리로 돌아온다(위쪽 사진).

4 양쪽 다리 번갈아서 처음에는 10회 진행하고, 이후 10회씩 늘려 나간다(총 10회×3세트). 또한, 처음에는 1회당 2초를 유지하고, 이후 7초까지 천천히 늘린다.

패턴 동작과 운동

② 신전 허리 뒤로 젖히기

FRONT

SIDE

시작 자세

다리를 모으고 선 채로 팔을 들어 올려 만세 동작을 한다.

신전 패턴은 팔을 뻗고 허리를 뒤로 젖히는 동작이다. 요추에 신전이 일어나면 추간판 후방에 부하가 가해지면서 수핵이 전방으로 이동한다. 그러나 굴곡과 마찬가지로, 요추가 건강하면 수핵이 움직이는 정도는 경미하다. 요추를 완전히 펴면 추간판 뒤쪽에 있는 후관절의 접촉 면적과 부하량이 증가한다. 신전 패턴 동작 평가에서는 선 채로 팔을 뻗어 허리를 뒤로 젖힌 상태에서 4가지 항목을 확인한다. 확인하는 동안 허리를 오래 젖히지 않도록 주의하자.

FRONT   SIDE

신전 자세

자연스럽게 허리를 최대한 뒤로 젖히되 반동을 일으키지 않는다.

통증이 일어나면 신전 패턴 운동을 제외해야 한다.

CHECK LIST

잘 되면 O, 안 되면 X

고관절 앞쪽이 발끝까지 튀어나온다.

골반 앞쪽이 발가락 앞쪽까지 이동하는
지 확인한다. 앞쪽 허벅지 근육과 복근
상태를 확인하는 방법이다.

등과 허리가 둥글고 완만하다.

신전하는 동안 등과 허리가 둥글고 완만
한지 확인한다. 척추가 과도하게 들어가
면 안 된다.

□

견갑골이 발뒤꿈치까지 젖혀진다.

견갑골(어깨뼈)이 발뒤꿈치 뒤쪽으로
이동하는지 확인한다. 가슴근육과 복근
의 상태를 확인하는 방법이다.

□

들어 올린 팔이 귀 뒤를 지난다.

들어 올린 팔이 귀 뒤에 있는지 확인한
다. 광배근과 가슴근육의 상태를 확인하
는 방법이다.

Memo.

① 엎드려서 팔꿈치 펴기

15회
3세트

엎드린 채로 팔을 펴서 허리를 뒤로 젖히는 '엎드려서 팔꿈치 펴기' 동작을 통해 뒤로 탈출한 추간판 수핵을 앞쪽으로 이동시킬 수 있다. 팔꿈치를 펼 때 천천히 부드럽게 동작을 해내야 한다. 통증을 유발하지 않는 범위에서 천천히 늘려 나가고, 몸을 이완하는 것이 중요하므로 힘이 들어가면 안 된다. 이완 상태를 유지하기 위해 팔꿈치를 펴고 나서 숨을 내쉬어야 한다. 골반 앞쪽이 지면에서 떨어지지 않게 최대한 붙인다. 급성·만성 허리통증과 추간판 탈출증 완화 및 예방에 좋은 운동이다. 엎드려서 시작하고, 통증이 없으면 이 운동을 응용하여 앉거나 선 상태에서 허리 젖히기 동작을 해 보자.

1   엎드린 상태에서 팔꿈치를 구부리고 손바닥을 지면에 댄다(위쪽 사진).
2   팔꿈치를 펴고 시선은 천장에 둔다. 천천히 움직이면서 7초를 유지하고 제자리로 돌아온다(아래쪽 사진).
3   팔꿈치를 완전히 펼 때 불편하면 살짝 구부린 상태를 유지한다.
4   처음에는 15회 진행하고, 이후 15회씩 늘려 나간다(총 15회×3세트).

② 옆으로 누워서 몸통 돌리기

15회 3세트

'옆으로 누워서 몸통 돌리기' 동작은 둥근 어깨와 구부정한 등을 펴 줘서 허리의 부하를 줄인다. 뒤로 젖히는 신전과 뒤로 돌리는 회전 동작에서 일어나는 척추 움직임의 원리는 유사하다. 앞으로 구부릴수록 허리가 과부하를 받기 때문에 반대쪽으로 움직여서 이를 해소하는 것이다. 둥근 어깨와 구부정한 등을 펴 주는 효과도 있다. 천천히 숨을 내쉬면서 통증이 없는 범위에서 어깨뼈가 바닥에 닿을 정도까지 움직여 보자. 반동을 일으켜서는 안 된다.

90°

1 베개를 베고 옆으로 누운 상태에서 무릎을 90도로 구부린다. 아래쪽 손을 위쪽 허벅지에 댄다. 위쪽 팔은 편 상태에서 위쪽 손을 지면에 댄다.

2 위쪽 팔을 지면에 댈 때 어깨가 위로 올라가지 않도록 주의하고, 다리와 수평을 이루도록 한다(위쪽 사진).

3 책장을 넘기듯이 위쪽 팔을 뒤로 넘겨서 몸통을 돌린다. 팔을 돌릴 때 천천히 움직이고 숨을 내쉬면서 이완한다(아래쪽 사진).

4 1회당 7초를 유지하고 제자리로 돌아온다. 처음에는 15회 진행하고, 이후 15회씩 늘려 나간다(총 15회×3세트). 양쪽 모두 실시한다.

(3) **브리지 운동**
...

15회
3세트

똑바로 누운 상태에서 무릎을 구부리고 엉덩이를 들어 올리는 운동이다. 허리, 엉덩이, 뒤쪽 허벅지를 강화하고 척추의 안정성을 높여 준다. 대표적인 허리 운동 중 하나로 구부린 무릎의 각도와 다리 사이의 범위에 따라 목표 근육이 달라진다. 엉덩이 근육이 잘 쓰이면 고관절 앞쪽 근육이 펴지면서 신전 패턴에 도움이 된다. 엉덩이를 들어 올리는 동작에만 초점을 맞추면 안 된다. 근육이 활성화되고 힘이 들어가는 것을 느껴야 한다. 초보자에게는 힘든 운동이기 때문에 서서히 움직이면서 횟수를 늘리는 것이 중요하다.

1 천장을 바라보고 똑바로 누운 상태에서 무릎을 구부린다. 다리 사이가 모이거나 벌어지지 않도록 주의한다(위쪽 사진).
2 아랫배에 살짝 힘을 주고 엉덩이를 천천히 들어 올린다(아래쪽 사진).
3 느리게 움직이면서 2초간 유지하고 제자리로 돌아온다. 처음에는 1회당 2초를 유지하고, 이후 7초까지 천천히 늘려 나간다.
4 처음에는 15회 진행하고, 이후 15회씩 늘려 나간다(총 15회×3세트).

런지 1, 2

10회
3세트

● ● ●

허리통증 환자를 위해 대표적인 하체 운동인 런지를 응용하여 만든 운동이다. 골반 앞쪽의 장요근과 넙다리 안쪽에 있으며 무릎까지 이어지는 대퇴사두근(넙다리 네 갈래근)을 스트레칭할 수 있다. 먼저 앞쪽 하체 근육을 늘려서 골반과 척추를 중립 위치에 놓는다. 스트레칭 시 숨을 내쉬면서 몸을 충분히 이완한다. 양쪽을 번갈아 진행하고, 런지 2는 런지 1이 잘 됐을 때 시작한다. 런지 2는 균형 능력이 더 필요한 어려운 동작이므로, 불안하거나 통증이 있으면 즉시 멈춰야 한다.

1 네발걸음 자세를 취하고, 척추를 일직선으로 만든다. 팔이 어깨 위로 올라가거나 다리가 밑으로 내려가면 안 된다.

266

2 런지 1을 진행한다. 한쪽 다리를 앞으로 구부려 양손 사이에 놓고 무릎은 90도를 유지한다. 반대쪽 다리를 뒤로 뻗고 바닥에 닿게 한다. 발이 바깥쪽으로 돌아가도 록 한 다음에 몸을 앞으로 숙여서 골반 앞쪽을 스트레칭한다(위쪽 사진).

3 런지 2를 진행한다. 런지 1 자세에서 뒤쪽의 발등을 반대쪽 손으로 잡는다. 엉덩이 쪽으로 다리를 천천히 당긴다. 골반 앞쪽과 앞쪽 허벅지 아래 근육까지 스트레칭 한다(아래쪽 사진). 런지 1, 2 모두 통증이 없는 범위에서 진행하고 반동을 일으키 기 않도록 주의한다. 스트레칭이 될 때까지 숨을 내쉬면서 이완한다.

4 1회당 최소 2초에서 최대 7초를 유지하고 제자리로 돌아온다. 처음에는 10회 진 행하고, 이후 10회씩 늘려 나간다(총 10회×3세트). 양쪽 모두 실시한다.

5

패턴 동작과 운동

③ 회전 몸통 좌우로 돌리기

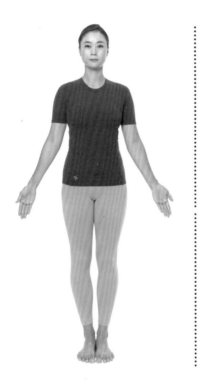

시작 자세

다리를 모으고 선 상태에서 손바닥이 앞쪽으로 향하게 두고 정면을 바라본다.

회전 패턴은 몸통과 골반을 좌우로 돌리는 동작이다. 요추에 회전이 일어나면 회전한 방향의 후관절과 신경뿌리가 나오는 추간공이 좁아진다. 반대쪽은 후관절과 추간공이 넓어진다. 추간판은 압력을 받으면 넓어진 쪽으로 이동하는데, 퇴행성 변화로 추간판의 수분량이 적으면 좁아진 쪽에 문제가 생긴다. 회전 패턴 동작 평가에서는 서 있는 상태에서 몸통을 돌리면서 4가지 항목을 확인한다. 확인하는 동안 허리를 오래 돌리지 않도록 주의하자.

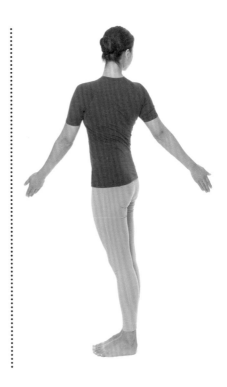

회전 자세

자연스럽게 몸통을 최대한 돌린다. 좌우 각각 실시한다.

통증이 일어나면 회전 패턴 운동을 제외해야 한다.

CHECK LIST

잘 되면 O, 안 되면 X

골반 회전이 45도 일어난다.

허리를 돌리는 동안 시작 자세 기준으로 45도 회전이 일어나는지 확인한다. 고관절의 회전 각도를 확인하는 방법이다.

몸통 회전이 골반을 기준으로 45도 일어난다.

몸통 회전이 골반을 기준으로 45도 일어나는지 확인한다. 허리와 흉추의 회전 각도를 확인할 수 있다.

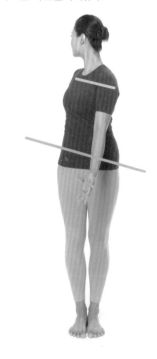

무릎을 과도하게 구부리지 않는다.

무릎이 과하게 구부려지지 않아야 한다.
뻣뻣하면 다른 조직에 보상작용이 일어
난다.

척추나 골반의 변위가 없다.

척추나 골반의 위치 변화가 없어야 한다.
무릎을 과하게 구부릴 때와 마찬가지로
보상작용이 일어날 수 있다.

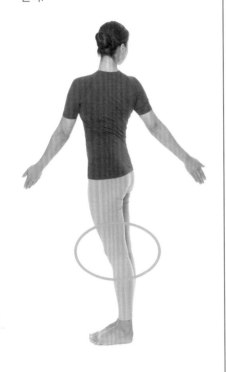

Memo.

....

....

....

....

네발걸음 자세에서 몸통 돌리기 15회 3세트

272

네발걸음 자세, 즉 두 손으로 바닥을 짚고 기듯이 걷는 자세에서 몸통을 돌리는 운동은 '옆으로 누워서 몸통 돌리기'의 응용 동작으로 원리가 같다. 손과 발을 바닥에 둔 상태에서 한쪽 팔을 펴서 머리 옆으로 들어 올린다. 시작 자세에서 척추나 골반이 한쪽으로 치우치면 안 된다. 천천히 숨을 내쉬면서 가능한 범위까지 움직이고, 반동이 일어나지 않도록 주의한다. 척추의 움직임을 느끼면서 부드럽게 해야 더 효과적이다. 바닥에 댄 손목이 아프면 멈추거나 팔꿈치를 바닥에 대고 하면 된다.

1 네발걸음 자세 자세에서 회전하는 쪽의 팔을 구부린 채 올리고 손을 머리 옆에 둔다(위쪽 사진).
2 척추가 휘지 않도록 주의하면서 다리를 어깨너비로 벌린다.
3 회전하는 쪽의 팔을 뒤로 젖혀 몸통을 돌린다. 팔을 젖힐 때 천천히 움직이고 숨을 내쉬면서 이완한다(아래쪽 사진).
4 1회당 7초를 유지하고 제자리로 돌아온다. 처음에는 15회 진행하고, 이후 15회씩 늘려 나간다(총 15회×3세트). 양쪽 모두 실시한다.

(**2**)

앉아서 몸통 돌리기

● ● ●

'앉아서 몸통 돌리기' 운동은 골반을 고정한 상태에서 척추를 움직인다. 동작을 하는 동안 골반이 옆으로 빠지면 안 된다. 초보자라면 공을 무릎 사이에 끼우고 연습하면 좋다. 공이 떨어지지 않게 유지한 후 천천히 숨을 내쉬면서 척추 회전이 일어나야 한다. 통증이 있거나 불편할 때는 멈춘다. 시작 자세에서 시선은 정면에 두고 팔을 뒤로 돌리면서 자연스럽게 머리도 따라 돌린다. 움직임을 느끼면서 천천히 동작을 해내야 한다. 통증이 없는 범위에서 조금씩 늘려 나가고 골반이 틀어지지 않게 신경 쓰자.

1 의자에 앉은 상태에서 다리를 11자로 만든다. 시선을 정면에 둔 채로 양손을 어깨 높이로 나란히 들고 양손 손바닥을 붙인다. 무릎 사이에 공을 끼우고 연습하면 더욱 효과적이다(위쪽 사진).

2 숨을 내쉬면서 한쪽 팔을 뒤로 평행하게 돌린다. 어깨가 올라가지 않도록 주의한다(아래쪽 사진).

3 천천히 움직이면서 7초를 유지하고 제자리로 돌아온다. 통증이 없는 범위에서 시작하고 점차 범위를 늘려 나간다.

4 처음에는 10회 진행하고, 이후 10회씩 늘려 나간다(총 10회×3세트). 양쪽 모두 실시한다.

3 골반 안쪽과 바깥쪽으로 돌리기

10회
3세트

'골반 안쪽과 바깥쪽으로 돌리기'는 고관절(엉덩관절)을 안쪽과 바깥쪽으로 돌리는 운동이다. 옆으로 누운 상태에서 무릎을 90도로 구부린 다음, 골반을 중심으로 발이 위로 올라가면 내회전, 내려가면 외회전 동작이다. 안쪽과 바깥쪽으로 회전하는 정도에 차이가 있고, 그 차이가 심할수록 골반이 틀어진 상태를 의미하며 허리와 무릎에 문제가 생겼을 수도 있다. 골반이 틀어지면 요추도 휘게 돼 허리통증과 추간판 탈출증의 원인이 된다. 동작이 잘 안 되면 고관절 회전 패턴의 운동을 먼저 하면 된다.

1 옆으로 누운 상태에서 위쪽 다리를 들어 올리고 무릎을 90도로 구부린다. 몸통과 허벅지가 일자가 되도록 한다(위쪽 사진).
2 무릎 축을 중심으로 위아래로 천천히 움직이면서 고관절을 안쪽과 바깥쪽으로 돌린다(아래쪽 사진).
3 무릎이 앞쪽으로 튀어나오거나 옆으로 들어 올려지지 않도록 주의한다. 처음에는 1회당 2초를 유지하고, 이후 7초까지 천천히 늘려 나간다.
4 처음에는 10회 진행하고, 이후 10회씩 늘려 나간다(총 10회×3세트). 양쪽 모두 실시한다.

④ 플랭크에서 몸통 회전하기

10회
3세트

• • •

90°

278

플랭크는 몸통 앞쪽인 복근과 척추의 안정성에 좋은 운동이다. 다만, 허리통증이 줄어든 이후에 해야 하는 심화 운동이다. 플랭크 동작은 팔꿈치를 90도로 구부린 채 엎드려뻗친 상태에서 몸통을 바닥에서 들어 유지하는 것이다. 허리가 젖혀지거나 엉덩이가 뒤로 빠지면 안 된다. 몸통과 엉덩이를 일직선으로 최대한 유지한다. 처음에 동작을 바르게 하는지에 초점을 맞추는 것이 중요하다. 플랭크 동작이 잘 되면 운동 시간을 조금씩 늘려 가고, 이후 잘 해내는 상태에서 몸통 회전을 해야 한다. 단계적으로 늘려 가야 몸이 적응하고 운동으로 인한 손상을 막을 수 있다.

1 플랭크 자세를 취한다. 양쪽 팔꿈치를 90도로 구부리고 바닥에 엎드린다. 양발을 어깨너비로 벌린다. 배를 지면에서 든 채로 몸통을 일자로 유지한다. 몸통 회전을 하기 전에 지지하기 위해 한쪽 팔꿈치를 안쪽으로 90도 돌린다(위쪽 사진).

2 ①의 상태에서 안쪽으로 돌리지 않은 반대쪽 팔을 떼고 몸을 일으키면서 몸통을 회전한다(아래쪽 사진). 몸통이 앞으로 기울어지지 않게 일자를 유지한다.

3 천천히 움직이면서 2초를 유지하고 제자리로 돌아온다. 1회당 2초에서 7초까지 조금씩 늘려 나간다.

4 처음에는 10회 진행하고, 이후 10회씩 늘려 나간다(총 10회×3세트). 양쪽 모두 실시한다.

패턴 동작과 운동

④ 한 발 서기

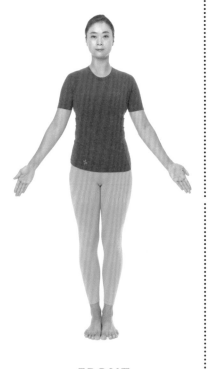

FRONT

SIDE

시작 자세

다리를 모은 채 서서 정면을 바라본다.

한 발 서기 패턴은 한쪽 다리를 앞으로 들어 올리고 반대쪽 다리는 지면에 닿은 상태를 유지하는 동작이다. 지면에 닿고 있는 쪽을 확인해야 한다. 발바닥에 체중이 골고루 분산되면 균형이 좋아진다. 다리를 들고 유지하면 골반을 안정적으로 지지해 주는 고관절 옆쪽 근육들이 쓰이면서 근육 비대칭을 해소할 수 있다. 발과 고관절의 비대칭은 골반과 척추를 틀어지게 하고 이것이 누적되면 통증을 일으킨다. 한 발 서기 패턴 평가에서는 서 있는 상태에서 한쪽 다리를 들어 올린 다음 4가지 항목을 확인한다. 균형 잡기가 너무 힘들면 멈춘다.

FRONT · SIDE

한 발 서기 자세

다리를 들어 한 발로 서고 지면에 닿는 쪽을 확인한다. 좌우 각각 실시한다.

⚠ 통증이 일어나면 한 발 서기 패턴 운동을 제외해야 한다. 넘어지지 않게 조심한다.

CHECK LIST

잘 되면 O, 안 되면 X

정적인 자세에서 10초를 유지한다.

정적인 자세에서 10초를 유지하는지 확인한다. 그렇지 못하면 균형 감각이 떨어진 것이다.

동적인 자세에서 10초를 유지한다.

들고 있는 다리를 앞뒤로 움직이는 등, 동적인 자세에서 10초를 유지하는지 확인한다.

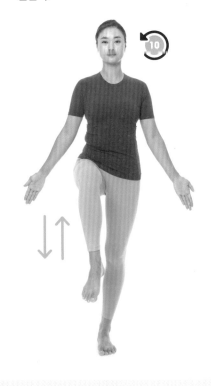

키를 유지한다.

한 발 서기를 하는 동안 키의 높낮이가
달라지는지 확인한다.

좌우로 흔들리지 않는다.

한 발 서기를 하는 동안 좌우로 많이 흔
들리지 않는지 확인한다.

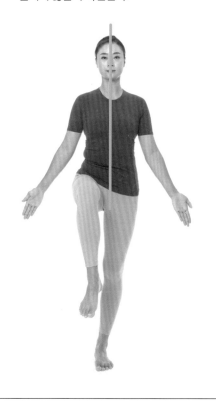

Memo.

....

....

....

....

앉은 상태에서 발목 안팎으로 회전

15회
3세트

한 발 서기 패턴 동작을 할 때 중심이 잡히지 않으면 발목의 균형 능력이 불안하다고 할 수 있다. 이 경우에는 앉은 상태에서 발목 안쪽과 바깥쪽으로 회전 운동을 해야 한다. 발바닥에 체중 분산이 잘 되고 이동할 때도 문제없으려면, 양쪽 발목의 균형이 중요하다. 안쪽으로 체중이 실리면 평발이 되면서 무릎과 다리가 안쪽으로 돌아가고 골반이 기울어진다. 바깥쪽으로 체중이 실리면 무릎과 다리가 바깥쪽으로 돌아가면서 골반도 같이 기울어진다. 기울어진 골반은 요추에 불균형을 일으킨다. 따라서 발목 관절의 움직임을 좋게 해서 '다리-무릎-고관절-골반-요추'로 이어지는 몸의 균형을 되찾아야 한다.

1 의자에 앉아서 무릎 사이를 11자로 만든다. 발목을 안쪽으로 돌린다(왼쪽 사진).
2 발목을 새끼발가락 방향인 바깥쪽으로 돌린다(오른쪽 사진).
3 천천히 움직이면서 7초를 유지하고 제자리로 돌아온다. 통증이 없는 범위에서 시작하고 점차 범위를 늘려 나간다.
4 처음에는 15회 진행하고, 이후 15회씩 늘려 나간다(총 15회×3세트).

2 누워서 한쪽 팔꿈치와 반대쪽 무릎 맞대기

15회 3세트

286

'누워서 한쪽 팔꿈치와 반대쪽 무릎 맞대기'는 누워서 척추의 안정성과 발목의 균형 능력을 키울 수 있는 운동이다. 한 발 서기 운동을 하기 전에 누워서 연습해 보는 기초 운동이기도 하다. 한 발 서기를 할 때 균형을 잘 잡지 못하는 상태에서 운동을 계속하면 허리에 부담이 가해질 수 있다. 충분히 누워서 기초 운동을 한 후에 네발걸음 자세로 단계를 높이고 그다음 서서 운동을 하는 것이 좋다. 누워서 한쪽 팔꿈치와 반대쪽 무릎을 맞대려면 유연성이 필요하다. 통증이 없는 범위 내에서 조금씩 늘려 가며 동작을 하는 게 좋다.

1 천장을 보고 똑바로 누운 자세에서 한쪽 팔을 위로 들어 올린다(왼쪽 사진).
2 위로 든 한쪽 팔꿈치와 반대쪽 무릎이 닿게 구부린다(오른쪽 사진).
3 천천히 움직이면서 2초를 유지하고 제자리로 돌아온다. 통증이 없는 범위에서 시작하고 점차 범위를 늘려 나간다.
4 처음에는 15회 진행하고, 이후 15회씩 늘려 나간다(총 15회×3세트). 양쪽 모두 실시한다.

네발걸음 자세에서 한쪽 팔과 반대쪽 다리 들기

3

10회
3세트

• • •

척추의 안정성뿐만 아니라 엉덩이, 어깨 근육을 강화하는 운동이다. 한쪽 팔과 반대쪽 다리를 들어서 동작을 유지하므로 균형 능력을 키울 수 있고, 허리통증과 추간판 탈출증 완화에도 효과적이다. 대표적인 척추 안정성 운동으로 한 발 서기 패턴은 물론 굴곡, 신전, 회전, 스쿼트 패턴에도 도움이 된다. 처음에는 한쪽 팔과 다리를 따로 들어 올리면서 연습한다. 충분히 연습한 다음에는 한쪽 팔과 반대쪽 다리를 동시에 들며 운동한다. 몸통과 골반이 한쪽으로 돌아가지 않도록 평행하게 자세를 유지해야 한다. 양쪽을 번갈아 가면서 운동한다.

1 네발걸음 자세를 취한다. 척추를 일직선으로 만든 후 한쪽 팔을 들어 올린다. 이 자세에서 팔만 교대로 들어 올린다.

2 양손 손바닥으로 바닥을 짚은 상태에서 한쪽 다리를 뒤로 뻗는다. 다리가 크게 올라가지 않도록 주의하면서 최대한 척추와 일직선을 유지한다. 이 자세에서 다리만 교대로 들어 올린다(위쪽 사진). 팔과 다리 들어 올리기를 충분히 운동한다.

3 네발걸음 자세에서 한쪽 팔과 반대쪽 다리를 들어 올린다(아래쪽 사진). 들어 올린 팔과 다리가 일직선이 되어야 하며, 척추와 골반이 틀어지지 않도록 주의한다.

4 1회당 7초를 유지하고 제자리로 돌아온다. 처음에는 10회 진행하고, 이후 10회씩 늘려 나간다(총 10회×3세트). 양쪽 번갈아 모두 실시한다.

4 ### 옆으로 누워서 팔꿈치로 엉덩이 들기

10회
3세트

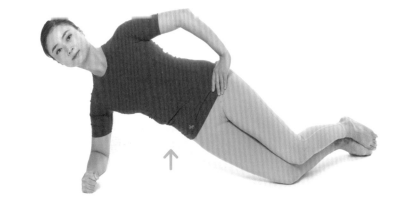

290

'옆으로 누워서 팔꿈치로 엉덩이 들기' 운동에서는 몸통 옆쪽 근육(복사근)들이 쓰인다. 팔꿈치로 기대지 않고 몸통에 힘을 써서 자세를 유지해야 한다. 난도 있는 운동으로 몸통과 골반이 틀어지지 않고, 머리-경추-흉추-요추-골반이 일직선을 유지해야 한다. 처음에는 동작이 잘 나오는 데 맞추고, 이후에는 2초에서 7초까지 시간을 늘려 가며 운동을 해야 안전하다. 어깨를 치료받고 있거나 운동 중에 어깨 통증이 있는 사람은 즉시 멈춰야 한다.

••

1 옆으로 누운 상태에서 아래쪽 팔꿈치를 구부려 지면에 대고 고관절, 무릎관절을 90도로 구부린다(위쪽 사진).
2 구부린 팔꿈치를 지지대로 삼아 엉덩이를 천천히 들어 올린다. 이때 몸통 옆면에 힘이 들어가야 한다(아래쪽 사진).
3 몸통과 골반이 휘거나 회전하지 않도록 주의한다. 1회당 2초를 유지하고, 이후 7초까지 천천히 늘려 나간다.
4 처음에는 10회 진행하고, 이후 10회씩 늘려 나간다(총 10회×3세트). 양쪽 모두 실시한다.

패턴 동작과 운동

⑤ 스쿼트

FRONT

SIDE

시작 자세

어깨너비로 다리를 벌리고 서서 두 팔을 위로 뻗고 정면을 바라본다.

292

스쿼트 패턴은 두 팔을 위로 뻗은 자세에서 쪼그려 앉는 동작이다. 스쿼트 패턴 동작에서는 코어 근육을 사용하여 등과 어깨를 펴는 자세를 통해 전반적인 몸의 불균형을 확인할 수 있다. 쪼그려 앉을 때 골반 한쪽으로 체중이 실리는지, 또 발이 비대칭으로 움직이거나 양쪽 발의 체중이 안쪽과 바깥쪽으로 이동하는지를 살피며, 다른 패턴과 마찬가지로 4가지 항목을 평가한다. 스쿼트 패턴을 하는 동안 동작을 유지하지 못하면 멈춰야 한다.

FRONT

SIDE

스쿼트 자세

팔을 든 상태에서 최대한 쪼그려 앉고 몸통을 똑바로 편 상태를 유지한다.

🔊 통증이 일어나면 스쿼트 패턴 운동을 제외해야 한다. 넘어지지 않게 조심한다.

CHECK LIST

잘 되면 O, 안 되면 X

허벅지가 무릎보다 낮다.

스쿼트를 하는 동안 허벅지가 무릎보다
낮은지 확인한다. 발목의 유연성과 코어
근육이 약하면 유지하지 못한다.

몸통을 똑바로 펴고
자세를 유지한다.

몸통을 똑바로 펴고 유지하는지 확인한
다. 등과 허리가 구부러지면 안 된다.

들어 올린 팔이 귀를 지난다.

들어 올린 두 팔이 귀를 지나는지 확인한다. 몸통 근육의 상태를 확인하는 방법이다.

체중 분포가 대칭적이다.

체중 분포가 대칭으로 유지되는지를 확인한다. 골반과 발의 비대칭 및 체중이 실린 상태를 확인하는 방법이다.

Memo.

종아리 근육 늘리기

15회
3세트

배측(발등 쪽)으로 발목이 구부러지는 각도를 증가시키고 종아리 근육을 늘려 주는 운동이다. 발목 관절이 20~25도 정도 발등 쪽으로 구부려져야(배측 굴곡) 쪼그려 앉기에 도움이 된다. 이 각도가 작으면 스쿼트 패턴 운동을 할 때 허벅지가 무릎 밑으로 내려가지 않거나 뒤로 넘어가게 된다. 종아리 근육이 짧으면 발목이 잘 구부러지지 않는다. 또한, 무게중심이 앞쪽에 있으면 골반이 기울어지고 허리, 무릎에 부담을 준다. 몸이 비대칭인 경우에는 골반과 척추가 틀어진다. 발목이 돌아가지 않게 일자로 스트레칭을 해야 한다.

1 한쪽 다리의 무릎을 90도로 구부리고 발바닥을 지면에 댄다. 반대쪽 다리는 무릎을 뒤로 빼고 종아리 앞쪽을 지면에 댄다.

2 구부린 무릎을 주먹 크기 정도로 앞쪽으로 굽힌다(위쪽 사진).

3 일어서서 벽을 두 손바닥으로 밀면서 한쪽 다리는 굽히고 반대쪽 다리는 편다. 이 러한 종아리 스트레칭 동작으로 발목 올리는 각도를 늘린다. 스트레칭 시 숨을 내 쉬며 이완한다(아래쪽 사진).

4 1회당 7초를 유지하고 제자리로 돌아온다. 처음에는 15회 진행하고, 이후 15회씩 늘려 나간다(총 15회×3세트). 양쪽 모두 실시한다.

양다리 가슴으로 당기고 상체 들기

15회
3세트

굴곡

신전

회전

한발서기

스쿼트

고관절 회전

298

'양다리 가슴으로 당기고 상체 들기' 동작은 스쿼트 패턴 운동을 할 때 코어 근육 중 앞쪽 복근들이 잘 쓰이도록 돕는다. 쪼그려 앉는 스쿼트 동작을 할 때 몸통을 앞쪽으로 유지할 수 있는 근지구력이 필요하다. 양다리를 가슴으로 당기는 동작은 척추 뒤쪽 근육을 스트레칭하는 효과가 있다. 그 상태에서 양손으로 무릎을 감싸고 상체를 들어 올리면 복근이 활성화된다. 옆으로 몸통이 굴러가지 않게 똑바로 상체를 들어 올리고, 그 상태에서 숨을 내쉬면서 복근들이 잘 쓰일 수 있도록 자세를 유지해야 한다.

1. 천장을 바라보며 똑바로 누운 상태에서 양쪽 무릎을 구부리고 양손으로 무릎을 잡아 가슴 쪽으로 당긴다(위쪽 사진).
2. 숨을 내쉬면서 견갑골이 들릴 정도로 머리와 상체를 무릎 쪽으로 들어 올린다. 복근에 힘이 들어오는지 인지한다(아래쪽 사진).
3. 1회당 7초를 유지하고 제자리로 돌아온다. 처음에는 15회 진행하고, 이후 15회씩 늘려 나간다(총 15회×3세트).

3 무릎 구부려 엎드리고 팔 들어 올리기

10회
3세트

'무릎 구부려 엎드리고 팔 들어 올리기' 동작은 골반에서 등, 요추와 위팔**뼈**까지 연결된 광배근을 늘린다. 광배근은 뒤쪽 허벅지 근육인 햄스트링과 큰 엉덩이 근육인 대둔근을 통해 반대쪽으로 이어지는 후방인대계를 이룬다. 광배근이 잘 조절돼야 큰 힘을 발휘할 수 있다. 스쿼트 패턴 시 몸통을 세우고 팔의 동작을 유지할 때도 중요한 역할을 한다. 무릎을 구부려 엎드린 상태에서 움직임을 느끼면서 천천히 손바닥이 위로 향하게 두고 팔을 올려야 한다. 팔을 들어 올릴 때 숨을 내쉬면 더 이완된다.

1 무릎을 구부리고 엎드려 앉은 상태에서 양손을 앞쪽으로 뻗는다. 등과 몸통이 이완되는 것을 느낀다(위쪽 사진).

2 한쪽 팔을 손바닥이 위로 향하게 들어 올린다. 몸통이 돌아가거나 엉덩이가 들리지 않게 주의한다(아래쪽 사진). 양쪽을 번갈아 가면서 한다.

3 1회당 7초를 유지하고 제자리로 돌아온다. 처음에는 10회 진행하고, 이후 10회씩 늘려 나간다(총 10회×3세트).

4 네발걸음 자세에서 무릎·팔다리 들기

10회
3세트

• • •

속근육과 겉근육이 동시에 활성화되고 척추를 세우는 자세로 안정성을 높이는 운동이다. 허리통증과 추간판 탈출증이 있는 사람 중에는 스쿼트 패턴을 하지 못하는 경우가 많다. 따라서 스쿼트 패턴 운동의 경우, 다른 패턴 운동으로 기능을 향상한 다음 마지막에 이루어지는 경우가 종종 있다. 이 동작은 난도가 높으며, 척추를 둘러싸는 속근육이 잘 쓰여야 팔과 다리를 잘 들어 올릴 수 있다. 운동 시 통증이 있다면 즉시 멈춰야 한다.

1 네발걸음 자세를 취한다. 팔꿈치를 펴고 어깨와 수직을 유지하고, 무릎도 90도로 구부려서 고관절과 수직을 유지한다.
2 두 무릎을 지면에서 3cm 정도 들어 올리면 복근에 힘이 들어간다.

3 ②의 상태에서 한쪽 팔을 어깨 높이만큼 들어 올린다(위쪽 사진).

4 ②의 상태에서 한쪽 다리를 척추와 일직선으로 들어 올린다(아래쪽 사진).

5 팔과 다리를 각각 들어 올릴 때 척추와 골반이 틀어지지 않도록 주의한다. 양쪽을 교대로 실시한다.

6 1회당 2초를 시작으로 7초까지 점차 늘려 나간다. 처음에는 10회 진행하고, 이후 10회씩 늘려 나간다(총 10회×3세트).

패턴 동작과 운동

⑥ 고관절 회전

무릎을 붙이고 엎드린 상태에서 무릎을 90도로 구부린다.

고관절 회전 패턴은 고관절을 외회전(바깥쪽 돌림), 내회전(안쪽 돌림)하는 동작이다. 고관절이 비대칭으로 회전하면 골반이 틀어지고 요추가 휜다. 고관절 회전의 비대칭이 심해지고, 이것이 오랫동안 누적되면 추간판 탈출증과 허리통증의 원인이 된다. 고관절 회전 패턴 평가는 무릎을 붙이고 엎드린 다음, 양쪽 무릎을 90도로 구부린 상태에서 다리를 벌려 확인한다. 뒤쪽에서 45도를 기준으로 외회전과 내회전 각도 차이를 계산하는 것이다. 고관절 회전 패턴을 하는 동안 다리가 툭 떨어진다면 동작을 피해야 한다.

고관절 회전 자세

시작 자세에서 양쪽 고관절을 최대로 벌린다.

통증이 일어나지 않는 범위까지 고관절 회전을 한다.

CHECK LIST

잘 되면 O, 안 되면 X

☐ **이상적인 고관절 각도 : 45도**

1 시작 자세에서 다리를 벌렸을 때
지면과 다리에 가상의 선을 그어 각도를 확인한다.

2 이상적인 고관절 각도는 45도다.

외회전은 45도 이상, 내회전은 45도 이하

3 45도보다 크면 고관절이 외회전이 된 상태,
45도보다 작으면 내회전이 된 상태다.

4 45도와 차이가 큰 쪽이 고관절 패턴 운동을 먼저 해야 하는 부분이다.

5 45도에 가깝게 대칭을 만들어 줄 고관절 패턴 운동이 필요하다.

45˚ 이상   45˚ 이하

Memo.

....

....

....

....

10회
3세트

① 이상근 스트레칭
• • •

이상근(궁둥구멍근)은 천골(엉치뼈) 내부에 붙어서 볼기뼈의 대좌골궁이라는 구멍으로 이어지는 근육으로, 고관절을 고정하는 대표적인 근육이다. 고관절 회전 패턴을 평가할 때 45도 이상이 나왔다면, 이는 이상근이 짧아진 경우로 근육 길이를 늘려야 한다. 이상근이 짧아지면 고관절과 골반이 틀어지고 불균형을 초래한다. 또한, 요추도 휘게 돼서 허리통증을 유발한다. 이상근에는 좌골신경(다리의 운동과 감각을 지배하는 신경)이 지나가므로 과도하게 짧아진 경우 저리거나 당기는 증상이 나타난다. 무리하지 않는 범위에서 조금씩 스트레칭해 보자.

💬 회전 패턴 운동의 '골반 안쪽과 바깥쪽으로 돌리기' 동작을 추가하면 좋다.

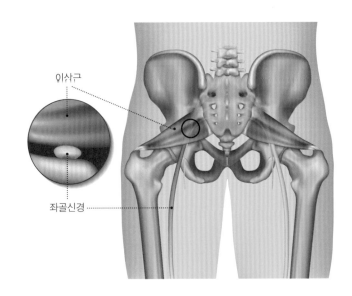

이상근

좌골신경

1. 천장을 바라보고 똑바로 누운 상태에서 양쪽 다리를 구부린다.

2. 한쪽 다리를 반대쪽 다리 위로 올린 다음, 양손으로 아래에 있는 다리 뒤쪽을 잡는다(왼쪽 사진). 올라간 다리 쪽의 이상근을 스트레칭한다.

3. ②의 상태에서 다리를 머리 쪽으로 천천히 당긴다(아래쪽 사진). 양쪽을 번갈아 가면서 진행한다.

4. 1회당 7초를 유지하고 제자리로 돌아온다. 처음에는 10회 진행하고, 이후 10회씩 늘려 나간다(총 10회×3세트).

② 누워서 무릎 모으기

10회
3세트

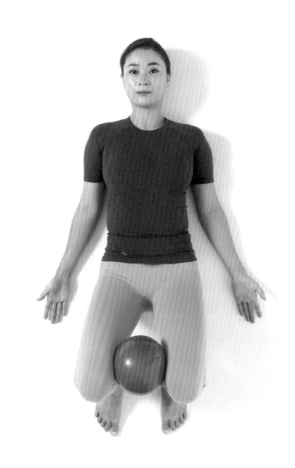

'누워서 무릎 모으기' 동작 또한 고관절 회전 패턴 평가에서 45도 이상이 나온 경우에 하면 좋은 운동이다. 내회전 근육을 활성화하여 외회전이 된 근육과 균형을 맞추도록 돕는다. 허리통증이 심한 경우 움직임 없이 다리 사이의 공을 떨어뜨리지 않고 버틴다는 느낌으로 살짝만 힘을 준다. 통증이 줄어들었다면 공을 안쪽으로 조인다는 느낌으로 아랫배에 힘을 준다. 힘을 줄 때 동작이 커지지 않도록 주의하자. 부드럽고 천천히 힘을 주거나 빼야 효과적이다.

· ·

1 천장을 바라보고 똑바로 누운 상태에서 양쪽 다리를 구부리고 무릎 사이에 공을 끼운다.

2 아랫배에 힘을 준 상태에서 무릎을 모으는 방향으로 버티듯이 힘을 약간 준다. 과도하게 힘이 들어가지 않도록 주의한다.

3 1회당 2초에서 7초까지 천천히 늘려 나간다. 처음에는 10회 진행하고, 이후 10회씩 늘려 나간다(총 10회×3세트).

③ 허벅지 안쪽 스트레칭

●●●

고관절 회전 패턴 평가에서 45도 이하가 나온 경우에 하면 좋은 운동이다. 45도 이하라면 허벅지 안쪽으로 모이고 회전하는 근육들이 짧아진 것으로 스트레칭을 통해 근육을 늘려야 한다. 내회전 근육들이 짧아지면 고관절과 골반이 틀어지고 요추도 휜다. 시작 자세에서 뻗은 다리의 발과 반대쪽 무릎이 평행을 유지해야 한다. 또한, 스트레칭을 할 때 뻗은 다리의 근육이 늘어나는 것을 느껴야 한다. 허벅지 안쪽을 늘릴 때 천천히 숨을 내쉬면서 운동하자.

🔊 회전 패턴 운동의 '골반 안쪽과 바깥쪽으로 돌리기' 동작을 추가하면 좋다.

1 네발걸음 자세에서 한쪽 다리는 구부리고 반대쪽 다리는 옆으로 최대한 뻗는다 (위쪽 사진).

2 ①의 자세에서 엉덩이를 뒤쪽으로 천천히 밀어내며 앉는다. 뻗은 다리의 허벅지 안쪽이 스트레칭된다(아래쪽 사진).

3 1회당 7초를 유지하고 제자리로 들어온다. 처음에는 10회 진행하고, 이후 10회씩 늘려 나간다(총 10회×3세트). 양쪽 모두 실시한다.

누워서 무릎 벌리기

10회
3세트

'누워서 무릎 벌리기' 동작 또한 고관절 회전 평가에서 45도 이하가 나왔을 때 하면 좋은 운동이다. 내회전이 된 고관절 각도를 돌려놓는 운동으로, 외회전 근육을 활성화하여 내회전이 된 근육과 균형을 맞춘다. 허리통증이 심하다면 움직임이 생기지 않게 밴드를 끼운 상태에서 힘을 적게 주면서 무릎을 살짝 양옆으로 벌린다. 이후 통증이 줄어들면 밴드를 벌린다는 느낌으로 힘을 준다. 부드럽게 천천히 벌리고 제자리로 돌아와야 한다. 양쪽 고관절이 비대칭이라면 내회전 각도가 45도보다 낮은 쪽만 벌리는 동작을 선택적으로 한다.

1 천장을 바라보고 똑바로 누운 상태에서 양쪽 다리를 구부리고 무릎 위에 밴드를 씌운다.
2 무릎을 벌리는 방향으로 힘을 약간 준다.
3 양쪽 고관절이 비대칭이면 내회전 각도가 45도보다 낮은 쪽 무릎만 옆으로 벌린다.
4 1회당 2초에서 7초까지 천천히 늘려 나간다. 처음에는 10회 진행하고, 이후 10회씩 늘려 나간다(총 10회×3세트).

운동할 때는 괜찮은데, 일상생활에서 아프다면

특이성 원리를 활용한 응용 운동 설정

허리 재활운동을 할 때는 좋아진 상태로 치료실 밖을 나서는 환자가 많다. 그런데 다음번에 환자가 방문했을 때 그동안 어땠는지 물어보면 일할 때나 평상시에 갑자기 아팠다는 말을 자주 듣는다. 왜 재활운동을 할 때는 괜찮은데 일상생활을 하면 아플까? 이는 평소에 가장 많이 쓰는 동작을 고려하지 않아서다. 운동할 때는 아프지 않은데 평상시에 아픈 경우, 적합한 운동을 따로 해야 한다.

초년생 시절 나의 고민은 환자가 치료 중일 때는 괜찮은데 다음에 통증을 다시 호소할 때였다. 물론 통증이 심하거나 만성일 때는 회복하는 데 시간이 필요하다. 그러나 운동 방향이 맞고 환자도 무리하지 않았다고 하는데 통증이 계속 남아 있었다. 공부하고 경험을 쌓으며 깨달은 점은 운동을 충분히 응용하지 않았다는 것이다. 개인마다 평소 반복하는 동작이 다르다. 이를 고려하지 않고 누워서든 서서든 단일 동작으로 운동을 하다가 상황이 달라지면 문제가 생겼다. 자세를 유지한 채로 갑작스러운 움직임과 예기치 않는 상황에 대처할 수 없었던 것이다. 따라서 반복되는 업무 자세와 과부하에 허리가 충분히 버틸 수 있도록 운동을 응용할 수 있어야 한다.

운동에는 '특이성 원리'라는 것이 있다. 부과된 요구에 대한 특별한 적응(specific adaptation to imposed demands, SAID)으로, 개인의 특정한 활동에 가장 맞는 운동을 했을 때 몸이 적응한다는 것이다. 온종일 누워 있지 않는데도 누워서만 운동하면 운동 효과는 다른 자세에서 잘 나타나지 않는다. 오래 앉아 있는 환자에게는 앉았을 때 척추 중립과 전만을 잘 유지해 주는 안정성 운동이 효과적이다. 따라서 충분한 상담을 통해 평상시에 자주 하는 자세나 동작을 반드시 파악해야 한다.

허리통증이 심한 30대 초반 여성 환자는 임신 당시부터 출산 이후까지 통증을 앓으며 체력이 떨어진 상태였다. 출산 후 아기를 안아 주다가 생후 10개월 이후부터 아기 체중이 계속 증가하니 허리에 부담이 더해졌다. 그렇다고 아기를 안아 주지 않을 수는 없으니 아파도 참고 생활하다가 도저히 힘들어서 나를 찾아왔다. 이제 아기를 안지 않아도 아픈 상태였고, 허리를 숙일 때나 뒤로 젖힐 때도 통증이 있었다. 나는 환자가 척추 중립을 조절할 수 있게끔 돕고, 속근육 안정화 운동을 진행했다. 뭉친 근육도 살살 풀고 스트레칭을 하게 했다.

통증이 어느 정도 가라앉자 그때부터 큰 공을 이용해 바닥에 아기가 있는 상황을 가정했다. 한쪽 무릎은 구부리고 반대쪽은 무릎을 바닥에 댄 후 척추 중립을 유지했다. 그리고 아랫배와 항문에 살짝 힘을 준 상태로 속근육을 활성화하고 공을 몸 쪽으로 끌어안고 천천히 일어나는 연습을 했다. 환자의 생활에 맞춰 아기를 실제 안는다는 생각으로 이미지 훈련을 진행했으며, 익숙해지면 무게가 있는 물체를 이용하여 반복 연습했다. 바닥뿐 아니라 아기가 침대 높이에 누워 있거나 앉아 있거나 서 있을 때 등 다양한 상황을 가정했다.

아기를 안을 때 외에도 일어날 수 있는 상황을 가정해 척추가 무리하지 않게 연습을 진행했다. 어느 순간 아기를 안을 때도 척주가 안정적으로 잡아 주면서 통증이 거의 없는 상태가 되었다. 극심한 통증이 사라지자 이후에는 겉근육의 근지구력과 기능 향상을 위한 운동을 단계적으로 해 나갔다. 재활운동을 시작한 지 12주가 지났을 무렵에는 의식적으로 했던 동작들을 무의식중에 해도 통증이 없었다. 환자의 특이성에 초점을 맞춰 운동하니 회복의 효율성이 좋았다.

┃ 허리통증 외에도 고려해야 할 것

40대 후반의 남성은 오른쪽 허리에 통증이 있었다. 사무직으로 일하면서 약 6개월간 불편함을 느꼈다는 그는 상담에서 허리통증이 줄어들어서 골프를 칠 때 아프지 않았으면 좋겠다고 말했다. 평상시나 업무 중 허리통증을 줄이는 운동 프로그램과 골프를 칠 때 통증이 없도록 하는 운동 프로그램은 생체역학적 원리가 서로 다르다. 이 환자의 경우 일하는 시간이 많기 때문에 먼저 허리에 부담을 주는 업무 자세를 피하게 했다. 또한, 평상시에 자주 일어나 움직이라고 조언하며 환자의 부족한 패턴 동작을 찾아내 재활운동을 진행했다.

통증이 어느 정도 줄어든 다음, 나는 환자와 다시 이야기를 나누었다. 오른손잡이라면 골프 스윙을 할 때 왼발에 축을 두면서 한쪽 방향으로만 몸통이 돌아간다. 이때 왼쪽 고관절이 바깥쪽으로 더 회전되는데 비대칭이 약간 있어도 허리통증이 무조건 생기는 것은 아니다. 이 남성 환자는 고관절과 흉추의 관절 가동 범위가 작고 몸이 매우 뻣뻣했다. 골프 스윙은 움직임이 발바닥에서 발목, 무릎, 고관절, 요추, 흉추 순으로 이어져야 손상 가능성이 작다. 고관절과 흉추가 뻣뻣하니 부하를 분산하지 못하고 요추에 부하가 많이 실린 것이다. 이러한 증상은 고관절과 흉추의 움직임을 부드럽게 해 주는 패턴 운동을 하고 완화되었다.

잘못된 스윙은 골프 프로에게 레슨을 받기를 추천했다. 신체적인 부분은 생체역학과 기능을 고려하면 되지만, 잘못된 스윙을 교정하는 것은 골프 지도 전문가의 몫이기 때문이다. 잘못된 패턴을 찾아내 자세를 바꾸고 운동을 통해 좋은 패턴으로 수정하면 허리통증은 자연스럽게 회복된다. 골프뿐만 아니라 다른 스포츠나 무용, 악기를 다룰 때 특정 자세나 기술이 필요한 부분들은 특이성을 고려해 운동해야 한다.

앞서 이야기했지만 운동선수, 무용수, 연주가 등은 허리통증 감소에만 초점을 두지 말고 운동 능력이나 퍼포먼스(수행력)를 신경 써서 관리해야 한다. 더블 악셀(2회전 반 회전)을 잘하고 싶은 피겨스케이팅 선수가 대칭적으로 몸의 균형을 맞추면 통증을 가라앉힐 수는 있어도 경기력이 떨어진다. 따라서 특이성 원리를 고려한 운동을 할 때는 기술을 위한 몸의 변화나 대회 일정 등 세심한 수준까지 신경 써야 한다. 그렇지 않으면 허리통증은 없어졌는데 생업이 어려워지는 상황이 생길 수 있다.

운동할 때는 아프지 않은데 일상생활에서 아픈 경우 특이성을 고려하여 적합한 운동을 해야 한다. 평상시나 업무 시간에서의 자세를 비롯해 목표로 하는 부분에 대한 충분한 논의가 필요하다. 우리 몸은 평소에 자주 하는 동작에 맞게 변한다. 기능도 개선하면서 통증도 줄이려면 특이성 원리를 염두에 두어야 한다. 또한, 기본적인 패턴 운동으로 허리를 회복한 후에 응용 운동으로 넘어가야 한다는 점을 잊지 말자.

6장

일상에서 하는 허리통증
완화 및 예방 방법

1

허리가 싫어하는
운동들을 피하자

추간판 탈출증을 치료하고 허리통증을 줄이기 위해 많은 사람이 다양한 운동을 한다. 적절한 운동은 척추 구조물의 안정성을 높이고 척추 호흡이 일어나도록 하여 자연치유력을 높인다. 따라서 목표 설정을 통해 세심하게 프로그램을 구성해야 한다. 허리가 건강한 상태에서는 괜찮지만, 추간판에 손상이 있거나 허리통증이 있다면 허리디스크에 무리를 줄 만한 운동을 피하는 게 좋다.

추간판 내 압력을 증가시키는 '허리가 싫어하는 운동'으로는 대표적으로 '윗몸 일으키기', '슈퍼맨 자세', '다리 들어 올리기' 등이 있다. 나쳄손 박사는 직립 자세를 기준으로 운동마다 척추가 받는 압력을

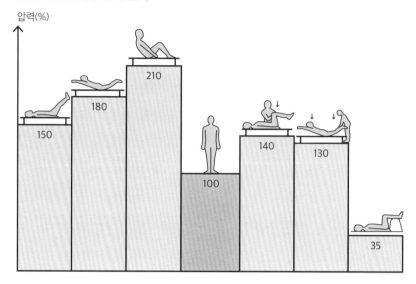

| 운동 종류별 추간판 내 압력

압력(%)

150
180
210
100
140
130
35

자료 : 《The lumbar spine an orthopaedic challenge》

연구했다. 위의 그래프는 직립 자세에서의 추간판 내 압력을 100이라 했을 때 운동 종류별 추간판 내 압력을 나타낸 것으로, 척추 운동 분야에서 자주 인용된다.

허리가 싫어하는 대표적인 3가지 운동

복근 강화 운동으로 알려진 윗몸 일으키기는 직립 자세보다 추간판 내 압력이 2.1배 증가한다. 복근이 약한 사람이 윗몸 일으키기 운동을 하면 추간판 내 압력이 높아진다. 추간판이 건강한 사람은 괜찮지만, 허리통증이 있는 사람이 이 운동을 할수록 더 위험해질 수 있다. 코어 근육 강화를 노렸다가 오히려 추간판이 과도한 부하를 받는 것이다.

추간판 탈출증과 척추 손상이 있을 때 윗몸 일으키기를 하면 증상이 악화될 수 있다. 또한, 40대 이후에는 되도록 피하는 것이 좋다. 만약 복근 운동을 해야 하는 상황이라면 척추의 움직임을 조절할 수 있게 만든 다음 속근육 운동을 충분히 하고 시도해야 한다. 왕(王)자 근육인 복직근을 더 자극하고 싶다면 누워서 어깨뼈가 살짝 들릴 정도만 올라오는 게 좋다. 반동을 더 줄수록 허리에 부담이 가중된다. 근지구력이 약할 때 윗몸 일으키기를 반복할수록 보상작용으로 목과 고관절 굽힘(굴곡) 근육이 쓰인다. 따라서 목과 고관절 앞쪽 근육에 더

| 윗몸 일으키기

힘이 들어가기 시작하면 멈춰야 한다.

슈퍼맨 자세는 직립 자세보다 추간판 내에서 압력을 1.8배 더 받는다. 엎드려 누운 상태에서 팔과 다리를 동시에 드는 이 운동은 척추를 세우는 척추기립근과 엉덩이 근육인 대둔근을 강화한다. 허리가 약한 탓에 허리통증이 생긴다고 여겨서 슈퍼맨 자세를 취하면 윗몸 일으키기와 마찬가지로 척추에 부담을 줄 수 있다. 허리디스크가 건강하고 요통의 경험이 없다면 문제가 없지만, 요통으로 고생했던 사람은 피하는 것이 좋다.

슈퍼맨 자세를 해 보고 싶다면 윗몸 일으키기와 마찬가지로 척추 움직임과 속근육을 키워야 한다. 처음에는 한 팔씩 번갈아 들어 올리고, 번쩍 들어서 허리가 과도하게 젖혀지지 않도록 주의해야 한다. 다리도 처음에는 지면과 10도 정도 각도가 벌어질 만큼만 한쪽씩 번갈아 가며 올린다. 팔다리를 번갈아서 올리는 것이 괜찮으면 양팔과 양다리를 천천히 올려 본다. 단계를 서서히 올리고 작은 범위에서 해야 허리 손상을 최소화할 수 있다.

누워서 다리 들어 올리기는 윗몸 일으키기처럼 복근을 강화하는 운동으로, 직립 자세보다 추간판이 1.5배 압력을 더 받는다. 이 운동을 응용한 여러 복근 운동이 있는데, 그중에 다리 들어서 비트는 동작 등은 허리에 무리를 준다. 다리를 들어 올리고 내릴 때 허리 뒤쪽이 뻐근하다면 복근이 아닌 허리 신전 근육이 더 자극을 받은 것이다. 추간판 탈출증과 통증이 있다면 이 동작은 피해야 한다.

| 누워서 다리 들어 올리기

허리가 싫어하는 운동을
단계적으로 하되, 가급적 피하자

어느 날 친구가 다급한 목소리로 전화를 했다. 자초지종을 들어보니 윗몸 일으키기 운동을 10회씩 5세트를 했을 때는 허리통증이 없다가 윗몸 일으키기 후 다리 들어 올리기 동작을 2회 하니까 갑자기 극심한 허리통증으로 움직일 수 없다는 것이다. 친구는 윗몸 일으키기를 많이 했을 때는 괜찮았는데, 다리 들어 올리기를 2번 한 것이 왜 문제냐고 물었다. 추간판 탈출증과 허리통증으로 고생한 적이 있는 친구가 재발을 막으려고 척추 주변 강화 운동을 하다가 사달이 난 것이다.

친구는 윗몸 일으키기 50회로 근피로가 나타나고 근지구력이 부족한 상황에서 다리 들어 올리기를 했다. 다른 동작이지만, 두 운동 모두 복근에 초점을 맞추었기에 연속선상에 있다. 또한, 다리 들어 올리기는 동작이 큰 편이라 허리에 더욱 부담스러웠을 것이다. 나는 친구에게 척추의 움직임이 큰 상태에서 반동을 주다가 삐끗해서 통증이 일어난 거라고 설명했다. 다리 들어 올리기 동작이 문제가 아니라, 그전에 몸에 맞지 않는 운동이 누적되면서 문제가 생긴 것이다. 이와 함께 친구에게 휴식을 취하고 이 운동들을 피하라고 조언했다.

여러 번 강조하지만, 근력 강화를 위해 허리를 앞으로 구부리거나 뒤로 젖히는 형태의 운동들은 허리가 건강하지 않은 상태에서 문제를 일으킬 수 있다. 아무리 좋은 운동도 점진적으로 늘려 나가지 않고 근력 강화에 초점을 두면 허리에 나쁠 수 있다. 척추는 부드럽고 천천히 움직일 때 가장 좋으므로, 척추 주변 근육을 강화하는 것보다 움직임을 인지하고 조절하는 데 집중해야 한다.

윗몸 일으키기, 슈퍼맨 자세, 다리 들어 올리기 등 허리가 싫어하는 운동들은 건강한 몸 상태에서는 좋은 운동이다. 그러나 허리통증이 있거나 추간판 탈출증 병력이 있다면 추간판 내부 압력을 과하게 증가시키는 이 운동들을 피해야 한다. 이러한 운동들을 꼭 해야 하는 상황이 아니면 되도록 피하고, 허리가 좋아하는 운동을 내 몸에 맞게 하는 것이 좋다.

일상생활에서 피해야 할
5가지 자세

나는 허리통증 환자에게 일상에서 피해야 할 5가지 자세를 항상 설명하고 매번 확인한다. 5가지 자세란 '팔짱 끼기', '양반다리', '짝다리', '다리 꼬기', '다리 모으거나 벌려서 앉기'다. 이 5가지 자세는 요추 구조물에 영향을 미치고, 이것이 장기간 누적되면 허리디스크와 통증 완화에도 영향을 미친다. 아무리 좋은 운동과 자세를 취해도 나쁜 자세들은 회복을 더디게 한다. 요추에 부담을 줄 뿐만 아니라 뇌의 기억을 바꾸기 힘들게 하기 때문이다. 따라서 5가지 자세를 포함한 나쁜 자세를 피해야 한다.

❶ 팔짱 끼기

스스로 팔짱을 끼는, 즉 두 팔을 마주 끼어 손을 두 겨드랑이 밑에 각 각 두는 자세다. 팔을 안쪽으로 겹쳐서 끼면 어깨는 앞으로 나오며 둥글어진다. 또한, 등은 구부정해지고 목은 전방으로 나온다. 어느 연구에서 추간판에 강한 힘을 가하고 추간판 손상 여부를 관찰했다. 연구결과, 전만이 된 상태에서는 섬유륜 뒤쪽이 찢어지지 않았지만, 허리가 구부러진 상태에서는 섬유륜 뒤쪽이 손상되었다. 즉, 전만을 유지하면 웬만해서 추간판이 손상되지 않는다. 또한, 허리가 위아래로 쭉

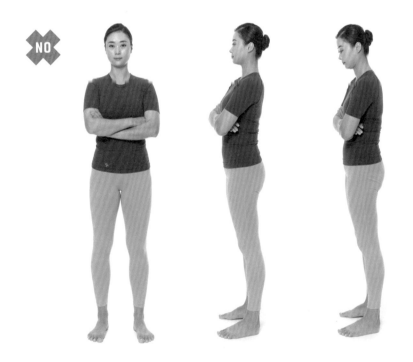

펴진 상태(요추가 약간 펴지고 앞으로 커브가 생긴 상태)여야 척추가 과부하를 견딜 수 있다. 전만이 줄어든 상태로 구부리거나 비틀거나 과부하가 발생하면 추간판 손상이 일어날 수 있다. 팔짱 끼기를 자주 하면 전만이 줄어들기 때문에 손상에 노출될 확률이 높아진다.

❷ 양반다리

양반다리는 한쪽 다리를 오그리고 다른 쪽 다리는 그 위에 포개어 얹어서 앉은 자세다. 즉, 무릎을 굽힌 상태에서 다리가 교차하면서 한쪽은 올라가고 반대쪽은 내려간다. 고관절을 굽힌 채 넙다리뼈(대퇴골)가 바깥쪽으로 회전하는 이 자세는 고관절과 골반의 비대칭을 불러

온다. 골반뼈에서 연결되어 요추에 직접 붙는 요방형근에 악영향을 끼치고, 골반에 뒤쪽으로 기울어지는 후방 경사를 일으킨다. 결과적으로 척추뼈가 틀어지고 허리가 구부정해진다. 또한, 요추 전만을 줄이고, 고관절을 바깥쪽으로 회전하게 하는 이상근을 지속적으로 긴장시킨다. 이상근이 긴장되면 그 밑으로 지나가는 좌골신경이 눌리면서 다리가 저리고 당기는 증상이 나타날 수 있다.

바닥뿐 아니라, 의자에서나 침대에서 양반다리로 생활하는 사람들이 생각보다 많다. 좌식으로 된 식당에 가면 다리를 자주 펴거나 한 번씩 일어나서 자세를 바꿔 줘야 한다. 바닥에 오래 앉을 때는 벽에 등을 기대고 다리를 펴는 게 좋다. 또한, 바닥보다 되도록 의자에 앉는 게 낫다.

❸ 짝다리

짝다리는 한쪽 다리는 펴고 반대쪽 다리는 구부린 채로 비스듬하게 서는 것을 말한다. 다리를 곧게 편 쪽으로 체중이 실려서 좌우 비대칭을 유발한다. 좌우 균형을 담당하는 골반 옆쪽의 중둔근(중간볼기근)과 요방형근에 불균형이 생기면서 요추가 틀어진다. 발목과 무릎 손상 등 하체에 문제가 있는 사람은 장기간 짝다리로 생활하면 허리가 아픈 경우가 많다.

짝다리를 교정하는 방법은 2가지다. 첫 번째는 다리를 펴고 체중이 실리는 쪽의 발을 한 걸음 앞으로 내밀고 서는 것이다. 자연스럽게 반대쪽 다리에 체중이 실리면서 균형이 맞춰진다. 두 번째는 체중이 실리지 않는 쪽의 다리를 옆으로 벌리거나 버텨 주는 운동을 하여 중둔근을 강화하는 것이다. 짝다리는 무의식중에 많이 하기 때문에 특히 신경을 써야 한다. 자주 하는 쪽이 아닌 반대쪽으로 짝다리를 하면 되지 않느냐는 질문을 종종 받는데, 오히려 더 큰 불균형을 불러일으킬 수 있다.

❹ 다리 꼬기

다리를 꼬고 앉으면, 위로 포개는 다리 쪽의 골반이 올라가면서 앞으로 돌아간다. 그리고 반대쪽으로 무게중심이 이동하며 체중이 실린다. 다리 꼬기 자세는 골반의 좌우 높이가 달라지고 회전이 일어나면서 요추를 틀어지게 만든다. 고관절 회전 비대칭은 허리통증과 연관성이 있다. 짝다리와 마찬가지로, 반대쪽 다리로 꼬면 더 안 좋아질 수 있으니 피해야 한다. 다리를 꼰 채로 의자에 오래 앉아 있을 때는 위에 얹은 다리 쪽 엉덩이에서 바닥에 닿는 부위(좌골) 밑에 수건을 약 2cm 두께로 놓으면 좋다. 그러면 골반이 수평이 되면서 다리 꼬는 습관이 줄어든다.

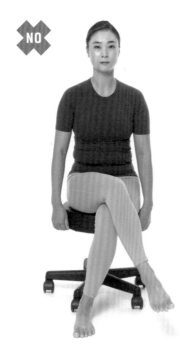

허리통증을 앓는 30대 초반의 여성 환자가 있었다. 재활운동은 순조로웠지만, 통증이 계속 남아 있었다. 환자에게 물어보니 바른 자세를 할 수 있도록 평소에 신경 쓰고 있다고 했다. 그러다 퇴근길에 카페를 지나가다가 낯익은 얼굴이 있어 돌아보니 이 환자가 우아하게 다리를 꼬고 차를 마시고 있었다. 자신도 모르는 사이에 다리를 꼬고 있던 것이다. 일하면서 오래 앉아 있는 것도 영향을 주지만 다리 꼬기가 회복을 더디게 했다. 다리 꼬기를 교정하는 가장 좋은 방법은 의식적으로 피하는 것이다. 나중에 무의식중에도 다리를 꼬지 않게 되면, 오히려 다리 꼬기가 어색해진다.

❺ 다리 모으거나 벌려서 앉기

의자에 앉을 때 다리를 모으거나(무릎 사이가 좁아짐) 벌려서 앉는 것(무릎 사이가 넓어짐)도 골반과 허리에 영향을 미친다. 무릎을 너무 붙여 다리를 모으고 앉으면 골반이 앞으로 기울어진다. 반대로 다리를 너무 벌리고 앉으면 골반이 옆으로 벌어진다. 허리의 전만이 줄어들면

서 허리디스크에 부하가 누적되거나 강한 압력 시 문제가 될 수 있다. 무릎이 11자가 되게 다리 사이를 유지하고 앉아야 골반이 앞뒤 균형을 이루어 요추에 부담이 덜 간다.

다리 양쪽이 대칭인 경우도 있지만, 다리 꼬기와 짝다리로 인해 비대칭인 경우도 있다. 고관절 회전의 비대칭은 고관절 패턴 운동으로 교정이 필요하다. 일반적으로 팔짱 끼기·양반다리·다리 모으거나 벌려서 앉기는 요추의 앞뒤 균형에, 짝다리와 다리 꼬기는 요추의 좌우 균형에 영향을 미친다. 5가지 자세를 많이 취할수록 자세를 교정하기 힘들다. 한 번에 자세를 교정하기 어려우므로, 허리통증에 가장 영향을 많이 미치는 자세를 신경 써서 피해야 한다.

처음에 의식적으로 이 5가지 자세를 피하기란 쉽지 않다. 우리 몸에는 최적의 상태로 적응하고 일정한 범위에서 유지하려는 항상성이 있다. 뇌는 틀어진 자세도 환경과 상황에 맞는 자세로 기억하고 항상성을 유지하려고 한다. 바른 자세를 취해도 되돌아가는 이유다. 하지만 의식적으로 안 좋은 자세를 피하려고 노력하면 어느새 뇌는 교정된 자세에 맞게 기억하고 유지한다. 개인차가 있지만 몇 주가 지나면 오히려 5가지 자세를 더 불편하게 느끼게 된다. 허리의 균형을 유지하고 손상을 최소화하는 위치로 기억이 다시 저장되는 것이다.

3
서 있거나 자거나 걸을 때 필요한 이상적인 자세

추간판 탈출증과 허리통증의 회복에 가장 좋은 자세는 자주 움직이는 것이다. 한 자세로 고정된 채 오래 있으면 근육, 인대, 관절 등이 뻣뻣해진다. 따라서 가만히 고정된 채로 서 있거나 앉아 있거나 잠자는 자세를 피해야 한다. 평소 자주 못 움직이더라도 이상적인 자세를 취하면 허리 손상을 최소화할 수 있다. 몸 상태에 맞게 자주 움직이면서 근지구력을 키우고, 서 있을 때, 앉을 때, 잠잘 때, 걸을 때도 이상적인 자세를 취하는 게 좋다.

❶ 서 있을 때 이상적인 자세

건강한 성인은 서 있을 때 40~45도의 허리 전만을 유지한다. 서 있을 때 허리 전만을 유지하고 허리 부담을 최소화하려면 발의 역할이 중요하다. 발의 모양, 위치, 체중이 실리는 방향은 골반과 척추에 영향을 준다. 체중이 발의 앞쪽에 실리면 골반도 앞쪽으로 기울어지면서 무릎과 허리에 부담을 준다. 발의 안쪽에 체중이 실리면 정강이뼈(경골)와 넓적다리뼈가 안쪽으로 돌아가고 골반이 앞쪽으로 기울어지면서 허리에 악영향을 끼친다. 마찬가지로, 체중이 발의 바깥쪽과 뒤쪽에 실리면 그 방향으로 골반과 허리에 부담을 준다.

발바닥의 엄지발가락 아래, 새끼발가락 아래, 발뒤꿈치에 점을 찍고 삼각형으로 연결했을 때 이 삼각형 면에 체중이 골고루 실려야 한다. 체중이 잘 분산돼야 발바닥, 다리, 골반, 척추로 이어지는 구조에 균형이 맞고 기능도 좋아진다. 발바닥에 골고루 체중이 실리지 않으면 밑에서부터 틀어지면서 골반과 척추의 중립 위치가 깨지고 허리통증이 일어날 수 있다. 앞서 강조했듯이, 중립 위치는 추간판이 최소한의 부하를 받는 위치를 일컫는다. 따라서 서 있을 때 이상적인 자세는 발바닥에 체중이 고르게 실리고 골반과

| 발바닥에 체중이 실리는 위치

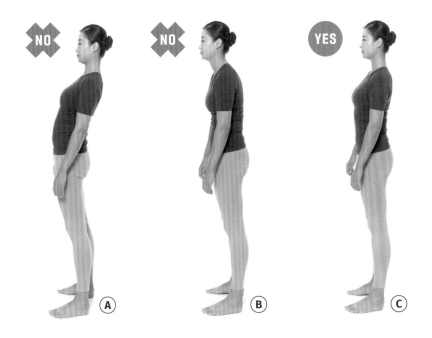

척추가 중립에 위치했을 때다.

사진 Ⓐ처럼 허리를 과도하게 젖히고 가슴을 펴는 자세는 허리 근육을 더 긴장시킨다. 척추뼈의 후관절(추간관절) 공간을 줄여서 부딪치게 한다. 허리를 완전히 젖히는(신전) 동작은 추간공의 지름을 11%, 척추관 내 공간을 15% 감소시킨다는 연구 결과도 있다. 관절 압박과 협착증이 있으면 더욱 조심해야 한다.

사진 Ⓑ처럼 무게중심이 앞으로 가도 허리에 부담이 가중된다. 목과 어깨가 앞으로 나오고 등이 굽어지기 때문이다. 허리가 구부정해지면 전만이 줄어들면서 수핵이 뒤쪽으로 이동한다. 강한 힘이 아니어도 누적된 상태에서 무리하면 손상 확률이 높아진다. 사진 Ⓒ는 서 있을 때 이상적인 자세로, 발바닥 삼각 면에 골고루 체중이 분산되고 골반과 요추가 중립 위치에 있다. 서 있을 때 이상적인 자세를 하면 근육이 이완되고 척추에 무리가 덜 간다.

❷ 앉을 때 이상적인 자세

서 있을 때 요추 전만은 일반적으로 40~45도이고, 앉으면 약 20~35도로 감소한다. 전만 각도가 줄어들기 때문에 추간판에 부담이 된다. 앞서 소개한 나쳄손 박사의 자세별 추간판 내부 압력에 따르면, 의자에 똑바로 앉아 있을 때는 서 있을 때보다 추간판 내부 압력이 1.4배 높아진다. 앞으로 더 구부려 앉으면 1.85배, 물건을 들고 구부정하게 앉으면 2.75배가 된다. 앉는 자세가 좋지 않으면 추간판 탈출증과 허리 통증 발병률이 높아진다. 자주 일어나서 움직이면 더 좋지만, 앉을 때 이상적인 자세를 취해도 도움이 된다.

앉았을 때 무릎 사이는 11자가 되게 유지해야 한다. 앞서 살펴보았듯이, 다리를 모아서 앉거나 벌리고 앉으면 골반의 경사를 일으켜 척추에 무리를 준다. 서 있을 때는 발이 중요하지만 앉아 있을 때는 골반이 중요하다. 골반과 몸의 중심이 수직으로 된 상태에서 좌우 골반이 균형을 이루어야 한다. 몸이 앞으로 기울어지지 않고 골반과 요추가 중립 위치에 있으면 허리에 훨씬 좋다. 사진 Ⓐ처럼 허리를 구부리면 수핵이 뒤쪽으로 이동하고 추간판이 과부하를 받는다. 목을 앞으로 빼고 어깨와 등이 구부정한 자세도 피해야 한다.

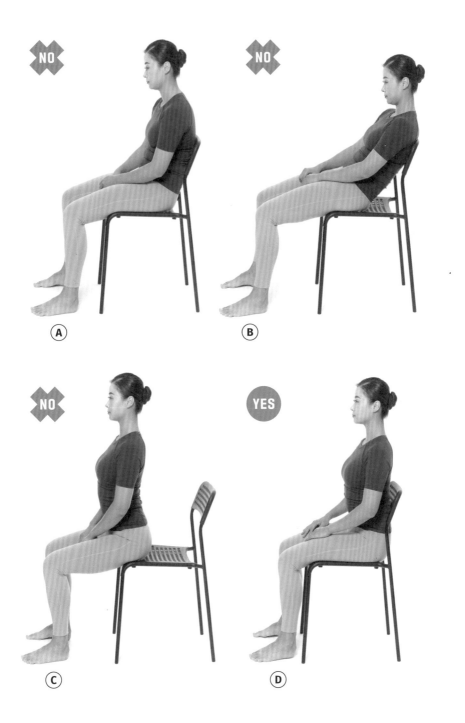

사진 ⑧처럼 의자 앞쪽에 앉고 등을 기대는 자세도 허리를 잘 지지해 주지 못한다. 사진 ⓒ의 의자 끝에 앉아서 허리를 꼿꼿하게 세우는 자세 또한 근육을 긴장시키고 골반을 불안정하게 만들어 척추에 부담을 준다. 사진 ⑩처럼 엉덩이와 등이 의자에 빈틈없이 붙어 있어야 골반과 척추가 안정된다. 팔걸이가 있는 의자에 팔을 올리면 척추에 가해지는 힘이 분산된다. 오래 앉아 있을 때는 허리 뒤쪽에 쿠션을 대는 것이 좋다. 물론 이상적인 자세로 오래 앉아 있는 것보다 자세를 자주 바꾸는 것이 훨씬 낫다. 20~30분에 한 번씩 자리에서 일어나거나 자세를 바꿔서 허리가 쉴 수 있게 하자.

❸ 잠잘 때 이상적인 자세

누워서 자는 자세는 서 있거나 앉아 있을 때보다 허리에 가해지는 부하가 적다. 허리통증을 앓을 때는 척추와 주변 근육이 뻣뻣한 상태이므로 움직임 없이 일자로 누워서 자면 좋지 않다. 또한, 엎드려서 자는 자세는 가슴이 눌려 호흡을 불편하게 하고 골반이 앞으로 기울어지게 한다. 얼굴과 몸통을 반대로 두고 몸을 비트는 동작도 피해야 한다. 잠잘 때도 서 있거나 앉아 있을 때처럼 과하게 앞으로 구부리거나 젖히는 자세를 피해야 한다.

잠잘 때도 이상적인 자세가 있다. 사진 ④처럼 옆으로 누워서 무릎을 약간 구부린 상태에서 양쪽 무릎 사이에 베개를 끼우고 자는 것이다. 이때 사진 ⓒ처럼 허리가 구부정한 새우등 자세가 되지 않도록

YES

(A)

YES

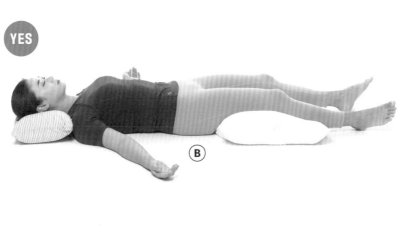

(B)

NO

(C)

조심하고, 두 다리가 평행하도록 두어야 허리 근육이 덜 긴장된다. 천장을 보고 잘 때는 사진 ®처럼 팔과 다리를 약간 벌려서 체중을 분산하고 무릎 밑에 베개를 끼워서 골반과 척추 근육들을 이완시켜야 한다. 허리통증이 있으면 딱딱한 바닥보다는 침대 위나 약간 푹신한 이불을 밑에 깔고 자는 것이 좋다. 딱딱한 바닥은 체중을 분산하지 못하고 허리에 부담을 준다. 잠잘 때도 자세를 자주 바꾸는 것이 좋다.

❹ 걸을 때 이상적인 자세

허리통증이 있든 없든 일상에서 보행은 필수이므로 걷는 자세는 중요하다. 걸을 때 이상적인 자세는 사진 Ⓐ처럼 시선을 앞쪽에 약 5~10cm 높게 두고 가슴을 살짝 펴고 허리와 골반을 움직이면서 걷는 것이다. 사진 Ⓑ처럼 허리가 구부정하거나 사진 Ⓒ와 같이 과도하게 뒤로 젖혀지면 몸통의 움직임이 떨어진다. 발을 디딜 때는 발뒤꿈치에서 시작하여 발바닥 전체가 고르게 지면에 닿도록 하고, 엄지발가락과 둘째 발가락으로 땅을 차고 나가듯이 걸어야 한다. 팔을 흔들면서 걸으면 척추 하중이 최대 10% 줄어든다고 한다. 팔꿈치를 구부려서 흔들지 말고, 어깨를 이용해 자연스럽게 팔을 흔들어야 좋다.

걸을 때는 양발을 평행하게 11자로 두고 키에서 1미터를 뺀 만큼 보폭을 유지하는 것이 좋다. 키가 170cm이라면, 보폭은 70cm인 셈이다. 보폭이 좁아도 역효과가 나지만, 보폭이 너무 넓으면 몸의 균형이 떨어지면서 골반과 허리에 무리를 줄 수 있다. 팔자걸음과 안짱다리

걸음이면 먼저 발바닥의 체중 분산과 고관절 위치를 교정해야 한다. 이상적인 걸음을 유지하면 척추 부하가 줄어들어서 허리통증 완화에 도움이 된다.

자세는 하루아침에 바뀌지 않는다. 오랫동안 쌓여서 자세가 만들어지는 만큼 이상적인 자세를 취해서 나쁜 자세를 교정하는 것이 먼저다. 또한, 나쁜 자세를 교정하는 것보다 더 좋은 것은 자세를 자주 바꿔서 고정된 상태를 피하는 것임을 다시 한번 명심하도록 하자.

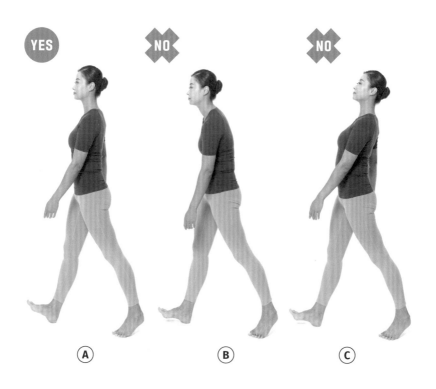

4

책상과 의자만 잘 골라도
허리가 편하다

만성 허리통증으로 고생하는 사람 중에 의자에 오래 앉아 일하는 사람이 많다. 하루에 8시간 근무에 야근까지 더해지면, 어느 때는 10시간 넘게 앉아서 일한다고 한다. 단일 자세 중에 추간판 내 압력이 가장 높은 자세는 앉는 자세다. 온종일 움직이지 않고 앉아서 일하다 보면 허리가 뻐근하고 통증도 생긴다. 허리가 싫어하는 자세인 다리 꼬기, 다리 모으거나 벌려서 앉기 등을 피하고 이상적인 자세를 취하더라도 오래 앉아 있으면 허리에 큰 부담을 줄 수 있다. 따라서 오래 앉아 있을 때 척추와 골반의 부담을 조금이나마 덜 수 있도록 책상과 의자를 잘 선택하는 것이 좋다.

| 의자와 책상 잘 고르는 법

먼저 의자의 경우, 몸에 직접 닿는 만큼 잘 골라야 한다. 의자 높이는 앉는 면을 기준으로 '신장×0.23'인 것이 적당하다. 예를 들어, 키가 170cm라면 앉는 면의 높이가 약 40cm여야 한다. 사진 Ⓐ처럼 의자에 앉았을 때 구부린 무릎의 각도가 90도이고 무릎과 허벅지가 수평을 이루어야 한다. 90도보다 크면 의자 높이가 높은 것이고, 90도보다 낮으면 의자 높이가 낮은 것이다. 무릎과 허벅지가 수평을 이루지 않으면 골반 경사에 영향을 준다. 높낮이가 조절되거나 바퀴를 고정할 수 있는 의자가 좋으며, 조절이 어렵다면 발 받침대를 이용하자.

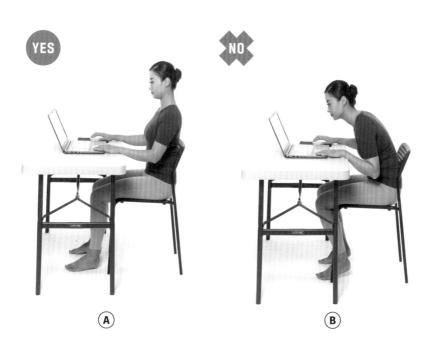

의자 등받이는 10도 정도 기울여져야 요추를 탄력적으로 받쳐 줄 수 있다. 등받이의 아래쪽은 약간 들어가고 위쪽은 나와야 허리 전만이 유지된다. 등받이에 등을 밀착하고 앉았을 때 허리 뒤쪽으로 손이 들어가지 않아야 한다. 등받이 조절이 안 되는 딱딱한 의자는 부하를 분산하지 못하고, 너무 젖혀지는 의자는 척추를 안정적으로 지지해 주지 못한다. 앞서 살펴보았듯, 의자의 팔걸이도 있는 게 좋다. 팔걸이는 척추의 부하를 10% 정도 줄여 준다. 고정 팔걸이일 경우 팔꿈치 각도를 90도로 유지할 수 있어야 한다.

의자는 앉는 느낌인 착석감도 중요하다. 착석감이 좋은 의자는 체중을 골고루 분산할 수 있다. 앉는 면과 엉덩이의 면적이 딱 맞아야 편하고, 딱딱하지 않은 재질이면서 어느 정도 푹신해야 한다. 또한 등받이에 허리와 엉덩이 끝을 밀착하고 앉았을 때, 의자와 오금(무릎 뒤 접히는 부분) 사이에 최소 2~3cm 정도 여유가 있어야 한다. 그리고 의자 앉은 면의 가장 앞부분은 약간 둥근 형태여서, 의자에 오금이 닿았을 때 신경이 눌리지 않아야 한다. 즉, 의자를 고를 때는 높이, 팔걸이, 등받이, 착석감 등을 두루 살피자. 또한, 20분 정도 앉아 보고 자세가 잘 틀어지지 않고 편안한 느낌인지 체험하는 게 좋다.

책상은 높이가 중요하다. 의자 높이가 낮아 시선도 덩달아 내려가면 몸이 구부정해지면서 목과 허리에 무리가 간다. 책상 높이는 '의자 높이+(신장×0.18)'가 적당하다. 키가 170cm라면 약 70cm가 나온다. 책상 또한 의자를 고를 때와 마찬가지로 마땅한 의자를 골라 책상 앞에 직접 앉아서 편한지 알아보는 게 좋다. 사람마다 체형이 달라서 높이

조정이 필요할 수 있다. 장시간 컴퓨터 작업을 하는 경우에는 데스크톱 컴퓨터를 권한다. 이때 시선이 너무 밑으로 가지 않도록 모니터 밑에 받침대나 책을 놓고 높이를 조절하는 것이 좋다. 노트북을 사용할 때는 노트북 거치대를 이용해 허리가 구부정하지 않은 상태를 유지하면 좋다.

좋은 책상과 의자라도 스스로의 의지가 중요하다

책상과 의자를 사용할 때는 허리가 구부정하거나 너무 꼿꼿해지거나 뒤로 젖혀지지 않도록 신경 써야 한다. 인체공학적 책상과 의자가 자세에 도움을 주지만 결국 이상적인 자세를 취하지 않으면 효과가 떨어진다. 즉, 좋은 책상과 의자보다 스스로 자세를 바꾸려는 노력이 더 효과적이다. 20분에 한 번씩 자세를 바꾸고 내 몸에 맞는 움직임을 해야 한다. 장시간 앉아 있는 경우 자주 일어나 허리를 뒤로 한 번씩 펴주면 추간판 내 압력을 줄일 수 있다.

2년 전부터 목이 불편하고 허리통증이 심해졌다던 30대 후반의 남성 환자가 있었다. 병원에서 치료도 받고 허리에 좋은 운동을 해서 어느 정도 회복됐지만, 불편감을 호소했다. 평가 결과 자세와 패턴 동작이 좋은 상태였다. 그러나 하루에 앉아서 일하는 시간이 11~12시간 정도 됐다. 환자는 바른 자세로 앉고 자주 자세를 바꾼다고 말했지만, 나는 동료에게 부탁해서 일할 때 의식하지 않는 모습을 동영상으로 찍게 한 후 다음에 올 때 보여 달라고 요청했다.

　동영상을 살펴보니 문제는 자세가 아니라, 의자 등받이였다. 등받이가 견고하지 못하고 앞뒤로 많이 흔들렸다. 척추를 안정적으로 잡아 주려면 의자 등받이가 탄력성이 있되 흔들려서는 안 된다. 환자는 의자를 바꾼 후 며칠 후 통증이 사라졌다.

　40대 후반의 여성 환자는 자세가 구부정했다. 머리와 목이 전방으로 나온 거북목에 등도 구부정했다. 일할 때 자세가 안 좋아서 인체공학적 의자로 바꿨는데 효과가 없다고 했다. 앞선 남성 환자처럼 일할 때 앉아 있는 모습을 동영상으로 찍어 오라고 요청했다. 동영상을 보니 의자 높이가 낮아서 몸통이 뒤로 넘어가지 않게 자세가 앞쪽으로 더 구부정한 상태였다. 환자에게 의자 높이를 조절하고 이상적인 자세를 취할 것을 조언했다. 3주가 지나자 환자는 예전보다 허리와 목 통증이 덜하다고 했다. 의자 높이를 적절하게 바꾸는 것만으로도 통증 완화에 도움이 된 것이다.

　현대인들은 의자에 앉아 있는 시간이 많다. 앉았을 때 이상적인 자세를 취하더라도 책상과 의자가 척추를 구부정하게 하거나 너무 꼿꼿하게 만들면 허리는 무너진다. 잘못된 자세를 피하는 것도 중요하지만, 책상과 의자가 내 몸에 맞지 않으면 또 다른 문제가 생긴다. 내 몸에 맞게 책상과 의자를 조절하고 최대한 이상적인 자세를 취하되 자주 일어나 휴식하는 것이 허리 건강을 되찾는 방법이다. 작업 환경도 신경 써야 허리가 편해진다.

허리를 망치는 신발을 피하는 방법

| 신발 높이가 불러오는 악영향

서서 일하거나 걷거나 이동할 때 신발이 중요하다. 발은 서 있을 때 힘과 안정성을 제공하고, 걷거나 뛸 때는 충격을 흡수하고 분산하는 역할을 한다. 발바닥의 체중이 실리는 방향에 따라 발목-무릎-고관절-골반-척추로 연결되는 균형에 영향을 준다. 따라서 서 있거나 이동할 일이 많은 사람은 신발을 잘 선택해야 한다. 때로는 하이힐이나 안창이 딱딱한 신발 등이 허리를 망치고 회복을 더디게 한다.

허리통증이 있다면 하이힐과 굽 높은 신발은 피하는 게 좋다. 일 때

| 하이힐을 신었을 때 주로 손상되는 부위

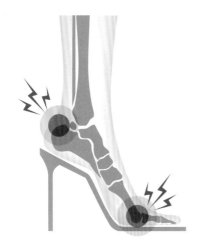

문에 어쩔 수 없이 신어야 하는 경우는 3~4cm 높이의 굽이 적당하다. 굽이 높을수록 체중이 앞쪽으로 쏠리고 발가락에 힘을 주게 된다. 그러면 발가락 변형과 함께 발바닥이 피곤해지고 무릎과 허리에 무리가 간다. 5cm 이상의 하이힐을 신으면 5cm 미만의 굽을 신었을 때보다 20% 이상 허리에 부담이 가중된다는 연구 결과도 있다. 통굽 또한 굽이 높으면 걸을 때 지면에서 발이 높이 뜨기 때문에 골반과 허리에 힘이 더 들어간다. 앞굽과 뒷굽의 차이가 1cm 이하여야 요추의 부담을 최소화할 수 있다.

20대 후반의 모델인 여성 환자가 목, 어깨, 허리, 무릎, 발이 아파서 찾아온 적이 있었다. 이야기를 들어보니 9cm 넘는 하이힐을 신고 온종일 일할 때가 많다고 했다. 체중이 발 앞쪽으로 실리다 보니 발목을 위로 젖힐 때 각도가 -10도이었다. 일반적으로 지면에서 발목을 들어 올릴 때 20~25도의 각도가 나온다. 그러나 이 환자는 종아리 스트레칭을 해도 0도조차 나오지 않았다. 하이힐을 신은 상태로 발이 변형된 것이다. 5cm 이상의 하이힐을 신으면 무게중심이 앞으로 쏠리면서 다리 근육들은 짧아지고 골반은 앞쪽으로 기울어진다. 이 상태에서 앞으로 넘어지지 않으려 요추를 뒤로 젖히게 된다. 또한, 허리 근육들이 긴장하면서 관절 간격이 좁아진다. 체중이 앞쪽으로 쏠린 채로 계속 걷거나 서 있기 때문에 무릎도 망가진다.

나는 환자에게 편한 운동화를 가지고 다니면서 틈틈이 갈아 신을 것을 권유했다. 또한, 발바닥의 체중 분산과 발목 각도를 만들고 허리에 부하를 최소화하는 패턴 운동을 했다. 6주가 지나자 발목을 들어 올릴 때의 각도가 5도였고, 허리통증도 줄어들었다. 변형이 심한 경우에는 20~25도 각도로 되돌아가기 힘들다. 환자가 재활 중에도 일을 해야 하기 때문에 무리하지 않는 범위에서 최대한 운동했다. 하이힐은 굽이 높아질수록 몸에 전체적으로 불균형을 일으키기 때문에 되도록 신지 않는 것이 좋다.

사이즈부터 바닥까지, 꼼꼼하게 신발을 고르자

신발 사이즈도 허리 문제를 일으킬 수 있다. 신발이 너무 크거나 작으면 발뒤꿈치에서 발바닥, 엄지발가락과 둘째 발가락으로 하중을 옮기면서 걷는 것이 어려워진다. 발을 끌거나 걸음이 툭툭 떨어진다. 또한, 발가락에 과도한 힘이 들어가서 골반과 척추에 좋지 않다. 신발은 아침보다는 많이 활동하고 난 오후나 저녁에 신어 보고 고르는 게 낫다. 활동을 많이 하면 발이 붓는데, 이때를 기준으로 해야 알맞게 고를 수 있어서다. 신발마다 사이즈나 폭이 다르기 때문에 꼭 신어 보고 골라야 한다.

안창이 딱딱하거나 밑창이 얇은 신발도 문제가 된다. 신발은 체중 분산과 충격 흡수를 해 주는 쿠션 역할을 해야 하는데, 안쪽 바닥이 딱딱하거나 밑바닥이 얇으면 이러한 기능이 떨어진다. 신발 밑창에 에어가 들어가거나 너무 푹신한 신발도 안정성이 떨어져 골반과 허리에 부담을 준다. 너무 오래돼서 안쪽이나 바깥쪽이 많이 닳은 신발 또한 균형을 떨어뜨린다. 신발 밑창을 한 번씩 확인하고 허리통증이 있다면 다른 신발로 꼭 바꿔야 한다.

신발만큼 깔창도 신경 써야 한다. 안쪽 발바닥 아치가 무너진 평발인 경우 아치를 높여 줄 수 있는 기능성 깔창을 신으면 도움이 된다. 발바닥에 실리는 무게중심에 따라 다리, 무릎, 고관절, 골반, 요추 순으로 영향을 받는다. 발바닥 압력 분석을 통해 발바닥에 골고루 체중이 실리도록 돕는 기능성 깔창은 허리의 부담을 줄일 수 있다.

기능성 깔창은 보조 수단이기 때문에 너무 의존하지 말고, 잘못된 자세나 발바닥 불균형과 변형에 영향을 주는 원인을 함께 해결해 나가야 한다. 스스로 조절할 수 있는 능력이 수동적인 보조 수단보다 중요하다. 이러한 노력과 함께 신발을 세심하게 살펴서 내 몸에 맞는 것으로 선택하는 습관을 들이자.

6
가방은 척추를
삐뚤어지게 한다

가방을 멨을 때 몸의 변화

치료를 받으러 올 때마다 큰 가방을 어깨에 메고 있던 30대 초반의
여성 환자가 있었다. 환자의 왼쪽 어깨는 가방이 흘러내리지 않게 올
라가 있고 오른쪽 어깨는 내려가 있었다. 이러한 경우, 왼쪽 골반이
반대로 틀어지면서 요추가 휘고 추간판이 튀어나오게 된다. 오른쪽
골반은 균형을 맞추려고 보상작용으로 바깥으로 빠진다. 한쪽 어깨에
가방을 메거나 한쪽 손에 드는 경우도 척추를 삐뚤어지게 한다. 백팩
또한 무게가 많이 나가거나 잘못 멨을 때 허리에 부담을 준다.

나는 환자에게 허리통증이 빨리 줄어들려면 무거운 가방을 메면 안 된다고 조언했다. 척추와 골반은 대칭을 이루어야 한다. 한쪽 어깨로 가방을 메면 척추가 약 17도 정도 휜다는 보고가 있다. 가방이 무거울수록 허리에 부담이 가중된다. 환자는 나의 말을 듣고 반대쪽으로 가방을 메서 균형을 맞추는 건 어떤지 물어봤다. 그러면 한번 휜 척추가 다시 휠 가능성이 있어, 되도록 가방을 한쪽으로 메지 않거나 안 드는 게 좋다.

한쪽으로 가방을 메거나 들면 무게중심이 틀어지면서 보상작용

| 한쪽 어깨에 가방을 멨을 때 일어날 수 있는 척추 측만증

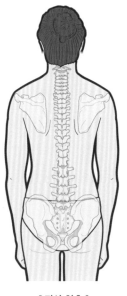 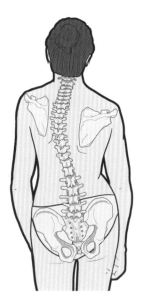

[정상 척추]   [척추 측만증]

으로 어깨와 골반, 척추까지 틀어진다. 장시간 가방에 소지품을 넣고 다녀야 할 때는 백팩을 메는 것이 좋다. 백팩을 메면 양어깨로 무게가 분산되기 때문에 한쪽으로 가방을 멜 때보다 낫다. 다만, 백팩 양쪽 가방끈의 길이가 차이가 나지 않게 조절해야 한다. 끈의 길이가 길면 무게중심이 뒤로 가서 목과 어깨가 앞으로 쏠리고 구부정해지면서 허리 전만을 줄인다. 백팩이 등에 밀착되게 메는 수준이 적당하고, 양쪽 어깨뼈와 허리 사이에 무게중심이 위치하는 게 좋다.

최대한 가볍게 다녀야
허리 건강을 지킨다

또래보다 키가 작고 자세가 좋지 않아서 종종 운동하러 오던 초등학교 5학년 학생이 있었다. 하루는 학교 수업을 마치고 큰 백팩을 빵빵하게 짊어진 채 센터에 들어왔다. 작은 체구가 메기에는 무척 무거워 보여 한번 들어 보니 성인 남성에게도 꽤 무거운 수준이었다. 평소에도 이렇게 다니는지 물어보니 대부분 이렇게 다닌다고 했다. 나는 학생에게 나중에 목과 허리가 안 아프려면 가방을 가볍게 메고 가방끈을 잘 조절해야 한다고 조언했다. 학생의 부모에게도 신경을 써달라고 신신당부했다.

미국 소아학회에서 권장하는 백팩 무게는 몸무게의 10~15%라고 한다. 이 학생의 체중은 35kg으로 5kg 이하의 백팩을 메는 것이 맞지만, 실제로 메고 다니는 백팩의 무게는 8~10kg였다. 가방은 최대한 소지품을 줄여 가볍게 다니는 것이 좋다. 2009년 〈스파인〉에서 9~13세 어린이 8명을 대상으로 가방을 멘 다음 MRI 검사를 한 연구 결과를 발표했다. 4kg, 8kg, 12kg의 가방을 멨더니 가방이 무거울수록 척추 부하가 커져서 추간판이 더 납작하게 눌리는 것으로 나타났다. 어린이도 성인도 가방은 최대한 가볍게 다녀야 허리 건강을 지킬 수 있다.

가방은 척추를 삐뚤어지게 한다. 한쪽으로 가방을 메거나 들면 척추가 옆으로 휘는 측만증이 생길 수 있고, 이것이 누적되고 심해지면 통증이 일어난다. 가방을 잘못 메거나 들면 좋은 치료와 운동을 하더라도 회복이 더뎌진다. 가방을 사선으로 번갈아 메거나 되도록 무게를 최소화해야 한다. 백팩을 멜 때도 무게를 줄이고 등에 밀착시켜야 한다. 가방이 무거울수록 추간판과 척추에 부담을 주고 비대칭이 생길 수 있다. 가능하면 필요할 때를 제외하고 빈손으로 다니는 게 제일 좋다.

지갑을 바지 뒷주머니에 넣으면 안 되는 이유

지갑을 뒷주머니에 넣고 앉을 때의 위험성

남자 중에 지갑을 바지 뒷주머니에 넣고 다니는 경우가 있다. 가방에 넣고 다니는 것보다 편하기도 하고, 반지갑은 뒷주머니에 쏙 들어가서 안성맞춤이기 때문이다. 문제는 지갑을 바지에 넣은 채 의자에 앉는 것이다. 잠깐 앉아 있는 것은 괜찮지만, 오랫동안 지갑을 뒷주머니에 넣고 있으면 골반의 높낮이가 달라지면서 척추도 휘게 된다. 지갑이 두꺼울수록 더 크게 틀어질 수 있다. 따라서 지갑을 뒷주머니에 넣

| 바지 뒷주머니에 지갑을 넣었을 때 일어날 수 있는 골반 비대칭

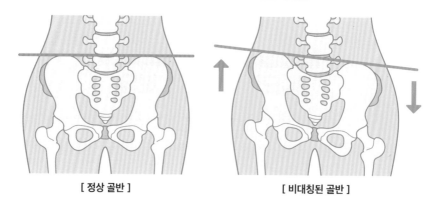

[정상 골반]　　　　　　[비대칭된 골반]

고 앉으면 골반과 척추에 좋지 않다.

　자세히 살펴보도록 하자. 미국의 척추 전문 박사인 아니 앵그리스트(Arnie Angrist)는 지갑을 뒷주머니에 넣으면 척추가 틀어지고 몸의 비대칭과 불균형을 불러일으킨다고 주장했다. 지갑을 뒷주머니에 넣고 앉으면 지갑을 넣은 쪽이 높아지고 반대쪽으로 체중이 실린다. 골반이 옆으로 빠지면서 요추는 몸을 세우기 위해 지갑을 넣은 쪽으로 휘게 된다. 그리고 반대쪽 요추가 벌어지면서 추간판이 튀어나온다. 이러한 골반과 허리의 비대칭은 허리통증과 추간판 탈출증으로 이어질 수 있다.

　미국 브리지포트대학교의 크리스 굿(Chris Good) 박사 역시 지갑을 바지에 넣고 앉으면 척추가 틀어지고 허리디스크의 손상 가능성이 커진다고 경고했다. 지갑이 두꺼울수록 골반에 가해지는 압력과 불균형이 심해지면서 허리에 부담을 준다. 2012년 비기아니(D. Viggiani)

연구팀은 지갑을 바지 뒷주머니에 넣고 앉을 때 좌골신경과 고관절의 압박 상태에 관한 연구를 발표했다. 실험 도중에 지갑에 의해 허리 통증이 발생한 참여자들이 있었다고 한다.

사소한 습관이 허리 건강을 좌우한다

20대 초반의 대학생 남성 환자는 다리가 저리고 허리통증이 있었다. 고관절 각도를 확인하려고 엎드려 누운 자세를 취하라고 했더니 환자 바지 뒷주머니에 두툼한 지갑이 있었다. 환자에게 이것저것 물어보니 지갑을 넣고 다닌 지는 1년 정도고, 허리통증을 앓은 지는 약 9~10개월 된다고 했다. 그리고 앉아서 공부하는 시간이 많은데 지갑을 항상 뒷주머니에 넣고 있었다. 나는 환자에게 더 빠른 회복을 위해서는 지갑을 뒷주머니에서 빼야 한다고 설명했다. 환자는 지갑을 뒷주머니에 넣는 습관을 고치고 적절한 운동을 하자 요통이 많이 줄어들었다.

나 또한 고등학교 1학년부터 목, 어깨, 허리의 통증으로 고생해서 병원에 다녔다. 당시 골반이 틀어지고 척추 측만증이 있었으며, 목은 앞쪽으로 나오고 어깨와 등이 구부정했다. 전형적인 나쁜 자세였다. 그때 선물로 지갑을 받았는데 수업 시간에 대개 뒷주머니에 넣고 앉아 있었다. 처음에는 불편한 느낌이 들었지만 계속 앉아 있다 보니 어느새 적응했다.

그러나 시간이 지나면서 허리가 뻐근해지고 점점 통증이 생겼다. 허리에서 시작한 불편감은 어깨, 목으로 이어졌다. 온종일 앉아 있고 자세를 자주 바꾸지 않아서 회복이 느려져 아주 오랫동안 고생했다. 불균형과 비대칭으로 몸이 틀어진 상태에서 생활한 것이 고난의 시작이었다. 당시 의사 선생님이 몸의 불균형을 불러올 만한 지갑이나 가방에 관한 습관을 설명해 줘서 바로 지갑을 빼고 다닌 덕에 큰 손상을 막을 수 있었다.

지갑을 바지에 넣으면 골반과 척추에 좋지 않다. 손바닥만 한 지갑이 대수일까 싶지만, 잘못된 습관이 누적되고 골반과 척추가 틀어지면 허리통증과 추간판 탈출증까지 이어진다. 보통 앉아 있는 시간이 많아서 뒷주머니에 있는 지갑은 허리에 무리를 줄 가능성이 크다. 허리가 싫어하는 자세 중에는 의외로 사소하게 여기는 습관이 많다. 사소한 습관도 계속하면 척추에 탈이 난다는 사실을 명심하자.

양손과 양발을
쓰는 습관을 들이자

한 손과 한 발만 쓸 때
허리에 문제가 생긴다

일반적으로 사람은 10대 후반에서 20대 초반까지 성장하고 이후로는 조금씩 노화하기 시작한다. 노화는 퇴행성 변화를 일으키는데, 부위마다 변화 상태가 같지 않다. 사람은 오른쪽이든 왼쪽이든 더 많이 쓰는 방향이 있고, 더 많이 사용하는 근육과 관절 등도 다르다. 선천적 요인도 있지만, 대개 생활습관 등 후천적 요인에 따라 비대칭이 생기고 불균형으로 몸 상태가 달라진다. 몸의 비대칭과 불균형이 오래 누

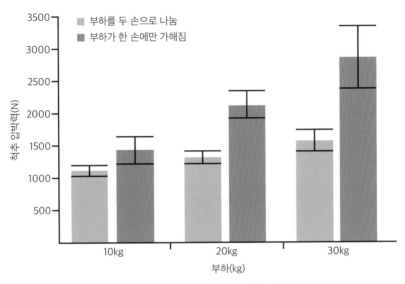

| 부하의 크기와 분산에 따른 척추 압박력

자료 : 《허리 장애 진단과 치료》 3판, 141쪽

적되면 허리통증과 추간판 탈출증을 유발하므로 되도록 양손과 양발을 사용해야 한다.

　맥길 연구팀은 걷는 동안 한 손으로 짐을 옮길 때와 양손으로 짐을 옮길 때의 척추에 실리는 압박력에 대한 연구 결과를 발표했다. 30kg의 무게를 한 손으로 옮길 때는 척추 압박력이 2800N을 초과했고 양손으로 15kg씩 나눠서 30kg을 들었을 때는 1570N으로 척추 압박력이 44% 감소했다. 양손에 각각 30kg씩, 즉 총 60kg을 들고 옮겼을 때 또한 한 손에 30kg을 옮길 때보다 척추 압박력이 낮았다고 한다. 한 손으로 짐을 옮기는 것보다 양손으로 옮겼을 때 척추에 무리가 덜한 셈이다. 따라서 허리통증이 있다면 반드시 짐을 양손에 나눠서 들어야 한다. 가장 좋은 방법은 짐을 안 드는 것이다.

양손과 양발을 사용하지 않아서 비대칭으로 허리통증이 생기는 사례는 운동선수와 특정 동작을 하는 직업군에 많이 나타난다. 스포츠재활병원에서 근무할 때 중·고등학생 축구 선수들이 많이 찾아왔다. 무릎과 발목 손상으로 온 경우도 있지만 허리통증도 꽤 많았다. 평가를 해 보면 오른발잡이, 즉 오른발로 공을 차는 데 익숙한 사람인 경우 왼쪽 고관절이 바깥쪽으로 더 돌아가고 좌우 비대칭이 많았다. 왼쪽 발을 축으로 지지하고 오른쪽으로 공을 차는 경우가 많아서 근육 불균형과 함께 골반과 척추가 틀어진 것이다. 10대라도 비대칭이 오랫동안 누적되면 척추에 과부하가 일어난다.

30대 초반의 현대무용을 하는 여성 환자는 3년 전 왼쪽 발목 인대 수술 후에는 괜찮았지만, 무용을 하면서 점점 몸이 짧아진 듯한 느낌을 받았다고 한다. 왼쪽 고관절과 복부 근육이 말리면서 당기는 듯했고, 몸 왼쪽에 전반적으로 불쾌한 통증이 있었다. 시간이 지날수록 허리통증과 함께 목, 가슴 쪽이 긴장되고 무용 연습을 하면 심해졌다. 한의원에서 침을 맞고 지압도 받을 때는 괜찮아졌지만, 무용을 하면 통증과 몸이 틀어진 느낌이 반복됐다. 근력 운동과 스트레칭을 자주 하기 때문에 관리되기는 하지만 통증은 계속 남아 있는 상태였다.

평가를 해 보니 왼쪽 발목, 고관절 주변 근육들이 짧아지고 뭉쳐 있었다. 오른쪽은 고관절 바깥으로 더 틀어지고 골반이 빠지는 상태

| 턴 아웃 동작

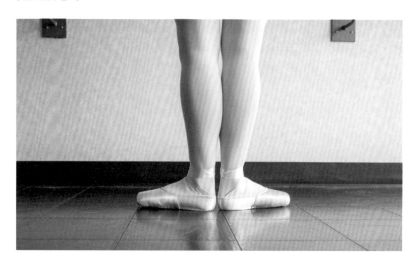

였다. 환자에게 무용을 할 때 어떤 동작을 많이 하는지 물어보고 공연 영상을 확인했다. 왼발은 들어서 앞과 옆으로 뻗는 동작이 많았고, 오른발은 까치발로 서거나 턴아웃(turn out) 동작을 상대적으로 자주 했다. 턴아웃은 발과 고관절 바깥을 이용해 회전하는 동작이다. 허리도 구부렸다 펴는 등 과도한 움직임이 많았다.

현대무용 특성상 요추 과전만을 유발하고, 굽혔다 펴기를 반복하는 동작이 많아서 척추에 큰 부담을 준 듯했다. 턴아웃 동작으로 체중 이동이 불안정해진 상태에서 왼발과 왼다리를 여러 번 들어 올리다 보니 고관절의 균형이 깨진 상태였다. 이런 경우 추간판과 척추 구조물만 치료하면 그때는 괜찮지만, 되돌아가는 경우가 많다. 운동과 치료를 병행해도 무용을 하면 재발 가능성이 커진다. 공연을 위해 특정 동작을 연습해야 하는 만큼, 환자에게 공연 전까지 척추에 실리는 부하를 줄이고 무용 동작에 영향을 덜 주는 운동 프로그램으로 재활할 것을 권했다.

비대칭이더라도
자기 관리로 통증을 줄일 수 있다

골프를 취미로 하는 사람 중에 허리통증으로 고생하는 경우가 많다. 골프로 인한 손상 1위는 프로와 아마추어를 통틀어 모두 요통이었다. 한쪽으로 스윙하는 동작이 많고 과하게 척추를 비틀기 때문에 문제가 생기는 것이다. 허리통증이 없는 사람들을 보면 요추와 인접하는 고관절과 흉추의 움직임이 부드럽다. 이러한 사람들은 따로 스트레칭을 하거나 몸을 대칭으로 만들기 위해 노력한다.

양손과 양발이 비대칭이라고 허리통증이 있는 것은 아니지만, 대칭보다는 비대칭에서 통증 유발 가능성이 크다. 평소 비대칭으로 동작을 해도 몸을 자주 움직이거나 관리하면 통증이 적거나 없을 수 있다. 비대칭이 있으면 무조건 통증이 따라온다고 생각하면 안 된다. 몸은 환경과 상황에 맞게 적응하기 때문에 어느 정도 비대칭은 다 있다. 다만, 척추가 버텨 내는 범위 이상의 과부하가 가해지거나 척추 손상으로 이어지면 문제가 일어난다.

따라서 평상시에 양손과 양발을 사용해야 한다. 한 손으로 무거운 짐을 옮기거나 한 발을 자주 쓰는 습관이 있다면 비대칭으로 인해 허리통증이 발생할 수 있다. 또한, 재활하는 동안 몸을 대칭으로 하고 요추가 잘 움직일 수 있게 해야 회복이 빠르다. 운동선수와 특정 동작을 반복하는 직업군의 경우, 비대칭이 일어나더라도 불균형이 심해지지 않게 관리하면 허리통증 완화에 도움이 된다. 상황에 따라 꼼꼼하게 관리하되, 되도록 대칭으로 몸을 움직이자.

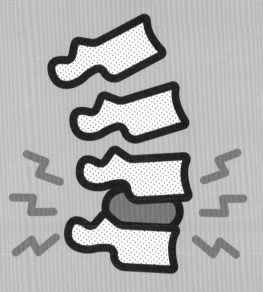

7장

허리통증에 대비하는
필수 조언 7가지

1

술과 담배는
허리의 회복을 늦춘다

술을 마셨을 때
몸속에서 일어나는 변화

허리통증은 술과 담배와 밀접한 관련이 있다. 추간판 탈출증과 허리
통증을 앓고 있다면 술, 담배 등 기호식품이 회복을 느리게 한다. 허
리 질환을 치료하려면 겸사겸사 끊겠다는 마음가짐을 버리고 반드시
끊어야 한다. 술과 담배는 추간판에 영양이 공급되는 과정에 악영향
을 끼쳐서 자연치유력을 감소시킨다. 따라서 만성 허리통증이 있다면
술, 담배를 끊는 것은 필수다.

술은 추간판으로 가는 혈액 공급을 방해한다. 알코올을 분해할 때는 숙취를 유발하는 물질인 아세트알데히드라는 유해물질이 생성된다. 아세트알데히드가 해독되지 못하면 근육통을 유발하고 알코올은 혈관과 간에서 일어나는 혈액 공급을 방해한다. 또한, 술은 근육과 인대를 약화하여 허리 주변을 안정적으로 잡아 주지 못하게 한다. 알코올 성분을 분해하는 데 몸속 단백질이 많이 쓰여서 근육, 뼈, 인대로 가는 단백질 양이 줄어들기 때문이다.

술은 자세에도 영향을 미친다. 술을 마실 때 요추 전만을 유지하고 이상적인 자세로 오랫동안 앉아 있는 사람을 거의 본 적이 없다. 술을 마실 때는 통제력이 줄어들면서 가장 편한 자세를 취한다. 균형이 깨진 앉은 자세로 오랫동안 음주하기 때문에 추간판과 척추 구조물에 악영향을 끼친다. 만성 통증을 앓는 사람 중에 술에 의존하는 경우가 있다. 잠을 푹 자고 통증을 줄이기 위해 술을 마시는 것이다. 이는 오히려 통제력과 조절력을 떨어뜨려 만성 허리통증의 완화를 더디게 할 수 있다.

약 8개월 동안 허리통증 재발이 반복되어 고생하는 30대 중반의 남성 환자가 있었다. 상담을 하면서 환자가 영업직의 특성상 일주일 5~6회 술을 마신다는 사실을 알게 되었다. 술을 마시면 통증도 줄어들고 잠을 잘 자게 돼서 더 마신다고 했다. 일시적으로는 통증이 줄어드는 듯 보여도, 술은 장기적으로 추간판의 영양 공급을 막고 근육과 인대를 약하게 해서 회복을 느리게 한다. 나는 환자에게 술을 끊도록 권유했다. 환자는 완전히 끊지는 못했지만 일주일에 1~2회로 술자리를 줄이고 허리 재활을 위해 노력한 끝에 허리 건강을 회복했다.

수술 후 회복부터 재발까지, 담배가 미치는 영향

미국의 정형외과 전문의인 스콧 셔모리(Scott Shemory) 박사는 건강한 사람에 비해 알코올 의존증 환자는 14.66%, 니코틴 의존증 환자는 16.53% 높게 허리통증이 나타난다는 사실을 밝혀냈다. 담배도 허리통증에 부정적인 영향을 끼치는 것이다. 담배의 니코틴 성분은 혈관 수축 작용을 한다. 연골종판은 모세혈관을 통해 수핵과 섬유륜에 영양 공급을 하는데, 니코틴이 혈관이 적은 연골종판을 더 수축시켜서 이 과정을 방해한다. 추간판의 영양분과 산소가 부족해지면 퇴행성 변화가 증가하고 회복이 느려진다.

이외에도 흡연에는 부정적인 면이 많다. 혈관 수축 작용을 통해 추간판의 영양 공급을 방해하는 것은 물론, 특히 뼈의 칼슘 흡수를 저해하여 미세 골절과 압박 골절의 원인이 된다. 또한, 추간판에서 염증성 사이토카인을 증가시켜 조직 손상의 치유 과정을 더디게 한다. 흡연자의 경우, 만성 기침으로 인해 복부 내 압력이 증가하여 추간판 손상 가능성이 커진다.

흡연은 척추 수술 후 회복에도 영향을 미친다. 미국의 정형외과 전문의 제프리 딕(Jeffrey Dick) 박사의 연구에 따르면, 비흡연자의 수술 성공률은 86%이고 흡연자의 수술 성공률은 58%였다. 또한, 흡연은 허리통증 재발의 원인이 되기도 한다. 일반적으로 추간판 탈출증 재발 가능성이 큰 위험 요인으로 흡연, 당뇨병, 추간판 돌출(수핵이 팽창되어 밀고 나오지만 섬유륜 안에 머무른 상태), 섬유륜에 6mm 이상 구멍이 나서 벌어진 경우를 든다. 따라서 수술 후 회복을 촉진하고 재발을 막기 위해서라도 담배를 끊어야 한다.

술과 담배는 추간판과 척추 구조물의 자연치유력을 낮춰서 회복을 더디게 한다. 만성 허리통증으로 고생한다면 술과 담배에서 서둘러 벗어날수록 빨리 좋아질 수 있다. 내 몸의 통제력을 높이기 위해서라도, 꼭 낫겠다는 의지를 가지고 술과 담배를 끊어 보자.

2
소화기관 문제도
살펴보아야 한다

잘못된 식습관은
허리에 어떠한 영향을 끼칠까?

소화기관으로 인해 허리통증이 발생하는 경우가 꽤 있다. 허리통증이 만성이거나 재발이 잘 되는 경우 소화기관에 문제가 없는지도 살펴야 한다. 소화기관으로 인해 복압(복부 압력)이 높아지면 허리 주위 근육들이 긴장하고 척추의 움직임이 줄어든다. 척추 움직임이 줄어들면 추간판의 영양 공급이 원활하지 못해 허리에 여러 문제가 생긴다. 수술, 염증, 스트레스, 음식 등에 의해 소화기관의 기능이 떨어지면, 이

| 건강한 상태에서의 복강

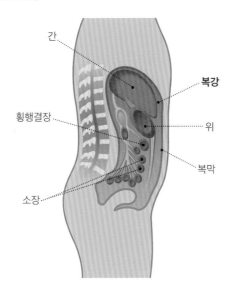

로 인해 복압이 높아져 허리통증을 유발한다. 따라서 좋은 식습관 형성과 소화기관의 압력을 줄이는 치료가 필요하다.

내장은 복강(복막으로 둘러싸인 배 내부 공간) 안에 있다. 복강 안에는 위, 간, 소장, 대장 등의 소화기관이 있다. 복강은 위쪽으로 횡격막, 아래쪽으로 골반, 뒤쪽으로 척추와 맞닿아 있다. 복부 압력에 따라 척추 위치가 변하고 호흡의 주요 근육인 횡격막과 이를 지지하는 골반도 영향을 받는다. 이로 인해 내장의 위치가 변하면 내장을 둘러싸는 복막도 긴장한다. 복막은 척추에 붙어 있어서 긴장되면 척추와 추간판까지 긴장하고 움직임이 줄어든다. 즉, 복부 압력이 높아지면 복막에 악영향을 끼쳐 결과적으로 허리 회복이 더뎌진다.

내장 기관의 경우, 수술을 받았거나 질환을 오래 앓았을 때 배안의 장기가 제자리에 있지 못하고 내려앉는 내장 처짐증(내장 하수증)이 생길 수 있다. 또한, 배가 나오고 골반이 앞쪽으로 기울어지면서 과전만이 되면 추간판 내부 압력이 증가한다. 내장에 염증이 생기면 허리에 연관통(특정한 내장 질환이 있을 때 신체의 일정한 피부 부위에 투사되어 느껴지는 통증)을 유발한다. 음식을 잘못 먹어서 장염이 난 경우 배가 아프다가 심하면 허리까지 통증이 일어나는 경우가 대표적이다. 췌장염이나 십이지장궤양을 앓을 때도 허리통증이 일어날 수 있다.

많은 사람이 익히 경험하지만 스트레스를 받는 것도 소화기관 문제를 일으킨다. 자율신경계의 부교감신경은 소화액 분비를 촉진하고 소화 기능을 돕지만, 스트레스를 받으면 교감신경이 우세해지면서 몸이 긴장되고 소화기관의 기능이 떨어진다. 이로 인해 횡격막 등 호흡 근육은 물론 척추의 움직임이 둔해진다. 소화기관 문제는 소화가 잘 안 되는 음식 섭취나 잘못된 식습관에서도 비롯된다. 많은 양의 음식을 먹으면 장에 과부하가 걸린다. 과식을 하면 소화가 잘 되지 않아 배안에 가스가 차고 복부 압력이 높아진다. 또한, 배가 나오면서 골반이 앞으로 기울고 허리에 부담을 준다.

허리 회복을 방해하는 나쁜 영양소들

허리 건강에 나쁜 영양소는 무엇일까? 대표적으로 우리가 흔히 즐기는 커피, 차, 콜라, 초콜릿 등의 기호식품에 들어 있는 카페인 성분과 소금을 들 수 있다. 미국 국립보건원에서 사춘기 학생 1만 5,686명을 대상으로 카페인과 요통의 연관성을 조사했다. 조사 결과, 커피를 많이 마시는 학생일수록 요통을 더 호소하는 것으로 나타났다. 성인을 대상으로 한 연구 결과도 비슷했다. 성인의 경우 요통이 있는 사람이 그렇지 않은 사람보다 카페인 섭취량이 2.6배 높은 것으로 나타났다. 장기간 카페인을 과하게 섭취하면 뼈에서 칼슘이 빠져나가고 소장에서 칼슘이 잘 흡수되지 않는다. 이에 따라 척추뼈가 약해지고 이것이 누적되면 허리에 탈이 난다.

운동의학 전문의 토드 시네트(Todd Sinett) 박사의 연구 결과에 따르면, 카페인을 과하게 섭취할수록 스트레스 호르몬인 코르티솔 수치가 증가했다. 코르티솔이 증가하면 조직 회복이 더뎌져 통증이 지속된다. 또한, 스트레스를 받는 상황인 것처럼 유도해서 근육을 긴장시킨다. 내장 근육과 척추 주변 근육이 긴장되고 움직임이 떨어지면 추간판과 척추 구조물의 영양 공급이 저해된다. 카페인의 1일 권장량은 300mg이다. 250ml 종이컵 기준으로 커피 한 잔에 평균 137mg의 카페인이 들어 있다고 한다. 하루 2잔 정도가 적당한 셈이다.

염분이 많은 음식도 척추 건강에 좋지 않다. 소금은 카페인처럼 뼈에서 칼슘을 빠져나가게 해 척추를 약해지게 한다. 우리 몸은 염분을 희석하기 위해 수분을 많이 끌어당긴다. 염분이 많은 음식을 먹으면 추간판의 수분량이 증가하고 혈액 순환 기능이 떨어져서 염증이 심해지고 허리통증도 늘어난다. 세계보건기구가 권장하는 1일 소금 섭취량은 5g이다. 한국 사람은 평균 15~20g을 섭취하기 때문에 허리 통증이 있다면 소금 섭취량을 줄여야 회복에 도움이 된다.

40대 초반의 남성은 약 8년 정도 만성 허리통증으로 고생했다. 약과 주사 치료뿐만 아니라 수술도 한 번 했다고 한다. 안 해 본 방법이 없을 정도로 치료를 받았지만, 그때만 증상이 좋아지지 완전히 회복되지는 못했다. 상담을 하던 중 열 살 때부터 장이 안 좋아서 자주 배가 아프고, 심하면 구토하기도 했다는 사실을 알게 되었다. 지금도 소화기관 문제로 고생하는데, 특히 회식 때 염분이 많고 기름진 음식을 많이 먹고 나면 배가 아프고 통증이 심해진다고 했다.

살짝 배를 만져도 환자는 통증을 호소했고 복부 압력이 아주 높았다. 소화 기능이 떨어진 데다 복부 압력이 높아 척추에 부담이 가중된 것이다. 나는 환자에게 배를 따뜻하게 유지하면서 몸을 부드럽게 이완시킬 수 있는 치료를 했다. 또한, 염분이 많고 기름진 음식들을 피하게 권유한 후 재활운동을 진행했다. 오랫동안 소화기관 문제를 앓았던 만큼, 환자는 식습관을 바꾸고 재활을 통해 허리통증을 천천히 줄이고 있다.

허리통증을 완화하는 좋은 영양소들

허리 건강에 좋은 영양소는 무엇일까? 식이섬유, 비타민, 오메가3는 소화기관과 허리 건강에 도움을 준다. 식이섬유는 장내 유산균 증식과 소화를 도와 노폐물 배출에 효과적이다. 소화가 잘 되지 않으면 소화기관 안에 있는 음식이 부패하고 노폐물이 잘 배출되지 않아서 소화기관의 압력이 높아진다. 식이섬유를 통해 소화와 노폐물 배출이 잘 되도록 하여 소화기관의 압력을 줄이면 척추의 움직임이 좋아진다. 식이섬유의 1일 충분 섭취량(2020년 한국인 영양소 섭취 기준)은 성인 여성은 20g, 성인 남성은 30g이다. 과하게 섭취하면 오히려 소화를 방해하기 때문에 권장량을 지키는 게 좋다.

비타민의 경우, 비타민C는 염증 반응을 줄이고 비타민D는 뼈를 튼튼하게 한다. 조직 손상 후 염증 반응이 일어나면 혈관이 막히거나 손상을 입는다. 비타민C는 손상된 혈관 벽을 회복시키고 염증 반응을 줄여 준다. 또한, 활성 산소를 제거하는 항산화 작용을 한다. 우리 몸은 염증으로 유해한 산소인 활성 산소가 많아지고 혈액 순환이 잘 되지 않아서 통증이 있을 때 항산화 작용을 통해 건강을 회복한다. 비타민D는 칼슘 흡수를 돕고 뼈가 튼튼하게 유지되도록 한다.

오메가3 지방산은 염증을 완화하는 기능을 한다. 줄여서 '오메가3'라고 하는데 몸속에서 스스로 합성되지 않아 식품으로 섭취해야 한다. 국제영양학술지 〈뉴트리엔츠(Nutrients)〉에 실린 연구에 의하면, 오메가3에는 항염증 물질이 있어 염증 제거 효과가 탁월하다. 오메가3는 염증으로 인해 생기는 혈전(혈관 안에서 흐르다 굳어진 핏덩이)을 예방해서 혈관이 막히는 것을 방지한다. 따라서 오메가3는 추간판과 척추 구조물의 손상으로 인한 염증이나 혈전에도 도움을 줄 수 있다.

이처럼 만성 허리통증인 사람은 소화기관도 잘 살펴보아야 한다.

수술, 염증, 스트레스와 더불어 자신의 식습관을 돌아보고 혹시 배안에 가스가 차서 복부 압력이 증가했는지도 눈여겨봐야 한다. 소화기관에 문제가 생기면 허리통증 완화가 더뎌지므로 허리에 좋은 영양소를 섭취하고 식습관을 고쳐야 한다.

3

수영과 걷기는
어떻게 해야 도움이 될까?

임상 현장에서 수영과 걷기에 대한 논란이 있다. 과연 수영과 걷기가 허리통증 환자에게 효과가 있냐는 것이다. 한 사람은 다리가 저리고 허리통증이 심해서 걸으면 더 아프다고 한다. 다른 사람은 수영과 걷기가 도움이 돼서 매일 한다고 말한다. 하루에 2~3시간씩 걷는다는 사람도 있다. 결론부터 말하면, 수영과 걷기는 척추 건강에 도움이 된다. 다만, 다리까지 저리는 방사통이 심하거나 근력이 떨어진 경우에는 문제가 될 수 있다. 이를 제외하고 이상적인 자세를 통해 점진적으로 수영과 걷기를 하는 것은 허리 건강에 있어 바람직한 행동이다.

수영장에서 허리 걱정 없이
제대로 운동하는 법

많은 사람이 수영장에서 걷거나 수영을 하면 수중 부력으로 관절에 부하가 없다고 말한다. 물에서 가만히 있다면 맞는 말이다. 그러나 물속에서 팔다리를 움직여 물의 저항에 대항하는 경우 관절에 부하가 더 걸린다. 근육만 살펴보면 이야기는 달라진다. 2009년 카네다(K. Kaneda) 연구팀은 물속에서 걷기, 물속에서 달리기, 지상에서 걷기를 했을 때 다리와 몸통 근육이 얼마나 쓰이는지 비교하는 연구를 했다. 연구 결과, 물속에서 달릴 때 다리와 몸통 근육 활성도가 가장 높았다. 근육은 많이 활성화되더라도 때로는 관절에 부하가 가기 때문에 허리에 부담을 줄 수 있다.

허리통증이 심하다면 처음부터 물속에서 활발하게 움직이는 것은 피해야 한다. 물속에서 천천히 걷다가 익숙해지면 속도와 시간을 늘리는 게 좋다. 개인차가 있기 때문에 스스로 잘 판단해야 한다. 수중 걷기와 수중 운동에는 각각 다른 장점이 있다. 물의 정수압(흐름이 멈춘 물속에서 생기는 압력)은 1m 깊이에서 혈압과 같다. 1m 깊이 물속에서 몸을 움직이는 동안 혈액(정맥)이 심장으로 자유롭게 돌아간다. 즉, 수중 운동이 혈액 순환을 더 잘 시키는 셈이다. 혈액 순환이 원활하고 척추에 영양 공급이 잘 되는 움직임을 줄 때 허리는 더 좋아진다.

허리통증이 어느 정도 줄면 수영을 하는 게 좋다. 허리에 가장 무리를 덜 주는 수영법은 배영이다. 배영은 배를 위로 하여 반듯이 누

| 4가지 수영법

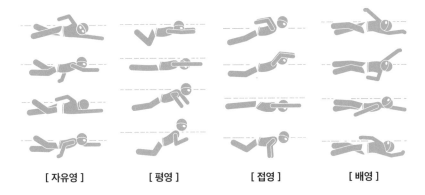

[자유영] [평영] [접영] [배영]

운 자세에서 두 팔을 뒤로 번갈아 저어 나아가는 수영법이다. 몸을 편평하고 유선형으로 유지하기 때문에 허리가 과하게 움직이지 않는다. 자유영은 허리를 비트는 동작이 들어가기 때문에 초보자의 경우 주의해야 한다. 평영과 접영 또한 허리에 무리를 주므로 통증이 사라지면 하는 게 좋다. 물론 어떤 수영법이라도 제대로 동작을 배우고 조금씩 연습해야 허리에 탈이 안 난다.

건강한 체격에 수영을 즐기던 30대 중반의 남성이 있었다. 일주일에 2~3번씩 수영장을 찾던 그는 야근으로 수영을 못하다가 6개월 만에 다시 수영을 하고 허리통증이 생겼다. 접영을 하고 난 후부터 통증을 앓았다고 한다. 오랫동안 수영을 해 왔지만, 야근으로 최근에 오래 앉아 있어 몸이 뻣뻣한 상태에서 허리에 가장 부담스러운 접영을 한 것이 화근이었다. 수영을 잘해도 준비 운동으로 몸을 잘 풀어야 한다. 그리고 단계별로 수영을 하면서 심폐지구력과 근력을 기르는 것이 좋다.

나는 재활운동을 하러 오는 분들에게 물속에서 걷기를 추천하는 편이다. 협착증으로 고생하는 60대 후반의 남성은 물속에서 꾸준히 걷고 운동하면서 허리통증을 줄였다. 허리통증이 자주 재발하던 40대 초반의 남성도 재활운동과 수중 걷기와 수영을 병행하면서 더 빨리 회복됐다. 추간판 탈출증으로 허리통증과 다리 저림 증상이 있던 40대 초반의 여성 환자 또한 물속 걷기와 재활운동을 함께하면서 회복 속도가 빨라졌다. 이외에도 많은 허리통증 환자가 재활운동과 수중 운동 또는 수영을 병행하면서 회복되었다. 적절한 난도라면 물속에서 걷기나 수영은 허리에 도움이 된다. 이때 이상적인 자세를 취하고 시간과 속도를 서서히 늘려 가는 것이 관건이다.

일상에서 알맞게 걷기 운동을 하는 법

한편, 평소에 걸을 때도 주의할 점이 있다. 일반적으로 걸을 때 팔을 앞뒤로 흔들고 동시에 팔과 반대쪽 다리가 움직인다. 이러한 점 때문에 몸통의 중간인 흉추(등뼈) 7번과 8번 사이에 비틀림이 생긴다. 걷는 동안 척추에는 약한 전단력(같은 면에서 좌우로 비트는 힘)과 함께 체중의 약 2.5배 정도 부하가 가해진다. 흉추가 뻣뻣하거나 팔다리 관절에 움직임이 줄어든 경우 요추에 부하가 더 갈 수 있다. 따라서 걷기 전에 이상적인 자세를 배우고 팔, 다리, 몸통 관절이 적절하게 움직이도록 연습해야 한다.

걸을 때는 이상적인 자세를 취하는 것이 중요하다. 두 발이 11자인 상태에서 발뒤꿈치, 발바닥 전체 순으로 발을 디디고 엄지발가락과 둘째 발가락으로 밀고 차듯이 나아가야 한다. 시선을 약 5~10cm 높게 두고 가슴을 펴서 몸통과 다리 관절의 움직임이 잘 일어나도록 하자. 골반과 척추 관절이 뻣뻣하면 허리에 충격이 간다. 걷는 동안 팔을 자연스럽게 흔들면 척추 하중이 줄어든다.

다리가 저리는 방사통이 심할 때는 걷기를 피하는 게 좋다. 치료를 받고 증상이 어느 정도 줄면 천천히 걸으면서 시간과 속도를 늘려나가야 한다. 요추는 느리게 걸을 때보다 빠르게 걸을 때 나은 상태를 유지한다. 빠르게 걸으면 여러 근육이 동시에 활성화되어 척추 구조물의 부하를 공유하며 줄여 준다. 또한, 리듬감이 있어 움직임이 더 부드럽고 팔을 흔들게 되면서 척추의 하중을 줄인다. 너무 느리게 걸으면 정적 부하로 인해 더 불편할 수 있다. 몸 상태와 시기에 따라 적절하게 난도를 늘리고 그날의 컨디션에 따라 걷기 방법을 결정해야 한다. 매일 무조건 많이 걷는 것은 좋지 않다.

요추 유합술을 받은 60대 중반의 여성 환자는 병원 퇴원 후 병원에서 배운 운동을 가볍게 했다고 한다. 이후 걷기를 시작한 환자는 처음에는 통증이 있었지만 걷기가 허리에 좋다는 이야기에 시간을 늘려 가며 걸었다. 어느새 매일 2시간 이상씩 걸었다고 한다. 그러다 발바닥과 무릎에 무리가 가고 허리통증도 다시 생겨서 재활운동을 위해 나를 찾아왔다.

걷기 동작을 분석하니 발을 디딜 때 발바닥이 동시에 땅에 닿았고 골반, 몸통, 어깨, 팔의 움직임이 적었다. 원래는 발을 디딜 때 발뒤꿈치부터 닿아야 하는데, 그렇지 않아서 허리에 부담을 준 상태에서 많이 걷는 바람에 발과 무릎도 탈이 난 것이다. 나는 환자에게 이상적인 걷기 자세를 먼저 연습하도록 한 후, 7천~8천 보를 속도를 높여 가며 걷되 컨디션에 따라 하루 정도 휴식할 것을 권했다. 재활운동과 걷기를 병행한 결과, 환자는 3개월 후 웃으며 센터를 떠났다.

수영과 걷기는 잘하면 약이 되고 잘못하면 독이 된다. 임상 현장에서 수영과 걷기가 논란인 이유는 몇몇 사람이 수영과 걷기를 할 때 잘못된 자세나 허리에 부담스러운 방법을 취하기 때문이다. 적절한 수영과 걷기는 허리통증 감소와 척추 건강에 도움이 된다. 몇 번 강조하지만, 가만히 쉬는 것보다 신체활동을 하는 편이 좋다. 따라서 무조건 수영과 걷기를 멀리하지 말고, 문제점을 확인하여 몸 상태와 시기에 맞게 시도해 보자.

4

허리보호대는 가능하면
안 차는 것이 좋다

허리보호대는
근육을 약해지게 한다

허리보호대(코르셋)는 허리가 삐끗하여 급성 허리통증이 극심하게 발생했을 때 추가 손상을 막기 위해 착용하면 도움이 된다. 허리를 구부정하지 않게 펴 주고 척추에 가해지는 부하를 분산하여 통증을 줄여 준다. 허리 수술을 하고 난 후에 일정 기간 허리보호대를 차는 것도 이와 마찬가지다. 그러나 허리보호대는 치료 수단이 아닌 보조 수단이다. 장기적으로 착용하면 허리 주위 근육이 약해지고, 점점 허리보호대에 의존하게 된다. 급성 통증이나 수술 직후가 아니라면 가능한 착용하지 않는 것이 좋다.

50대 후반의 여성 환자는 집안일을 할 때 허리보호대를 찬다고 했다. 일전에 허리디스크 수술을 2번 받았고 운동을 딱히 좋아하지 않던 여성은 허리보호대를 차면 통증이 줄어드니 옷처럼 착용하고 생활해 왔다. 집안일을 할 때도 외출할 때도, 때로는 허리보호대를 차고 잘 때도 있다고 했다. 허리보호대를 차지 않으면 바로 통증이 늘어나서 힘들다고 토로했다. 여성의 척추 주위 속근육과 겉근육 모두 약한 상태였다. 척추를 안정적으로 잡아 주고 스스로 조절할 수 있는 상태여야 하는데 전혀 그렇지 못한 것이다.

허리를 지지해 주는 근막의 중요성

우리 몸은 척추 주변의 복부근막과 흉요근막이 허리보호대 역할을 한다. 복부근막은 몸통의 앞쪽과 옆쪽에 발달한 근막이고, 흉요근막은 몸통 중심부의 등과 허리에 발달한 근막이다. 흉요근막의 앞쪽 층은 내복사근, 복부근막과 함께 형성되고 뒤쪽 층은 광배근, 외복사근, 하거근, 대둔근에 의해 형성된다. 요추를 중심으로 흉요근막의 앞쪽 층과 뒤쪽 층이 코르셋처럼 잡아 주며 안정성을 제공하는 것이다.

근막은 크게 표층근막과 심층근막으로 나뉘며, 근육, 골막, 인대, 관절, 장기 등을 둘러싸고 있다. 근육뿐만 아니라 추간판과 척추 주

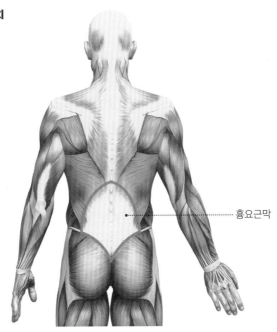

흉요근막

위 구조물이 움직일 때도 안정적으로 지지해 준다. 복부 압력이 일어날 때도 근막이 둘러싸고 조직들을 보호한다. 따라서 속근육을 적당히 활성화하여 조절하게 만든 후 겉근육 운동을 통해 이중으로 허리 보호대 역할을 할 수 있게 해야 한다. 또한, 근육 운동을 할 때 평상시에 근육을 잘 쓸 수 있게 응용 동작을 해 보는 것도 좋다.

허리 재활로 평소 잘 생활하던 60대 중반의 남성 환자는 허리통증이 사라진 후 골프를 치러 나갔다. 그러나 라운드 초반에는 괜찮다가 후반으로 갈수록 스윙을 할 때 통증이 생겼고 귀가하니 통증이 더 심해졌다고 한다. 척추 유합술을 받은 적이 있고 퇴행성 변화가 있어 신경을 많이 쓰고 있었는데, 통증이 생기니 불안감에 나를 찾아왔다. 환자는 나에게 골프 스윙 도중에는 허리보호대를 차고 다시 걸을 때는 빼면 어떠냐고 물어봤다. 나의 대답은 "안 됩니다."였다. 급성 허리통증이 심하거나 수술 직후가 아닌 경우 허리보호대 역할을 하는 근육과 근막이 제 기능을 할 수 있어야 한다고 설명했다. 한번 의존하게 되면 계속 허리보호대를 차고 생활하고 싶기 때문이다.

허리보호대는 가능하면 안 차는 것이 좋다. 앞서 말한 대로 급성 허리통증이 심하거나 수술 직후에는 일정 기간 필요하다. 허리통증이 어느 정도 있지만 오랫동안 일을 해야 하는 경우에도 허리보호대를 차면 도움이 된다. 이외에는 허리보호대를 차지 말고 허리보호대 역할을 하는 근육과 근막이 잘 쓰이도록 생활해야 한다. 허리보호대에 의존하면 허리 회복이 더뎌진다는 사실을 명심하자. 우리 몸은 외부의 힘을 빌려 수동적 치료를 하는 것보다 능동적 치료로 내부의 조절력을 키울 때 더 좋아질 수 있다.

5

허리가 아픈데
골프를 쳐도 될까?

골프를 칠 때는
여러 가지를 신경 써야 한다

골프가 대중화되면서 어느새 남녀노소 즐기는 운동이 되었다. 반면,
골프를 무리하게 해서 허리통증을 앓는 사람도 늘어났다. 이러한 사
람 중에 허리가 회복되면 다시 골프를 치고 싶어 하는 경우가 있다.
허리통증은 프로와 아마추어 선수 통틀어 골프로 인한 신체 손상 1위
를 차지한다. 한쪽으로 하는 비대칭적인 스윙이 잦고 허리를 비트는
동작이 있기 때문이다. 허리가 아파도 약을 먹거나 주사 치료를 받으

‖ 골프를 칠 때 손상될 수 있는 관절 부위

면서 골프장에 나가는 사람도 많다. 몇몇 경우를 제외하고는 허리가 아파도 골프를 칠 수 있다. 골프뿐만 아니라 스포츠와 취미 생활을 계속하는 게 좋다.

골프는 푸른 잔디, 나무, 꽃이 어우러진 탁 트인 공간을 걸으며 사람들과 친목을 다지기에 좋다. 문제는 걷기 외에는 허리 건강에 좋지 않다는 것이다. 앞서 말한 대로 골프 스윙으로 허리 손상과 함께 요통이 생기기 쉬워서다. 물론 관리를 잘 하거나 허리에 손상을 덜 주는 스윙을 한다면 통증이 잘 생기지 않는다. 퍼팅 후 홀컵(골프공을 넣는 구멍)에 있는 공을 주울 때도 허리를 구부리므로 이를 반복하면 허리에 무리가 간다. 골프를 할 때 허리 건강을 위해 신경 써야 하는 부분이 많은 셈이다.

그럼에도 허리가 아파도 골프를 치고 움직여야 하는 이유로 크게 2가지를 꼽을 수 있다. 먼저 척추를 움직여 버릇해야 자연치유력이 좋아진다. 골프에는 스윙뿐 아니라, 걸으면서 신체활동을 할 수 있다는 장점이 있다. 물론 근력이 매우 약해져 있거나 허리통증이 심하다면 증상이 완화될 때까지 치료를 받으면서 골프를 잠깐 쉬는 게 바람직하다.

그다음으로는 허리통증의 원인을 분석하여 해결하면 골프를 치는 데 불편함이 없어서다. 이를 위해 골프를 할 때 허리통증을 유발하는 잘못된 골프 스윙과 동작들을 고쳐야 한다. 골프를 친다고 다 통증을 앓는 것은 아니다. 관절과 근육이 뻣뻣하거나 골프의 기술적인 부분에서 허리통증의 원인이 나오는 사람도 있다. 허리통증 완화를 위해 골프를 피하는 것보다는 원인을 찾아내 해결하고 골프를 치는 편이 낫다. 아프다고 안 치는 것이 능사는 아니다.

| 가능하면 아파도 몸을 움직이자

50대 중반의 남성은 약간의 허리통증을 앓고 있었다. 10여 년간 일주일에 4~5번씩 골프장을 찾았을 때도 괜찮았는데, 이후에 통증이 생겼다고 했다. 스윙하는 영상을 보니 프로처럼 부드러웠다. 또한, 평가해 보니 모든 관절이 뻣뻣했지만 허리 주위 근육을 굉장히 잘 쓰는 편이었다. 발바닥에 체중이 실리는 쪽이 바뀐 게 문제였다. 새로 산 골프화를 신었는데 발바닥 체중에 실리는 곳이 바뀌면서 다리, 골반, 척추의 위치가 틀어지고 부하가 계속됐다. 신경학적 증상과 통증이 너무 심한 경우를 제외하고 허리통증이 생겼다고 멈출 필요는 없다. 여러 번 강조하지만, 원인을 파악하고 해결하면 계속 운동해도 괜찮다.

나를 찾아온 70대 후반 여성 환자는 허리통증이 있지만 골프를 즐긴다. 이유는 명쾌하다. 하고 싶은 것을 하면서 관리하면 되지, 가만히 있으면 더 병이 난다는 것이다. 여성은 통증을 앓아도 참을 만하다고 넘기는 경우가 많았다. 그 대신 18홀을 다 하기보다 절반인 9홀로 줄이고 골프장에 나가는 횟수도 이전보다 많이 줄였다. 허리통증이 있다고 골프를 두려워하지 않고, 무리하지 않는 선에서 관리하겠다는 심산이었다. 여성은 사람들과의 교류를 줄이고 집에만 있는 것을 더 경계했다.

골프뿐만 아니라 축구, 야구, 수영, 배드민턴 등 다른 운동도 마찬가지다. 너무 심한 경우가 아니면 문제점을 해결한 다음에 운동과 취미 활동을 하면 된다. 집에서 휴식만 취하는 것은 장기적으로 관절과 근육이 약해지면서 단점이 더 많다. 나 또한 허리통증 환자에게 적당한 수준에서 신체활동을 할 것을 권한다.

허리가 아파도 골프를 칠 수 있다. 허리통증은 불치병이 아니며, 허리통증을 치료하는 이유도 일상을 자유롭게 보내기 위함이다. 운동과 취미 활동을 제한하면서 치료를 받는 것보다는 평소처럼 생활하는 게 회복에 더 좋다. 다만, 잘못된 자세를 고치고 기초적인 동작을 천천히 해 나가면서 기술적인 동작은 전문가에게 잘 배워야 한다. 허리통증의 원인이 한 가지인 경우는 드물다. 통증이 일어나는 원인을 종합적으로 찾아내서 치료하고 해결해야 한다. 아파도 두려워하지 말고 적당히 활동하자.

6
허리통증을 줄이려면
개인별 목표 설정은 필수다

▎목표 설정을 왜 해야 할까?

허리통증 환자는 목표 설정이 필요하다. 신체활동 수준과 직업, 그리고 특정 시기에 따라 개인별로 목표를 다르게 두어야 한다. 특히 만성 허리통증 환자는 오랫동안 신체활동이 떨어지고 의지가 약해져 있기 때문에 목표 설정이 더욱 필요하다. 재활운동 전에 환자 상태 평가를 거쳐 개인별로 운동 프로그램을 짜는 것도 개인마다 원하는 목표가 다르기 때문이다. 목표에 따라 운동 프로그램과 회복 기간 또한 달라진다. 신체적·심리사회적 요인에 따라 목표를 설정해서 개인 맞춤형 치료 방법을 실행했을 때 회복 속도가 더 빠르다.

추간판 탈출증과 허리통증을 앓는 사람들은 대부분 통증을 줄이고 일상생활을 잘할 수 있는 것이 제일 목표다. 여기에 연령, 성별, 직업, 취미 생활은 물론, 결혼식 등 가족 행사에 따라 개인별 목표가 달라진다. 체형 교정을 원하는 경우도 있고, 운동 능력이나 퍼포먼스(수행력)에 초점을 맞추기도 한다. 목표 설정은 철저하게 환자 개인에 맞춰야 한다. 치료를 도와주는 사람은 충분한 대화를 통해 환자의 목표 설정을 돕고 의지가 솟아나도록 격려해야 한다.

만성 허리통증 환자는 오랫동안 고생을 했기 때문에 의지가 약하고 혼자서 치료할 수 없는 부분이 많다. 따라서 처음에는 수동적 치료가 필요하다. 통증이 심한 경우가 대부분이어서 통증이 완화되고 자유롭게 일상을 보내기까지 시간이 꽤 걸린다. 단기 목표와 장기 목표로 나눠서 목표를 세우고 환자 스스로 조바심을 내지 않고 규칙적으로 꾸준히 노력해야 한다.

재활운동을 할 때마다 좋아질 거라고 마음먹어도 현실은 녹록지 않다. 허리통증은 주식 차트처럼 좋아졌다 나빠지기를 반복하며 회복되는 경우가 많다. 만성 허리통증의 경우, 회복 과정이 어떤지를 알고 목표를 설정해야 도중에 포기할 위험이 줄어든다. 또한, 만성 허리통증 환자는 통증에 집중하는 경우가 있다. 목표를 세우고 일상 활동 일지를 써 가면 통증에 덜 집중하게 된다.

앞서 살펴보았듯이 무용수, 연주가, 운동선수 등은 목표를 잘 정해서 시기별로 적절한 운동을 해야 생업에 별문제가 생기지 않는다.

스포츠재활병원에서 선수 재활을 할 때 스쿼시 국가대표였던 선수의 목표는 세계 랭킹 1위였다. 통증 감소뿐만 아니라 세계 최고가 되고자 하는 의지가 강해 열정적으로 재활운동을 했고 예상보다 빨리 회복되었다. 환자는 운동 프로그램에 스쿼시 기술과 동작에 관련한 운동을 추가했다. 그리고 재활이 끝난 후에 이전보다 더 좋은 성적을 거뒀다.

│ 목표를 잘 설정하는 방법

목표 설정을 할 때 5가지 원칙이 있다. 이를 'SMART' 원칙이라 한다. 목표가 구체적이고(Specific), 측정할 수 있고(Measurable), 성취 가능해야 하며(Attainable), 환자의 삶과 관련이 있고(Relevant), 시간 범위가 설정되어야 한다(Time-bound). 예를 들어, 허리통증이 없고 손끝이 바닥에 닿을 정도로 허리를 구부릴 수 있고 오래 앉아서 일할 때도 문제가 없어야 한다. 목표 기간은 1주·2주·4주·8주·12주처럼 확실하게 설정하고, 각각에 맞는 목표와 운동 프로그램을 하면서 상황에 따라 수정해야 한다. 목표는 최대한 구체적일수록 좋다.

　제주도에 놀러 갔다가 자동차가 눈길에 미끄러져 뒤집히는 사고를 겪은 30대 초반의 여성 환자가 있었다. 사고로 요추 1번이 압박 골절되고 신경 손상이 생겨서 척수 수술을 받았는데, 다행히 불완전 마비로 신경이 온전해서 나중에 일상생활이 가능했다. 그때 목표가 '혼자서 발톱 깎기'였다.

발톱을 혼자서 깎으려면 허리를 숙이고 고관절과 무릎을 구부린 채 몇 분간 손톱깎이를 정교하게 다룰 수 있어야 한다. 척추를 구부리고 유지할 수 있는 근지구력과 하체의 유연성, 근력은 물론 근육이 호응하며 조화를 이루는 능력인 협응력도 필요하다. 환자는 목표를 달성했다. 그리고 7년 후에 나는 우연히 환자가 크로스핏(짧은 시간에 여러 종류와 형태로 진행하는 고강도 운동)을 하러 가는 모습을 보았다.

목표 설정은 환자가 의지를 되찾도록 하고 뇌가 통증이 아닌 목표에 집중할 수 있게 도와준다. 앞서 말한 대로 만성 허리통증 환자는 단기 목표와 장기 목표 등 목표를 구체적으로 정하고 일상 활동 일지를 쓰면서 규칙적으로 생활하는 것이 좋다. 그럼에도 시간이 오래 걸릴 수 있음을 명심하자. 단기간에 나을 수 있다고 여기고 목표 기간을 짧게 두면 이후 결과에 따라 실망하여 역효과가 날 수 있다. 빠른 회복도 중요하지만 현실 가능한 목표를 세워 조금씩 나아가는 것이 여러모로 좋다.

가족력은 물론
가족의 허리도 살펴보아야 한다

허리통증 환자가 있는
가족이 알아 두어야 할 것

허리통증으로 고생하는 환자 중에는 가족도 허리가 아픈 경우가 꽤
있다. 허리 질환이 유전되는 것은 아니지만, 가족은 체질이 대부분 비
슷하기 때문이다. 특히 자녀들은 부모의 영향을 많이 받는다. 체질은
물론 부모의 생활습관을 물려받아, 부모가 허리 질환이 있는 경우 자
녀 또한 허리 질환 발병률이 높아진다. 가족 중 한 명이 허리통증이
심해서 움직이는 것이 불편하면 옆에서 돌보던 가족이 탈이 나는 경

우도 있다. 만성 허리통증으로 고생하면, 그 사람의 가족도 신체적·심리적으로 영향을 받는다. 따라서 가족력은 물론 가족의 몸도 잘 살펴보아야 한다.

한 의료 기관에서 6개월 동안 내원한 척추 질환 환자 2,500명을 대상으로 조사를 했다. 조사 결과, 부모와 자녀가 허리통증을 앓는 경우가 23%로 나타났다. 이외에도 허리 질환과 가족력의 관계에 관한 연구와 조사 결과는 많다. 다행히 허리통증이 유전병은 아니기 때문에 노력하면 가족력을 극복할 수 있다.

허리통증 완화를 위해 센터를 찾는 사람 중에도 가족이 함께 허리가 아픈 경우가 꽤 있다. 어느 날 수능을 마친 스무 살 남성이 오래 앉아 있어 허리가 매우 뻣뻣해진 상태에서 허리통증 치료를 위해 나를 찾아왔다. 어느 정도 나아지자 남성은 어머니가 만성 허리통증으로 고생하고 있다며 모시고 왔다. 2개월 정도 재활운동으로 어머니의 허리가 회복되자, 이번에는 어머니가 남편도 허리가 좋지 않다며 데리고 오겠다고 했다. 그렇게 가족 4명 중 3명이 허리통증으로 재활을 했다. 이 가족뿐 아니라 부부·모녀·모자·부자·부녀·친척은 물론, 3대가 허리통증을 앓아서 소개로 찾아오는 경우가 꽤 있다.

허리가 끊어질 듯이 아프다던 60대 중반의 여성 환자가 있었다. 다리가 당기고 저리는 신경학적 증상은 없었지만, 평소에 허리를 뒤로 젖히는 동작이 많아 근육이 긴장되어 있었다. 환자와 이야기를 나눠 보니, 환자 남편이 뇌혈관 질환을 앓고 있어서 혼자서는 생활이 어려울 정도로 거동이 불편한 상태였다. 환자는 1년여 동안 남편을 돌보고 있었다. 이처럼 가족력은 아니지만, 몸이 불편한 가족을 돌보다가 허리, 어깨, 팔 등이 아픈 경우도 꽤 있다. 가족이 서로 건강해야 내 건강도 챙길 수 있다.

허리통증을 앓는 가정에서 나타나는 문제

미국 세인트루이스 의대 폴라드(C.A. Pollard) 교수는 만성 허리통증으로 장애가 있는 사람들의 가족력 경향에 관한 연구를 발표했다. 가족 중 누군가 허리통증으로 몸을 움직일 수 없으면 자신도 모르게 두려움을 습득한다고 한다. 아헨(D.K. Ahern) 연구팀은 만성 요통 환자의 배우자가 스트레스를 심하게 받는다고 보고했다. 로렌 슈워츠(Lauren Schwartz) 연구팀 또한 만성 요통 환자의 배우자가 우울증에 시달릴 가능성이 크다고 보고했다. 즉, 만성 허리통증 환자의 가족은 환자를 돌보기에 앞서 자신의 마음 상태를 꾸준히 살펴야 한다.

만성 허리통증 환자가 얼마나 고생했는지는 얼굴에 바로 나타난다. 환자의 이야기를 들어보면 화가 많이 늘었고, 특히 가족에게 이유 없이 짜증을 낼 때가 있다고 한다. 허리가 아프니 신경이 예민해져서 별일 아닌데도 스트레스를 받는다는 것이다. 미국 워싱턴대학교 재활의학과 슈워츠 연구팀은 배우자와의 다툼이 허리통증 환자의 회복과 신체활동에 방해가 될 수 있다고 보고했다.

이처럼 허리통증이 오랫동안 이어지면 환자 본인은 물론 가족 모두 마음이 다치고 힘들어질 가능성이 크다. 따라서 허리통증으로 아픈 사람이 있는 가정이라면, 서로 마음을 들여다보면서 챙기는 것도 중요하다. 체질부터 생활습관, 스트레스까지 가족은 모든 것에 영향을 받기 마련이다.

허리통증에서 벗어나려면
생각의 전환이 필요하다

사람들이 자주 보는 TV 프로그램 전에 등장하는 광고는 어떤 효과를 불러올까? TV에 계속 나올수록 광고는 금세 친근해지고 대중의 기억에 자리하게 된다. 많은 사람에게 광고 제품이 알려져서 판매량도 늘어날 것이다. 만약 허리통증에 관한 광고가 시청률이 높은 TV 프로그램 전후로 방송되면 그 효과는 대단할 것이다. 호주 빅토리아주와 스코틀랜드는 각각 캠페인과 라디오 광고를 통해 허리통증을 앓는 사람들의 인식을 바꿨다.

이것이 내가 이 책을 집필하기로 마음먹게 된 이유 중 하나다. 허리통증의 대응법과 관리법을 안다면 두려워할 필요가 없다. 사람들이 두려움을 느끼는 이유는 그전까지 경험하지 못한 허리통증과 추간판 탈출증으로 몸을 잘 움직이지 못하고 일상생활에 제한이 생겨서다. 이러한 사람들은 병원 치료는 물론 다양한 방법을 통해 회복하고자 노력한다.

그러나 스스로 공부하거나 교육을 받아서 회복하는 경우는 드물다. 전문적인 의학 지식이 많아서 어떤 정보가 내 몸에 맞는지 판별하기 힘들기 때문이다. 따라서 공신력 있는 의료 전문가의 도움이 필요하다. 이보다 좋은 방법은 국가, 지방자치단체 차원에서 대대적인 의료 지식 캠페인을 펼쳐 사람들의 인식 변화를 끌어내는 것이다.

1997년 호주 빅토리아주에서는 TV, 라디오, 신문, 책자 등을 통해 캠페인을 벌였다. 캠페인은 허리봉승 환자에게 오랜 기간 쉬시 말고 활동적인 상태를 유지하면서 운동할 것을 권장하는 내용이었다. 처음 3주간은 TV의 주요 방송 시간대에 캠페인 광고가 나갔다. 캠페인 광고에서는 국제적인 전문가와 허리통증 경험이 있는 연예인과 호주 운동선수가 등장하여 허리통증이 있어도 몸을 움직일 것을 알렸다. 전문가와 친근한 얼굴의 공인을 내세운 광고였다.

이 캠페인에는 라디오, 신문 광고와 함께 16개국 언어로 번역된 허리통증 관련 저서가 포함되었다. 1999년에도 9월부터 3개월 동안 TV 광고를 꾸준히 내보냈다. 또한, 빅토리아주의 모든 의사에게 허리통증 관리의 근거를 제시하는 지침서를 배포했다.

이때 책자가 빅토리아주에는 배포되고 뉴사우스웨일스주에는 그렇지 않았다. 그 결과 빅토리아주와 뉴사우스웨일스주의 허리통증에 대한 인식 변화와 기능 장애 빈도에 유의미한 차이가 생겨났다. 빅토리아주의 주민과 의료 전문가 사이에서 허리통증 관리에 대한 인식 변화가 일어났지만, 뉴사우스웨일스주에서는 그러한 변화가 없었다고 한다. 대중의 인식 변화를 꾀하려면, 개인의 순수한 노력보다는 대중 매체와 외부 영향이 더 필요한 셈이다.

스코틀랜드에서는 라디오 광고를 통해 '워킹 백 스코틀랜드'라는 캠페인을 펼쳤다. 호주 빅토리아주처럼 수동적인 허리 관리에서 벗어나 활동할 것을 권하는 광고를 내보냈다. 빅토리아주와 마찬가지로 허리통증이 있다고 움직이는 것을 두려워하던 사람들이 이런저런 활동을 하는 효과를 불러왔다.

우리나라도 금연 캠페인 광고와 코로나19 방역 지침에 대한 광고를 많이 내보낸다. 이러한 공익 광고로 사람들은 인식을 바꾸고는 한다. 아무런 정보를 얻지 못해 사람들을 두려움 상태에 그대로 두기보다는 공신력 있는 캠페인과 교육을 통해 인식 변화를 끌어내는 편이 낫다고 본다.

13년간 통증 환자들의 재활치료를 진행하면서 만성 허리통증 환자의 인식을 바꾸는 게 쉽지 않다는 걸 체감했다. 나는 환자의 인식 개선을 위해 근거 기반의 연구, 저서, 사례를 공부하며 매일 노력하고 있다. 이 책에는 나의 이러한 노력과 더불어 임상에서 내가 직접 겪은 사례를 통해 독자가 허리통증의 실상을 충분히 이해하도록 하였다.

캠페인이나 광고와 비교하기는 다소 어렵지만, 앞선 사례처럼 이 책이 많은 사람이 허리를 이해하는 첫 단추가 되기를 바란다.

환자를 포함하여 많은 사람이 본격적인 허리 공부에 돌입하면 초반에 어렵고 생소한 내용이 많아 당황하지만, 꾸준한 공부를 통해 하나둘 자연스럽게 익힌다. 한 번에 되는 것은 없으므로, 같은 내용이라도 여러 번 읽고 문답을 통해 알아 간다. 이 책에서도 그러한 사람들의 심리를 반영하여 중요한 부분의 경우 몇 번 곱씹어 보도록 구성하였다. 어찌 보면 허리 재활 과정은 신체적 회복과 함께 내 몸에 맞는 관리법을 습득하고 인식을 바꾸는 과정이라고 할 수 있겠다.

앞서 여러 번 이야기했지만, 허리통증을 알면 허리 회복에 더 도움이 된다. 허리통증을 모르면 그저 두려울 뿐이다. 호주 빅토리아주와 스코틀랜드의 사례처럼 한국에서도 허리통증 예방 및 완화에 도움을 주는 공익 광고가 활발히 등장하기를 바란다. 이 책에 등장한 수많은 연구 결과처럼 꾸준히 발전하는 의학과 과학에 대한 정보가 많이 알려졌으면 한다. 그리고 허리통증뿐 아니라 다양한 질환에 대한 인식을 바꿀 수 있는 교육과 캠페인도 전개되었으면 하는 바람이다.

일반인은 물론 허리통증 환자 사이에서는 허리통증에 관한 오해가 켜켜이 쌓여 있다. 많은 사람이 허리를 낫게 하려고 유명한 곳은 찾아다니지만, 정작 개인적인 노력에는 관심을 보이지 않았다. 괜히 시간과 비용만 허비하는 셈이었다. 어떤 사람은 끝이 보이지 않는 허리통증으로 절망에 빠지기도 했다.

이 책에서는 그러한 사람들을 위해 추간판 탈출증·허리통증의 원인과 신체 구조 분석을 시작으로 내 몸에 맞는 운동과 바람직한 자세까지 그동안 내가 공부했던 모든 것을 쏟아부었다. 이러한 노력이 부디 추간판 탈출증과 허리통증 환자에게 희망과 용기를 줄 수 있기를 바란다. 그리고 많은 사람이 허리 공부를 하는 데 도움이 되면 더할 나위 없겠다.

허리통증은 몸과 마음의 병이다. 마음먹기에 따라 회복 정도가 결정된다는 점을 꼭 명심하기를 바란다.

참고 문헌

로널드 시걸 외 저, 이재석 역, 《요통혁명》, 국일출판사, 2006.

스튜어트 맥길 저, 권민구 역, 《허리 장애 진단과 치료》 제3판, 대성의학사, 2020.

안풍기, 《허리 디스크 알면 완치 모르면 불치》, 느낌이있는책, 2017.

어환, 《허리디스크 수술 없이 낫기》, 김영사. 2020.

이승철, 《청춘 허리 비책》, 헬스조선, 2017.

이창욱, 《당신은 허리 디스크가 아니다》, 쌤앤파커스, 2019.

이토 카즈마 저, 은영미 역, 《굿바이 허리통증》, 나라원, 2014.

장형석, 《허리통증 허리디스크 척추관협착증 완치법》, 건강한책, 2018.

정선근, 《백년허리》, 사이언스북스, 2015.

최명원, 《안녕, 통증》, 아침사과, 2020.

크레이그 윌리암슨 저, 권정열 역, 《근육재훈련요법》, 군자출판사, 2018.

토머스 한나 저, 최광석 역, 《소마틱스》, 군자출판사, 2019.

한동길, 《4주간의 운동치료 허리통증》, 아우름, 2009.

Carla Stecco 저, 정대관 외 역, 《근막시스템의 기능해부학》, 메디안북, 2018.

Craig Liebenson 저, 대한척교정물리치료학회 역, 《척추재활도수치료학》 개정 2판, 영문출판사, 2010.

Donald A. Neumann 저, 김종만 외 역, 《근골격계의 기능해부 및 운동학》, 정담미디어, 2004.

Hideaki Araki 저, 김재호 역, 《비특이적 요통의 운동요법》, 한솔의학서적, 2018.

S. Brent Brotzman·Kevin E. Wilk 저, 대학스포츠의학회 역, 《근골격계 질환의 진단 및 재활치료》 2판, 한미의학, 2005.

Thomas W. Myers 저, CYRIAX 생행의학연구회 역, 《근막경선 해부학》 2판, 엘스비어코리아, 2010.

1장

---

1. 허리통증을 주변에 알려야 하는 이유	Hatch JP, Schoenfeld LS, Boutros NN, Seleshi E, Moore PJ, Cyr-Provost M. Anger and hostility in tension-type headache. Headache. 1991 May;31(5):302-4. Burns JW, Bruehl S, Quartana PJ. Anger management style and hostility among patients with chronic pain: effects on symptom-specific physiological reactivity during anger- and sadness-recall interviews. Psychosom Med. 2006 Sep-Oct;68(5):786-93. Shear MK, Weiner K. Psychotherapy for panic disorder. J Clin Psychiatry. 1997;58 Suppl 2:38-43; discussion 44-5.
3. 허리디스크 수술은 어느 시점에 선택해야 할까?	Weber H. Lumbar disc herniation. A controlled, prospective study with ten years of observation. Spine (Phila Pa 1976). 1983 Mar;8(2):131-40. Zaina F, Tomkins-Lane C, Carragee E, Negrini S. Surgical versus non-surgical treatment for lumbar spinal stenosis. Cochrane Database Syst Rev. 2016 Jan 29;2016(1):CD010264.

| 5. 통증 치료에서 가장 중요한 것은 환자의 의지 | Kuijer W, Groothoff JW, Brouwer S, Geertzen JH, Dijkstra PU. Prediction of sickness absence in patients with chronic low back pain: a systematic review. J Occup Rehabil. 2006 Sep;16(3):439-67. |

1. 허리통증은 대부분 '비구조적 문제'에서 온다

Liebenson Craig (EDT). Rehabilitation of The Spine : A Practitioner's Manual. (2006).

Spitzer WO, Le Blanc, Dupuis M, et al. Scientific approach to the assessment and management of activity-related spinal disorders. A monograph for clinicians. Report of the Quebec Task Force on Spinal Disorders. Spine (Phila Pa 1976). 1987 Sep;12(7 Suppl):S1-59.

Hideaki Araki. Exercise Therapy for Nonspecific Low Back Spine. (2018).

2. 허리디스크는 다양한 원인으로 생겨난다

Virgin WJ. Experimental investigations into the physical properties of the intervertebral disc. J Bone Joint Surg Br. 1951 Nov;33-B(4):607-11.

Farfan HF, Cossette JW, Robertson GH, Wells RV, Kraus H. The effects of torsion on the lumbar intervertebral joints: the role of torsion in the production of disc degeneration. J Bone Joint Surg Am. 1970 Apr;52(3):468-97.

3. 척추 구조를 알아야 허리디스크 해법이 보인다

Alricsson M, Björklund G, Cronholm M, Olsson O, Viklund P, Svantesson U. Spinal alignment, mobility of the hip and thoracic spine and prevalence of low back pain in young elite cross-country skiers. J Exerc Rehabil. 2016 Feb 1;12(1):21-8.

4. 디스크 탈출이 심할수록 통증도 심할까?

Komori H, Shinomiya K, Nakai O, Yamaura I, Takeda S, Furuya K. The natural history of herniated nucleus pulposus with radiculopathy. Spine (Phila Pa 1976). 1996 Jan 15;21(2):225-9.

Chiu CC, Chuang TY, Chang KH, Wu CH, Lin PW, Hsu WY. The probability of spontaneous regression of lumbar herniated disc: a systematic review. Clin Rehabil. 2015 Feb;29(2):184-95.

6. 여성의 허리디스크 발병률이 높은 이유

Amonoo-Kuofi HS. Changes in the lumbosacral angle, sacral inclination and the curvature of the lumbar spine during aging. Acta Anat (Basel). 1992;145(4):373-7.

7. 청소년에게도 흔한 허리통증

Jones GT, Macfarlane GJ. Epidemiology of low back pain in children and adolescents. Arch Dis Child. 2005 Mar;90(3):312-6.

8. 비만과 허리통증의 얽히고설킨 관계

Leboeuf-Yde C. Body weight and low back pain. A systematic literature review of 56 journal articles reporting on 65 epidemiologic studies. Spine (Phila Pa 1976). 2000 Jan 15;25(2):226-37.

9. 어떻게 통증이 일어나느냐가 치료를 좌우한다

Smart KM, Blake C, Staines A, Thacker M, Doody C. Mechanisms-based classifications of musculoskeletal pain: part 3 of 3: symptoms and signs of nociceptive pain in patients with low back (± leg) pain. Man Ther. 2012 Aug;17(4):352-7.

Smart KM, Blake C, Staines A, Thacker M, Doody C. Mechanisms-based classifications of musculoskeletal pain: part 2 of 3: symptoms and signs of peripheral neuropathic pain in patients with low back (± leg) pain. Man Ther. 2012 Aug;17(4):345-51.

Smart KM, Blake C, Staines A, Thacker M, Doody C. Mechanisms-based classifications of musculoskeletal pain: part 1 of 3: symptoms and signs of central sensitisation in patients with low back (± leg) pain. Man Ther. 2012 Aug;17(4):336-44.

3장

---

1. 움직이지 않으면 허리 고장이 나기 쉽다

Troup JD, Videman T. Inactivity and the aetiopathogenesis of musculoskeletal disorders. Clin Biomech (Bristol, Avon). 1989 Aug;4(3):173-8.

Deyo RA, Diehl AK, Rosenthal M. How many days of bed rest for acute low back pain? A randomized clinical trial. N Engl J Med. 1986 Oct 23;315(17):1064-70.

Hagen KB, Hilde G, Jamtvedt G, Winnem MF. The Cochrane review of bed rest for acute low back pain and sciatica. Spine (Phila Pa 1976). 2000 Nov 15;25(22):2932-9.

Malmivaara A, Häkkinen U, Aro T, Heinrichs ML, Koskenniemi L, Kuosma E, Lappi S, Paloheimo R, Servo C, Vaaranen V, et al. The treatment of acute low back pain--bed rest, exercises, or ordinary activity? N Engl J Med. 1995 Feb 9;332(6):351-5.

Waddell G, Feder G, Lewis M. Systematic reviews of bed rest and advice to stay active for acute low back pain. Br J Gen Pract. 1997 Oct;47(423):647-52.

Poquet N, Lin CW, Heymans MW, van Tulder MW, Esmail R, Koes BW, Maher CG. Back schools for acute and subacute non-specific low-back pain. Cochrane Database Syst Rev. 2016 Apr 26;4:CD008325.

2. 아침에 자칫 삐끗하기 쉬운 이유

Reilly T, Tyrrell A, Troup JD. Circadian variation in human stature. Chronobiol Int. 1984;1(2):121-6.

Snook SH, Webster BS, McGorry RW, Fogleman MT, McCann KB. The reduction of chronic nonspecific low back pain through the control of early morning lumbar flexion. A randomized controlled trial. Spine (Phila Pa 1976). 1998 Dec 1;23(23):2601-7.

| 3. 허리를 망치는 나쁜 자세들 | Nachemson AL. The lumbar spine an orthopedic challenge. Spine. 1976; 1:59-71.
Liira JP, Shannon HS, Chambers LW, Haines TA. Long-term back problems and physical work exposures in the 1990 Ontario Health Survey. Am J Public Health. 1996 Mar;86(3):382-7.
Mörl F, Bradl I. Lumbar posture and muscular activity while sitting during office work. J Electromyogr Kinesiol. 2013 Apr;23(2):362-8. |
| --- | --- |
| 4. 평발부터 흉추까지, 연결성이 허리 건강을 좌우한다 | Hellsing AL. Tightness of hamstring- and psoas major muscles. A prospective study of back pain in young men during their military service. Ups J Med Sci. 1988;93(3):267-76.
Cibulka MT, Sinacore DR, Cromer GS, Delitto A. Unilateral hip rotation range of motion asymmetry in patients with sacroiliac joint regional pain. Spine (Phila Pa 1976). 1998 May 1;23(9):1009-15
McGill S, Grenier S, Bluhm M, Preuss R, Brown S, Russell C. Previous history of LBP with work loss is related to lingering deficits in biomechanical, physiological, personal, psychosocial and motor control characteristics. Ergonomics. 2003 Jun 10;46(7):731-46.
National Academy of Sports Medicine. NASM essentials of corrective exercise training (2013)
Grundy PF, Roberts CJ. Does unequal leg length cause back pain? A case-control study. Lancet. 1984 Aug 4;2(8397):256-8.
Hoikka V, Ylikoski M, Tallroth K. Leg-length inequality has poor correlation with lumbar scoliosis. A radiological study of 100 patients with chronic low-back pain. Arch Orthop Trauma Surg. 1989;108(3):173-5. |
| 7. 잘못된 호흡이 척추에 무리를 준다 | Bartelink DL. The role of abdominal pressure in relieving the pressure on the lumbar intervertebral discs. J Bone Joint Surg Br. 1957 Nov;39-B(4):718-25. |
| 8. 심리적인 두려움이 만성 통증을 유발한다 | Vlaeyen JWS, Linton SJ. Fear-avoidance and its consequences in chronic musculoskeletal pain: a state of the art. Pain. 2000 Apr;85(3):317-332.
Malmo, Robert B. On Emotions, Needs, and Our Archaic Brain. New York: Holt, Reinhart & Winston, 1975, pp.22, 58. |
| 9. 허리통증의 또 다른 원인, 스트레스 | Eller-Smith OC, Nicol AL, Christianson JA. Potential Mechanisms Underlying Centralized Pain and Emerging Therapeutic Interventions. Front Cell Neurosci. 2018 Feb 13;12:35.
Abdallah CG, Geha P. Chronic Pain and Chronic Stress: Two Sides of the Same Coin? Chronic Stress (Thousand Oaks). 2017 Feb;1:2470547017704763.
Melzack R, Wall PD. Pain mechanisms: a new theory. Science. 1965 Nov 19;150(3699):971-9.
Melzack R. From the gate to the neuromatrix. Pain. 1999 Aug;Suppl 6:S121-S126.
Agüera-Ortiz L, Failde I, Mico JA, Cervilla J, López-Ibor JJ. Pain as a |

symptom of depression: prevalence and clinical correlates in patients attending psychiatric clinics. J Affect Disord. 2011 Apr;130(1-2):106-12.

Borsook D, Upadhyay J, Chudler EH, Becerra L. A key role of the basal ganglia in pain and analgesia--insights gained through human functional imaging. Mol Pain. 2010 May 13;6:27.

Cacioppo JT, Hawkley LC, Crawford LE, Ernst JM, Burleson MH, Kowalewski RB, Malarkey WB, Van Cauter E, Berntson GG. Loneliness and health: potential mechanisms. Psychosom Med. 2002 May-Jun;64(3):407-17.

Hawkley LC, Cacioppo JT. Loneliness matters: a theoretical and empirical review of consequences and mechanisms. Ann Behav Med. 2010 Oct;40(2):218-27.

Moseley GL, Butler DS. Fifteen Years of Explaining Pain: The Past, Present, and Future. J Pain. 2015 Sep;16(9):807-13.

Li Z, Wang J, Chen L, Zhang M, Wan Y. Basolateral amygdala lesion inhibits the development of pain chronicity in neuropathic pain rats. PLoS One. 2013 Aug 5;8(8):e70921.

Kattoor J, Gizewski ER, Kotsis V, Benson S, Gramsch C, Theysohn N, Maderwald S, Forsting M, Schedlowski M, Elsenbruch S. Fear conditioning in an abdominal pain model: neural responses during associative learning and extinction in healthy subjects. PLoS One. 2013;8(2):e51149.

Nijs J, Lluch Girbés E, Lundberg M, Malfliet A, Sterling M. Exercise therapy for chronic musculoskeletal pain: Innovation by altering pain memories. Man Ther. 2015 Feb;20(1):216-20.

1. 허리통증 치료의 새로운 패러다임

Spengler DM, Bigos SJ, Martin NA, Zeh J, Fisher L, Nachemson A. Back injuries in industry: a retrospective study. I. Overview and cost analysis. Spine (Phila Pa 1976). 1986 Apr;11(3):241-5.

Coenen P, Kingma I, Boot CR, Twisk JW, Bongers PM, van Dieën JH. Cumulative low back load at work as a risk factor of low back pain: a prospective cohort study. J Occup Rehabil. 2013 Mar;23(1):11-8.

Marras WS, Lavender SA, Leurgans SE, Fathallah FA, Ferguson SA, Allread WG, Rajulu SL. Biomechanical risk factors for occupationally related low back disorders. Ergonomics. 1995 Feb;38(2):377-410.

Norman R, Wells R, Neumann P, Frank J, Shannon H, Kerr M. A comparison of peak vs cumulative physical work exposure risk factors for the reporting of low back pain in the automotive industry. Clin Biomech (Bristol, Avon). 1998 Dec;13(8):561-573.

Punnett L, Fine LJ, Keyserling WM, Herrin GD, Chaffin DB. Back disorders and nonneutral trunk postures of automobile assembly workers. Scand J Work Environ Health. 1991 Oct;17(5):337-46.

2. 통증 강도와 시기에 따른 허리통증 대응법

Linton SJ, Hellsing AL, Andersson D. A controlled study of the effects of an early intervention on acute musculoskeletal pain problems. Pain. 1993 Sep;54(3):353-359.

Hagen EM, Eriksen HR, Ursin H. Does early intervention with a light mobilization program reduce long-term sick leave for low back pain? Spine (Phila Pa 1976). 2000 Aug 1;25(15):1973-6.

Nachemson A: Epidemiology and the economics of low back pain. In: Herkowitz HN, et al(eds): The lumbar spine, 3rd. Lippincott Williams & Wikins, Philadelphia, pp3-10, 2004.

4. 대표적인 허리 운동이라도 무조건 따라 하지 말자

Machado LA, de Souza Mv, Ferreira PH, Ferreira ML. The McKenzie method for low back pain: a systematic review of the literature with a meta-analysis approach. Spine (Phila Pa 1976). 2006 Apr 20;31(9):E254-62.

5. 속근육 운동의 장단점과 한계

Moseley GL, Hodges PW. Reduced variability of postural strategy prevents normalization of motor changes induced by back pain: a risk factor for chronic trouble? Behav Neurosci. 2006 Apr;120(2):474-476.

6. 겉근육 운동도 때로는 허리에 도움이 된다

Hideaki Araki. Exercise Therapy for Nonspecific Low Back Spine. p147 (2018).

Urquhart DM, Barker PJ, Hodges PW, Story IH, Briggs CA. Regional morphology of the transversus abdominis and obliquus internus and externus abdominis muscles. Clin Biomech (Bristol, Avon). 2005 Mar;20(3):233-41.

Urquhart DM, Hodges PW, Allen TJ, Story IH. Abdominal muscle recruitment during a range of voluntary exercises. Man Ther. 2005 May;10(2):144-53.

장혜리. "복부 브레이싱(Abdominal bracing)과 복부 할로잉(Abdominal hollowing) 기법이 20대 성인의 호흡기능에 미치는 영향." 국내석사학위논문 대구대학교, 2016. 경상북도

8. 내 몸에 딱 맞추는 허리 운동의 7가지 원칙

McGill S, Grenier S, Bluhm M, Preuss R, Brown S, Russell C. Previous history of LBP with work loss is related to lingering deficits in biomechanical, physiological, personal, psychosocial and motor control characteristics. Ergonomics. 2003 Jun 10;46(7):731-46.

Biering-Sørensen F. Physical measurements as risk indicators for low-back trouble over a one-year period. Spine (Phila Pa 1976). 1984 Mar;9(2):106-19.

Bierhaus A, Wolf J, Andrassy M, Rohleder N, Humpert PM, Petrov D, Ferstl R, von Eynatten M, Wendt T, Rudofsky G, Joswig M, Morcos M, Schwaninger M, McEwen B, Kirschbaum C, Nawroth PP. A mechanism converting psychosocial stress into mononuclear cell activation. Proc Natl Acad Sci U S A. 2003 Feb 18;100(4):1920-5.

Smith BE, Hendrick P, Smith TO, Bateman M, Moffatt F, Rathleff MS, Selfe J, Logan P. Should exercises be painful in the management of chronic musculoskeletal pain? A systematic review and meta-analysis. Br J Sports Med. 2017 Dec;51(23):1679-1687.

5장

1. 패턴 운동으로 허리 건강을 되찾자	Long A, Donelson R, Fung T. Does it matter which exercise? A randomized control trial of exercise for low back pain. Spine (Phila Pa 1976). 2004 Dec 1;29(23):2593-602. Long A, May S, Fung T. The comparative prognostic value of directional preference and centralization: a useful tool for front-line clinicians?. J Man Manip Ther. 2008;16(4):248-54. Christensen ST, Hartvigsen J. Spinal curves and health: a systematic critical review of the epidemiological literature dealing with associations between sagittal spinal curves and health. J Manipulative Physiol Ther. 2008 Nov-Dec;31(9):690-714.

6장

7. 지갑을 바지 뒷주머니에 넣으면 안 되는 이유	Viggiani, D., Noguchi, M., et al. Effect of wallet size on trunk angles, seat pressure, and discomfort. Canadian Journal of Kinesiology. 2012;6(2)14.
8. 양손과 양발을 쓰는 습관을 들이자	McGill SM, Marshall L, Andersen J. Low back loads while walking and carrying: comparing the load carried in one hand or in both hands. Ergonomics. 2013;56(2):293-302.

8장

3. 수영과 걷기는 어떻게 해야 도움이 될까?	Kaneda K, Sato D, Wakabayashi H, Nomura T. EMG activity of hip and trunk muscles during deep-water running. J Electromyogr Kinesiol. 2009 Dec;19(6):1064-70.
7. 가족력은 물론 가족의 허리도 살펴보아야 한다	Pollard CA. Family history and severity of disability associated with chronic low back pain. Psychol Rep. 1985 Dec;57(3 Pt 1):813-4. Ahern, DK, Follick, MJ. Distress in spouses of chronic pain patients. International Journal of Family Therapy. 1985; Win; 7(4):247-57. Schwartz L, Slater MA, Birchler GR, Atkinson HJ. Depression in spouses of chronic pain patients: the role of patient pain and anger, and marital satisfaction. Pain. 1991 Jan;44(1):61-67. Schwartz L, Slater MA, Birchler GR. Interpersonal stress and pain behaviors in patients with chronic pain. J Consult Clin Psychol. 1994 Aug;62(4):861-4.

EPILOGUE

Buchbinder R, Jolley D, Wyatt M. 2001 Volvo Award Winner in Clinical Studies: Effects of a media campaign on back pain beliefs and its potential influence on management of low back pain in general practice. Spine (Phila Pa 1976). 2001 Dec 1;26(23):2535-42.

모두를 위한
허리 교과서

초판 2쇄 발행일 2021년 12월 3일

지은이 안병택
펴낸이 金昇芝
편집 고은희
홍보마케팅 노현구, 민희희

펴낸곳 블루무스
출판등록 제2018-000343호
전화 070-4062-1908
팩스 02-6280-1908
주소 서울시 마포구 월드컵북로 400 5층 21호
이메일 bluemoosebooks@naver.com
홈페이지 www.bluemoosebooks.co.kr
인스타그램 @bluemoose_books

ⓒ 안병택, 2021
ISBN 979-11-91426-33-5 03510

블루무스는 일상에서 새로운 시선을 발견해 현재를 더욱 가치 있게 만들고자 합니다.